Orte der Ewigkeit

Knastlektüre - Von der Hölle zum Himmel mit Dante

AF280582

Orte der Ewigkeit

Knastlektüre – Von der Hölle zum Himmel mit Dante

Impressum

Bibliografische Information der Deutschen Nationalbibliothek: Die Deutsche Nationalbibliothek verzeichnet diese Publikation in der Deutschen Nationalbibliografie; detaillierte bibliografische Daten sind im Internet über http://dnb.dnb.de abrufbar.

Die automatisierte Analyse des Werkes, um daraus Informationen insbesondere über Muster, Trends und Korrelationen gemäß §44b UrhG („Text und Data Mining") zu gewinnen, ist untersagt.

© 2025 Orte der Ewigkeit

Verlag: BoD · Books on Demand GmbH, Überseering 33, 22297 Hamburg, bod@bod.de

Druck: Libri Plureos GmbH, Friedensallee 273, 22763 Hamburg

ISBN: 978-3-8192-8151-8

INHALT

Vorweg

Die meisten begegnen Dante Alighieris Göttlicher Komödie – wenn überhaupt – als dickem, ehrwürdigem Klassiker, eingehüllt in Fußnoten und allerlei lateinische Anspielungen. Doch wer sich durch das Pergament kämpft, entdeckt dort nichts Geringeres als einen mittelalterlichen Horror- und Fantasyroman: eine Reise voller Monster, albtraumhafter Landschaften, moralischer Prüfungen und grandioser Showdowns.

Dieses Buch ist der Versuch, Dantes gewaltige Bilderflut in einfacher, heutiger Sprache nachzuerzählen, ohne ihren Kern zu verkleinern. Der Stoff erscheint hier nicht als isolierter Nachdruck, sondern eingebettet in eine moderne Rahmenhandlung: Ein anonymer Häftling erhält hinter Gittern ein ramponiertes Exemplar der Commedia und entdeckt, dass jeder Höllenkreis auf unheimliche Weise seinen Alltag spiegelt.

Damit Sie originalen und neuen Text sofort unterscheiden können, sind alle Passagen, die direkt aus Dantes Werk stammen, kursiv gesetzt. Wer tiefer tauchen will, findet das vollständige italienische Versepos in unzähligen Ausgaben frei zugänglich.

Wer war Dante?

- Dante Alighieri (1265 – 1321) stammte aus Florenz und wurde als Dichter, Politiker und Exilant Zeuge inneritalienischer Machtkämpfe.
- Die Göttliche Komödie schrieb er in der Volkssprache (nicht auf Latein!) – ein mutiger Schritt, der Literatur für ein breiteres Publikum öffnete.
- Das Werk gliedert sich in Inferno (Hölle), Purgatorio (Läuterung) und Paradiso (Himmel) – insgesamt 14 233 Verse in Terzinenform.
- Jede jenseitige Landschaft ist zugleich moralische Landkarte: Sünden, Reue und Gnade bekommen sichtbare, oft schockierende Gestalt.

Was Sie hier erwartet

- Inferno – eine Episodenfolge aus Gewalt, Machtspiel und langsamer Erkenntnis.
- Purgatorio – der Moment, in dem unser moderner „Dante" begreift, dass Erkenntnis allein nicht genügt.
- Paradiso – eine Suche nach Versöhnung, die weder hinter Gefängnismauern noch außerhalb des Menschen endet.

Wenn dieses Buch erreicht, dass Leserinnen und Leser nach dem letzten Kapitel Lust haben, einmal selbst in Dantes Original zu blättern – oder zumindest erkennen, wie zeitlos Horror, Fantasy und Hoffnung bereits vor 700 Jahren verflochten waren, dann hat es sein Ziel erfüllt.

Willkommen auf einer Reise durch Beton, Stacheldraht und Sternenlicht. Möge jeder Schritt durch die Hölle ein Stück Himmel ahnen lassen.

Prolog

Seit drei Tagen war er hier. In dieser Zelle, die kaum breiter war als der Schatten, den er auf dem Boden hinterließ. Noch wusste niemand, wer er war. Kein Name, keine Geschichte, kein Laut. Und das war gut so. Denn wenn sie wüssten, warum er hier war, würden sie ihn zerreißen – nicht aus Wut, sondern aus Prinzip. Er kannte die Spielregeln. Ganz unten in der Hierarchie bedeutete: keine Fehler, keine Blicke, kein Aufbegehren. Also schwieg er. Bewegte sich nur, wenn es sein musste, und selbst dann so leise, als wollte er durch die Ritzen in den Wänden verschwinden. Die Langeweile nagte an ihm wie feuchter Beton an den Knochen. Doch schlimmer war die Wut. Sie hockte in seiner Brust wie ein Tier, das er nicht füttern durfte. Zeigte er sie, würden sie ihn nicht hassen – sie würden sich über ihn beugen, grinsen, und ihn noch tiefer in den Dreck treten. Er wollte überleben. Mehr nicht. Nicht auffallen. Nicht kämpfen. Und auf keinen Fall schreien.

Doch es fiel ihm schwer, die Wut in sich zu halten. Er saß hier für eine Tat, die er nicht begangen hatte. Verurteilt, weggesperrt, abgestempelt –

unschuldig. Nicht, dass er ein Heiliger gewesen wäre. Es gab Dinge in seiner Vergangenheit, für die man ihn mit gutem Grund hätte belangen können. Dinge, die er getan hatte, weil es keine anderen Wege gegeben hatte. Aber das hier – das war nicht seine Schuld. Nur interessierte das niemand. Schon gar nicht hier, wo jeder Zweite sich für ein Opfer hielt, für ein Missverständnis im Justizapparat. „Ich bin unschuldig" – das war ein Satz, der in diesen Mauern klang wie eine Lüge, bevor man ihn ausgesprochen hatte.

Er hörte den Wagen auf dem Flur. Die klappernden Räder der Gefängnisbücherei. Vielleicht war es Zeit, etwas zu lesen. Bevor die Langeweile ihn auffraß. Als der Wagen an seiner Zelle hielt, trat er vorsichtig näher. Der Häftling mit dem Bücherdienst musterte ihn gelangweilt. „Hab nichts für dich." Er blickte auf den Wagen. Der war randvoll mit Büchern. „Der ist doch voll", sagte er. „Alles vorbestellt. Hättest vorher was sagen müssen." Dann griff der andere nach unten. Warf ihm ein Buch zu. Ein schmales, abgenutztes Ding. Der Einband dunkelgrün, der Titel kaum lesbar. „Hier. Lies das. Hat noch keiner geschafft." Der Blick war spöttisch. „Zu schwer. Alter Kram. Kein Schwein kommt da durch." Dann grinste er breit. „Viel Spaß, Dante." Und mit diesem Grinsen – überlegen, gehässig – war der Name geboren.

Er nahm das Buch und ging zurück. Setzte sich aufs Bett. Schlug irgendwo in der Mitte auf. Ein paar Zeilen. Dann noch ein paar. Seine Wut kochte wieder hoch. Was für ein Scheiß. Wer sollte das lesen? Das war kein Stil. Das war Folter. Er klappte den Umschlag zu und las den Klappentext. Na klar. Tiefstes Mittelalter. Der Typ, dessen Name ihm gerade als Spitzname „verliehen" worden war, hatte vor hunderten Jahren gelebt. Kein Wunder, dass der Kram so geschrieben war. Aber dann zuckte er mit den Schultern. Was soll's. Zeit hatte er genug. Und bevor ihn die Langeweile auffraß, konnte er sich auch durch diesen Mist quälen. Er blätterte zurück. Seite eins. Los geht's.

Ich erwachte. Oder vielleicht war ich nie eingeschlafen. Jedenfalls lag ich da – auf kaltem, feuchten Boden – und rings um mich nur Finsternis. Kein Geräusch. Kein Wind. Kein Horizont. Nur diese Bäume, schwarz wie ausgebrannte Himmelssäulen, so dicht, dass kein Licht durch ihre Kronen drang. Ich erhob mich langsam. Meine Beine zitterten. Der Boden war uneben, von Wurzeln durchzogen wie von Adern unter der Haut der Welt. Der Gestank von Moder und altem Laub lag in der Luft, süßlich und faul zugleich. Ich wusste nicht mehr, wie ich hergekommen war. Nur dass ich mich verirrt hatte. Nicht auf einem Weg – nein, das war lange her. Ich hatte mich in mir selbst verloren. Und jetzt stand ich da. Mitten im dunklen Wald. Der Versuch, einen Pfad zu erkennen, war sinnlos. Der Nebel schluckte alles. Formen, Geräusche, Richtung. Ich ging ein paar Schritte. Das Knacken der Äste unter meinen Füßen klang wie brechende Knochen. Dann sah ich es. Ein

Licht. Weit entfernt, flackernd, als wäre es nicht real. Ich rannte los, blind, stolpernd. Immer dem Licht entgegen. Bis mir ein Schatten den Weg versperrte.

Ein Tier. Kein Tier. Etwas dazwischen. Es hatte die Gestalt einer Pantherin, doch in den Augen lauerte Gier. Ihre Schritte waren lautlos, ihre Zähne weiß wie Splitter aus Eis. Ich wich zurück. Ein zweites Wesen trat aus dem Nebel. Ein Löwe – groß, muskelbepackt, mit einer Mähne wie aus lebendem Rauch. Er brüllte nicht. Er starrte mich nur an. Ich drehte mich um, suchte eine andere Richtung – und da war sie: eine Wölfin, mager und grau, aber mit einem Blick, der keine Hoffnung kannte. Ich konnte keinen Schritt weiter. Jedes Mal, wenn ich mich bewegte, wich der Weg zurück. Die Tiere rückten näher. Ihre Präsenz war nicht von dieser Welt. Und dann – eine Stimme. „Diese Pfade führen dich nur tiefer in das, was du fürchtest."

Ich wirbelte herum. Ein Mann stand da. In ein dunkles Gewand gehüllt, mit einem Gesicht, das weder alt noch jung war. Die Augen ruhig. Die Stimme wie aus einer anderen Zeit. „Wer bist du?" fragte ich. „Ein Schatten nur", sagte er, „ein Echo des Wortes. Ich war Dichter, bevor das Leben mir den Stift entzog." Ich starrte ihn an. Sein Blick blieb fest. „Und du", fuhr er fort, „bist verloren. Nicht, weil du gesündigt hast, sondern weil du vergessen hast, wer du warst." „Kannst du mir helfen?" fragte ich. Ein Moment verging. Dann nickte er. „Ich kann dir den Weg zeigen. Aber du wirst durch Orte gehen, die nicht für Augen gemacht sind. Du wirst Dinge sehen, die dich *zerbrechen können." Ich schluckte. „Warum solltest du mir helfen?" Ein Hauch von Trauer huschte über sein Gesicht. „Weil jemand darum bat." Ich wollte fragen: Wer? Doch er wandte sich schon um. „Komm. Noch sind wir nicht jenseits der Hoffnung." Er setzte sich in Bewegung. Ich folgte. Die Tiere waren verschwunden. Oder sie hatten uns nur ziehen lassen, weil der Wald selbst entschieden hatte, dass mein Weg noch nicht enden sollte. Und so gingen wir los. Hinab. In die Tiefen unter der Welt.*

Er hatte den Anfang gelesen. Oder sich eher durchgequält. Fast jede Zeile drei Mal. Manchmal vier. Jetzt dröhnte sein Kopf. Was zum Teufel hatte er da gelesen? Worum ging es überhaupt? Ein Wald. Dunkel. Irgendwas mit Verirrung. Und dauernd diese Vergleiche, diese Bilder, diese Worte, die sich umeinander wanden wie Schlangen. Warum konnten die im Mittelalter nicht einfach sagen, was sie meinten? Warum musste alles durch tausend Schleier gesprochen werden? Er schloss das Buch. Ließ es neben sich aufs Bett sinken. Dann drehte er sich zur Wand und schloss die Augen. Wenigstens der Schlaf redete nicht in Rätseln.

Teil 1 – Inferno (Hölle)

01

Ein Poltern reißt ihn aus dem Schlaf. Die Tür schlägt auf. Drei Häftlinge stürmen in die Zelle. Ohne Vorwarnung. Ohne Eile. Zwei von ihnen reißen seine Decke weg, stoßen gegen den Tisch, stoßen gegen ihn. Der Dritte, der die Führung hat, bleibt stehen. Er schaut sich um. „Dante", brüllt er. „Soso. Du willst das Buch wirklich lesen ..." Sein Blick gleitet durch die Zelle. Er weiß genau, wonach er sucht. Dann sieht er es. Das Buch. Liegt neben dem Kopfkissen. Er greift danach. „Zuerst lese ich es."

In seinem Kopf schwirren die Gedanken. Wenn er jetzt nichts tut, wird er für immer der Fußabtreter sein. Wenn er sich wehrt, wird alles schlimmer. Das weiß er. Das wissen alle. Hier drin gilt ein anderes Gesetz. Ein unausgesprochenes. Wegen dem, wofür er verurteilt wurde, ist er Freiwild. Was soll er tun? Früher hat er oft mit seinem Großvater Mühle gespielt. Der alte Mann starb viel zu früh. Aber er hatte Geduld. Und einen Blick für Fallen. Immer wieder lockte er „Dante" in eine Zwickmühle. Kein

Ausweg. Egal was man zieht – es wird schlimmer. Genau das ist es jetzt. Eine Zwickmühle.

Aber sein Stolz war stärker. Dieser verdammte Stolz, der ihm schon so oft das Genick gebrochen hatte. Er hätte einfach den Mund halten können. Abwarten. Sich fügen, wie so viele andere. Aber genau das konnte er nicht. Nicht, wenn ihn jemand auf diese Art behandeln wollte. Ihm ging es nicht um das Buch an sich. Es liest sich sowieso sehr beschissen. Es geht darum das man ihm etwas wegnehmen wollte. Ein Buch, das bis jetzt nicht der Hit war, aber eben auch seinen Stolz! „Du kannst lesen?", fragte „Dante" und hob den Kopf, so gut es ging. Seine Stimme klang heiser, aber fest. Die Antwort kam prompt. Ein Faustschlag traf ihn hart in den Magen. Er keuchte auf, ging in die Knie, krümmte sich vor Schmerz. Die Welt drehte sich kurz. Bevor er reagieren konnte, waren sie alle drei über ihm. Er spürte Tritte, Schläge, Fäuste auf Rücken, Rippen, Nacken. Der Raum wurde eng, laut, schmerzhaft. Wie durch Watte hörte er sein eigenes Stöhnen. Kein Ausweg. Kein Schutz. Nur die kalte Zelle und drei Körper, die auf ihn eindroschen.

Eine Stimme durchschneidet die Prügelei wie ein Messer. Laut. Klar. Befehlsartig. „Genug!" Die Schläge hörten auf. Nicht aus Einsicht – aus Irritation. Der Rädelsführer drehte sich um, wütend. „Was geht dich das an? Verpiss dich." Doch die Stimme blieb ruhig. Fest. „Ihr schlagt ihn sonst noch tot. Und dann? Dann wird's schwierig. Jetzt können wir noch was erzählen von Stolpern, Wut und Selbstverletzung. Glaubt euch zwar keiner, aber was anderes ist nicht zu beweisen. Er wird euch nicht verraten." Einen Moment herrschte Stille. Der Anführer musterte den Sprecher. „Und was macht dich da so sicher?" Die Antwort kam ohne Zögern. „Er hängt an seinem Leben."

Ein letzter Tritt, dann verschwinden die drei. Schnell. Wortlos. Zurück bleibt der Lärm in Dantes Schädel. Und ein brennender Schmerz in jeder Faser. Der Vierte tritt vor. Er reicht ihm die Hand. Hilft ihm auf, ohne ein Wort. „Danke", murmelt „Dante". Seine Stimme ist rau. „Das hättest du nicht tun müssen." Der andere grinst. „Nur wenn ich gewollt hätte, dass das hier dein absolutes Ende ist." Er klopft sich den Staub von der Hose. „Ich bin Mehmet", sagt er. „Und was wollten Panther, Leo und Isegrimm von dir?" In „Dantes" Kopf flackert ein Gedanke auf. Ein Name. Vergil? Er zögert, dann antwortet er: „Das Buch." Mehmet nickt. Ein stilles, wissendes Nicken. Er weiß, dass es nicht ums Buch ging. Nie ging es um das Buch. Das war nur der Vorwand. Aber er fragt nicht weiter. Er dreht sich um und geht.

„Dante" räumt die Zelle auf. Langsam. Mechanisch. Er weiß, dass die Wärter keinen Vorwand brauchen. Aber er will ihnen auch keinen liefern. Zerknüllte Kleidung. Ein umgestürzter Stuhl. Sein Becher, zerbrochen. Die Scherben kehren ihm Erinnerungen ins Fleisch. Auf dem Tisch liegt das Buch. Das Buch, das ihm die Schläge eingebracht hat. Er weigert sich, daran zu denken. An den eigentlichen Grund. Er schiebt den Gedanken weg. Begräbt ihn unter Routine. Aber das Buch liegt da. Mitten in der wiederhergestellten Ordnung. Wie ein Hohn. Wie eine stille Anklage. Er starrt es an. Lange. Dann streckt er die Hand aus. Nimmt es. Und liest weiter.

Ich weiß nicht, wie lange wir gegangen waren. Der stille Lärm des verdammten Waldes war verstummt, als hätte jemand einen Schleier über die Welt gezogen. Kein Schrei mehr, kein Heulen, kein Wimmern – nur noch das Tappen meiner Schritte und das leise Rascheln der Kutte meines Begleiters. „Vergil", flüsterte ich, ohne zu wissen, warum ich flüsterte. „Was ist das für ein Ort?" Er antwortete nicht sofort. Sein Blick war geradeaus gerichtet. Sein Gang ruhig wie immer, aber in seinen Augen lag etwas, das ich bisher nicht gesehen hatte: Zögern. Oder war es Bedauern? „Dies", sagte er schließlich, „ist der erste Kreis. Der Limbus."

Wir traten durch eine Art Nebelwand. Dahinter öffnete sich eine weite Ebene, sanft gewellt wie ein schlafendes Meer. Kein Feuer. Kein Blut. Kein Gestank. Stattdessen: Licht. Ein fahles, mattes Leuchten, das aus keiner Quelle kam. Es war einfach da. Ohne Wärme. Ohne Schatten. In der Ferne sah ich Bäume. Hoch, still, ohne Wind. Eine Art Burg ragte hinter ihnen empor. Und da waren Gestalten. Viele. Schweigend, sitzend, gehend, lesend. Wie in einer Bibliothek ohne Bücher. Wie in einem Tempel ohne Götter. „Wer sind sie?", fragte ich. Mein Herz klopfte schneller. *Etwas in mir wollte näher treten. Etwas in mir wollte weglaufen. Vergil blieb stehen. „Die Großen", sagte er leise. „Die, die vor dem Licht kamen. Die, die mit Vernunft lebten, mit Anstand und Weisheit. Aber ohne Taufe." Ich blickte ihn an. „Also... Heiden?" Er nickte. „Philosophen. Dichter. Könige. Und auch Kinder, gestorben vor der Zeit. Unschuldig, aber ungeweiht."*

Ein Windzug fuhr durch mein Innerstes, doch kein Blatt bewegte sich. Die Stille war ohrenbetäubend. Ich ging weiter. Dann sah ich sie. Fünf Gestalten kamen auf mich zu, gehüllt in Gewänder, die nicht alterten. Sie sprachen nicht – und doch wusste ich, dass sie mich anerkannten. Vergil trat einen Schritt zur Seite. „Ehre ihnen", sagte er. „Denn sie erkennen dich als ihresgleichen." Ich erstarrte. „Mich?" „Du hast den Mut, lebendig zu gehen, wo nur Tote wandeln. Sie ehren den Wanderer." Die Fünf standen nun vor mir. Ein Mann mit hoher Stirn und fragendem Blick. Ein anderer mit gekräuseltem Bart und wissender Miene. Eine Frau mit leuchtendem Blick, die ihre Hände auf ein geschlossenes Buch legte. Und zwei Jünglinge mit ernsten Gesichtern, deren Augen an mir hängen blieben wie an einer Frage. Ich wusste ihre Namen nicht. Und doch kannte ich sie. Platon. Aristoteles. Sappho. Hippokrates. Cicero. Oder waren es andere? Es spielte keine Rolle. „Sucht ihr Erlösung?", fragte ich. Meine Stimme zitterte. Der Bärtige antwortete. „Erlösung ist uns nicht verheißen." Sein Ton war sanft, fast milde. „Nur Erinnerung." „Und das genügt euch?", fragte ich. Die Frau legte den Kopf schräg. „Was genügt einem, der nie das Licht gekannt hat? Wir waren edel im Schatten. Doch auch der Schatten vergeht."

Vergil legte eine Hand auf meine Schulter. „Komm." Ich drehte mich noch einmal um. Da war ein Kind. Es saß auf dem Boden, die Knie umklammert. Ein kleiner Junge mit großen Augen. Er sagte nichts. Aber in seinem Blick lag eine Frage, die niemand beantworten konnte. Ich wollte zu ihm, aber Vergils Griff wurde fester. „Nicht einmal du kannst sie befreien", sagte er. „Das ist der Preis." „Welcher Preis?", fragte ich. „Gnade – die nur denen gilt, die im Licht geboren wurden." Ich sah noch einmal zurück, als wir weitergingen. Der Nebel schloss sich hinter uns. Und in meinem Inneren schloss sich etwas mit ihm. Eine Tür vielleicht. Oder ein Zweifel.

„Dante" legte das Buch beiseite. Langsam. Als würde es nach ihm greifen, wenn er es zu schnell ablegte. Das, was er eben gelesen hatte, schwirrte ihm im Kopf herum. Kreise, Schleifen, Bilder – aber nichts ließ sich greifen. Gedanken kamen und verschwanden, als würden sie sich absichtlich entziehen. Wie Nebel hinter Gittern. Abgesehen davon fiel es ihm immer noch schwer, zu lesen, wie sein Namensvetter, Widerwillens, geschrieben hatte. Dieser Ton, diese Worte, diese Bilder – sie waren so weit weg von allem, was er kannte. Und doch … war da etwas. Etwas, das sich festgehakt hatte. Nicht mit Gewalt, sondern mit einer Art sanfter

Hartnäckigkeit. Ein Haken in der Seele. Ohne Schmerz, aber mit Nachhall.

Mehmet schob den Kopf durch den Türspalt. „Kontrolle gleich", sagte er knapp. Dann sah er sich um. Die Zelle war in Ordnung. Stuhl stand, Decke gefaltet, nichts lag herum. „Du warst schneller als die Wärter", murmelte er anerkennend. Aber dann sah er genauer hin. „Dante" saß auf dem Bett. Die Arme auf den Knien, den Blick ins Nichts gerichtet. Das Buch lag neben ihm, anscheinend unangetastet. „Was ist los mit dir?", fragte Mehmet leise. Keine Neugier in der Stimme, nur leiser Ernst. Doch bevor „Dante" antworten konnte, öffnete sich die Tür ganz. Zwei Wärter traten ein. Einer davon sah Mehmet. „Raus. Sofort." Mehmet hob die Hände, zuckte mit den Schultern. „War nur 'n Hinweis." Dann verschwand er. Die Kontrolle war schnell. Ein Blick auf den Tisch, einer unters Bett. Keine Fragen. Kein Kommentar. Nur ein Nicken. Dann waren sie wieder weg. Und „Dante" war wieder allein.

Aber allein war „Dante" nur kurz. Die Tür ging erneut einen Spalt auf. Mehmet war zurück. Er lehnte sich gegen den Rahmen, verschränkte die Arme. „Also", sagte er. „Was ist jetzt los mit dir?" „Dante" sah nicht auf. Sein Blick blieb am Boden haften. „Das Buch", murmelte er. Mehmet folgte seinem Blick. „Das da?" Er musterte es wie einen toten Fisch. „Was ist denn mit dem blöden Buch?" „Dante" zuckte mit den Schultern. „Anscheinend gar nicht so blöd", sagte er. „Wäre es nur nicht in so einem … blöden Stil geschrieben. Wie ein endloses Gedicht." Mehmet hob eine Augenbraue. „Na dann ist es doch blöd. Gedichte sind was für Mädchen." Er grinste breit. Aber sein Ton war nicht wirklich spöttisch. Eher neugierig. Und ein kleines bisschen respektvoll.

„Dante" hob den Blick. Er sah Mehmet direkt an. „Glaubst du, dass Unschuldige bestraft werden?", fragte er. „Oder besser: Dass sie in einer Situation sind, die einer Strafe gleicht ... obwohl sie nichts falsch gemacht haben?" Mehmet runzelte die Stirn. Ein paar Sekunden sagte er nichts. Dann schnaubte er leise. „Du willst mir nicht erzählen, dass du unschuldig bist." Er verschränkte die Arme. „Weißt du, wie viele hier das sagen? Jeder zweite. Vielleicht sogar mehr." Er schüttelte den Kopf. „Die meisten kriegen dadurch nur eins: Noch mehr Zeit hier drin." Er drehte sich um, klopfte zweimal mit der Faust gegen den Türrahmen. Dann ging er. Keine Wut in seinem Ton. Keine Abwehr. Nur diese ernüchterte Müdigkeit, die Menschen in sich tragen, die zu oft angelogen wurden.

Nur Sekunden später tauchte Mehmets Kopf erneut im Türspalt auf. Er sagte nichts sofort. Sah „Dante" nur an – kurz, prüfend, vielleicht ein wenig enttäuscht. Dann: „Ich dachte, du bist anders als die anderen hier." Ein Schulterzucken. „Hab mich wohl getäuscht." Er wollte schon wieder verschwinden, doch dann fügte er hinzu – leiser, fast beiläufig: „Bis morgen." „Dante" nickte kaum merklich. „Bis morgen", sagte er. Seine Stimme war abwesend, wie jemand, der einen Satz spricht, den er selbst nicht mehr ganz versteht. In seinem Kopf drehten sich die Gedanken weiter. Ungeordnet. Unaufhaltsam. Als wäre da ein Mahlwerk in ihm in Gang gesetzt worden, von einem Buch, einer Frage, und einem einzigen, müden Blick.

„Dante" starrte an die Decke. Die Gedanken in seinem Kopf wollten nicht verstummen. Was, wenn das hier gar kein Knast war? Was, wenn das hier … der moderne Limbus war? Ein Ort ohne Schmerz, aber ohne Hoffnung. Ein Ort, wo man lebt, aber nicht weiterkommt. Ein Ort, wo man wartet. Nicht auf Erlösung – sondern darauf, vergessen zu werden. Der Gedanke blitzte auf. Hell. Dann verwarf er ihn. Dafür müssten alle hier drin unschuldig sein. Und das waren sie nicht. Nicht einmal annähernd. Neunundneunzig Komma neun Prozent – schuldig. Nicht immer im juristischen Sinne. Aber im Leben. Also … war es nur seine Zelle? Sein ganz persönlicher Limbus? Oder war das schon zu viel Pathos für jemanden, der einfach nur behauptete, nichts getan zu haben? Aber er hatte nichts getan. Nicht das, was man ihm vorwarf. Nicht das, wofür man ihn verurteilt hatte. Und genau das war der Gedanke, der ihm am meisten zu schaffen machte.

Wenn das hier sein Limbus war – warum dann diese Wut in ihm? Die Seelen im Buch, die Schatten im ersten Kreis, sie waren ruhig. Leer. Melancholisch, ja – aber ohne Hass. Ohne Zorn. Und er? In ihm loderte etwas. Nicht laut. Aber echt. Bitter, heiß, unversöhnlich. Er hatte gelesen, dass dort niemand schrie. Niemand tobte. Und doch wollte er genau das. Schreien. Toben. Zuschlagen. Nicht gegen jemanden. Gegen alles. Von draußen drangen Stimmen herein. Gedämpft, aber unverkennbar. Panther. Leo. Isegrimm. „Dante" spannte sich an. Die Muskeln angespannt wie Drahtseile. Dann – eine andere Stimme. Klar. Ruhig. Aber mit einer Schärfe, die schnitt. „Verschwindet." Mehmet. Die anderen sagten noch etwas, aber „Dante" verstand es nicht. Die Worte blieben wie durch Wasser. Die Tür öffnete sich nicht. Und für einen Moment war da nur Stille.

Aber Stille herrschte nur draußen. Nicht in seinem Kopf. Dort rauschte es weiter. Ununterbrochen. Er versuchte sich einzureden, dass das hier sein ganz persönlicher Limbus war. Ein Ort ohne Ausweg, aber auch ohne Urteil. Manchmal glaubte er fast daran. Für einen Moment. Ein winziger Funke von Akzeptanz. Doch jedes Mal, wenn er kurz davor war, sich diesen Gedanken zu eigen zu machen, kehrten die Zweifel zurück. Wie Schatten, die nie ganz weichen. Er konnte sie nicht greifen. Aber auch nicht vertreiben. Warum? Woher kamen sie? Er hatte selten gezweifelt. Früher war alles einfach gewesen. Was er tat, tat er, weil es ihm etwas brachte. Nicht weil es richtig war. Nicht weil es falsch war. Nur, weil es ihm nützte. Keine Fragen. Keine Gewissensbisse. Nur Zweck. Doch jetzt, in dieser Zelle, mit diesem Buch in der Hand und der Wut im Bauch, verlor der Zweck an Gewicht. Und die Zweifel gewannen an Gestalt.

Er griff nach dem Buch. Und warf es. Hart. Mit voller Kraft. Es schlug gegen die gegenüberliegende Wand, klatschte zu Boden, und blieb aufgeschlagen liegen. „Scheiß Buch!", fauchte er. Sein Atem ging schwer. Sein Herz pochte wild. Was tat er da? Was ließ er zu? Er musste an sich denken. Gerade hier drin. Nur an sich. So war das Spiel. So war es immer gewesen. Überleben bedeutete: Denken wie früher. Fühlen wie gar nicht. Was ihm nützte – das zählte. Nur das. Und dieses Buch? Was hatte das mit Nutzen zu tun? Er starrte zum Boden. Das Buch lag offen, auf dem Rücken, wie ein Käfer mit gespreizten Beinen. Und doch – es sah aus, als grinste es ihn an. Als wollte es sagen: So nicht, Freundchen. Mich wirst du nicht mehr los.

02

Seit einem Tag liegt das Buch nun an der Wand. Aufgeschlagen. Der Umschlag wellt sich leicht. „Dante" hat es nicht mehr angerührt. Trotzdem meint er, es sehe ihn an. So wie etwas dich ansieht, das längst weiß, dass du verloren hast. Er hört den Bücherwagen draußen im Flur. Räder über Linoleum. Klackern, quietschen. Endlich. „Ich will tauschen", sagt er, als der Wagen vor seiner Zelle hält. Der Häftling dahinter – sehnig, glatzköpfig, schon ewig hier – schaut nur kurz auf. Dann sieht er das Buch am Boden. „Tauschen, ja?" Er zieht die Augenbrauen hoch. „Und was ist mit deinem Panther gegen Panther? Keine Lust mehr auf Literatentango?" „Gib mir einfach was anderes." „Hast doch gesagt, das wär'n Witz." Der Alte schnalzt mit der Zunge. „Aber weißt du, was ich witzig find?" Er grinst, ein schiefes Ding voller Zahnlücken. „Dass du echt denkst, du kommst hier raus. Aus dem Buch, mein ich. Oder aus dem Namen." „Was?" „Du bist doch Dante, oder? So nennt dich hier jeder. Passt doch. Hölle, Irrweg, großer Abstieg. Wird 'ne lange Reise." Er lacht. Schiebt den Wagen weiter. Keine Bücher für ihn heute.

„Dante" flucht innerlich. Nicht laut. Nicht hier. Die Luft ist dünn genug. Er will keine Szene machen, kein Theater mit dem Bücher-Alten. Aber der Spott sitzt noch. Verdammt tief. Die Tür geht auf. Mehmet. „Dante" schaut hoch, genervt. Kein Wort. Nur ein Blick, der sagt: Was willst du denn jetzt?

Mehmet bleibt im Türrahmen stehen. Lächelt leicht. „Du hast doch gesagt: Bis morgen." „Dante" blinzelt. Atmet aus. „Stimmt. Sorry." Er deutet auf die untere Pritsche. „Setz dich." Mehmet kommt langsam näher, lässt sich nieder. Nicht zu nah, nicht aufdringlich. „Dante" sieht ihn an. Diesmal offen. Erwartungsvoll. Er sagt nichts. Aber alles in seinem Blick fragt: Warum bist du wirklich hier?

Mehmet bricht das Schweigen. „Wegen gestern ... ich dachte, du bist anders." Er schaut nicht hin, nur auf den Boden. „Aber du bist wohl doch wie die meisten anderen hier." „Dante" runzelt die Stirn. Hebt den Blick. „Weißt du, warum ich hier bin?" Mehmet nickt, ohne zu zögern. „Vergewaltigung. Darum hassen dich die meisten." Ein kurzes Zucken geht durch „Dantes" Gesicht. Dann spricht er leiser: „Und warum hast du mich dann vor den drei anderen befreit? Warum hast du gestern dazwischengehauen?" Mehmet schaut ihn jetzt an. Offen, ernst. „Es gibt einfach zu viel Gewalt", sagt er. „Irgendwann muss es doch mal aufhören."

„Dante" zögert. Sekundenlang. Dann atmet er durch. Langsam. „Ich glaube nicht, dass du mir glaubst", sagt er. „Niemand tut das. Aber ich will dir trotzdem erzählen, was passiert ist." Mehmet sagt nichts. Hebt nur eine Augenbraue. „Okay", meint er dann ruhig. „Erzähl." Er lehnt sich zurück, lässt die Hände locker zwischen den Knien baumeln. „Ich verspreche nichts", fügt er hinzu. „Aber ich werde versuchen zuzuhören. Und drüber nachzudenken."

„Dante" nickt. Einmal. Dann schaut er auf den Boden. Und beginnt zu sprechen.

„Ich war mit ihr zusammen", sagt „Dante" nach einer Weile. Seine Stimme ist ruhig, aber da liegt etwas in ihr – ein Flackern, das sich nicht ganz unterdrücken lässt. „Sie war gerade mal neunzehn. Ich weiß, ich bin über dreißig. Kein guter Look, oder?" Er sieht nicht zu Mehmet. Redet weiter. „Aber du hättest sie sehen sollen. Sie war einfach ... so lebendig. So frei. Und sie wollte mich. Hat mich angeflirtet, wie irre. Ich hab's nicht abgewehrt. Klar nicht. Ich wär doch blöd gewesen." Ein bitteres Lächeln. „Ihre Eltern? Aus gutem Haus. Weißt du schon. Anwälte, Stiftung, Golfclub. Ich war der Dreck unter ihren Schuhen. Die Beziehung – keine Chance. Also haben wir sie geheim gehalten." Er verschränkt die Arme. Löst sie wieder. „Natürlich haben wir miteinander geschlafen. Oft. Es war nicht schmutzig, weißt du? Nicht ... dreckig. Es war echt. Ich hab sie geliebt. Vielleicht dumm, aber ja, geliebt." Dann wird seine Stimme leiser. „Beim letzten Mal wollte sie es unbedingt draußen. Am Strand. Versteckt, im Gebüsch. Ich hab's für sie getan. Für den Kick. Für das Spiel. Ich wollte ihr gefallen." Er holt tief Luft. „Aber da war jemand. Ein Typ, ein Spanner. Hat uns beobachtet. Sie hat's nicht bemerkt, aber ich schon. Später hab ich rausgefunden, dass er bei ihrem Vater arbeitet. Irgendein Security-Mensch, der wohl mehr weiß, als er sollte." Ein kurzes Schweigen. Dann die Worte, die wie Steine fallen. „Sie hat alles abgestritten. Gesagt,

29

ich hätte sie gezwungen. Sie hätte nein gesagt. Ich hätte einfach … genommen, was ich wollte." „Dante" schluckt. „Und der Vater hat's geglaubt. Oder geglaubt glauben zu müssen. Anzeige. Und dann, damit's auch wirklich durchgeht … hat er Zeugen gekauft. Zwei Typen, die angeblich gesehen haben, wie ich sie gedrängt hab. Alles gelogen. Aber sauber vorbereitet. Die Familie weiß, wie man sowas aufbaut." Er schaut jetzt Mehmet an. Direkt. „Und jetzt sitz ich hier. Als Vergewaltiger. Mit einem Buch auf dem Boden, das mich anstarrt. Und mit nem Spitznamen, den ich nicht gewählt hab."

Mehmet hatte ihn nicht ein einziges Mal unterbrochen. Kein Stirnrunzeln, kein Nachhaken. Nur dieses ruhige, aufmerksame Gesicht. Jetzt sagt er nichts. Die Stille zwischen ihnen ist dicht wie Nebel. „Dante" spürt sie. Diese Stille. Und er hält sie nicht aus. „Ich wusste es", sagt er leise. „Ich wusste, dass du mir auch nicht glauben würdest." Mehmet hebt den Kopf. Sein Blick ist klar. „Ich denke gerade nach", sagt er ruhig. „Ich halte mein Versprechen." Dann steht er auf. Streckt sich kurz. Geht zur Tür. Am Türrahmen bleibt er stehen. Dreht sich noch einmal um. „Bis morgen?" „Dante" nickt. Ein einziges Mal.

„Dante" bleibt allein zurück. Die Tür fällt ins Schloss, dumpf. Der Raum wird wieder kleiner, enger, leerer. Sein Blick fällt auf das Buch. Es liegt immer noch da, an der Wand. Und doch: Etwas daran scheint sich zu regen. Mich wirst du nie mehr los, raunt es ihm zu. Nicht laut. Nur in seinem Kopf.

Oder schlimmer – in seinem Innersten. Er bleibt noch einen Moment reglos. Dann beugt er sich. Langsam. Widerwillig. Nicht, weil er will. Sondern weil er nicht anders kann. Er hebt das Buch auf. Die Seiten sind leicht verknickt. Er schlägt die nächste Seite auf. Und liest weiter.

Kaum hatten meine Füße die Schwelle des ersten Kreises verlassen, wurde alles enger. Der Raum, der Atem, die Hoffnung. Der Pfad bog sich hinab, wie eine gebrochene Rippe unter der Haut der Welt. Die Luft wurde dick, sie brannte nicht – aber sie schmeckte nach Eisen und Moder. Und dann kam das Geräusch. Ein Heulen. Nicht tierisch. Nicht menschlich. Irgendetwas dazwischen. Wie Stimmen, die sich ineinander verkeilt hatten und nie mehr lösen konnten. Sie kamen von vorn. Von unten. Von überall. Vergil sagte kein Wort. Er ging, wie er immer ging: voran, als wisse er längst, was auf uns wartete. Doch diesmal war sein Gang langsamer. Bedachter. Als ob auch er wusste, dass dieser Ort etwas anderes war. Kein Denkmal mehr. Kein Schatten. Sondern eine Wunde.

Dann tat sich der Raum auf – und ich trat hinein. Ich sah einen Wirbel. Einen Sturm. Aber keiner wie auf Erden. Kein Regen, kein Blitz. Nur Wind – ein schneidender, rastloser, kreischender Wind, der nichts liebte, nur zerrte und schlug. Und in diesem Wind: Körper. Hundert. Tausend. Ohne Zahl. Sie flogen. Sie fielen. Sie stürzten ohne Aufprall, nur um gleich wieder emporgerissen zu werden. Keine Ruhe.

Kein Halt. Nur Strudel aus Fleisch und Haar, aus klammernden Fingern und weiten Mündern. Manche schienen sich umarmen zu wollen, doch der Wind riss sie auseinander, bevor sie sich fanden. Andere waren ineinander verwickelt, als wollten sie nie wieder loslassen – doch selbst das wurde ihnen verwehrt. Ich sah einen Mann, dessen Gesicht in Tränen stand, doch seine Hände tasteten ins Leere, immer wieder, als wollte er etwas greifen, das nicht da war. Ich sah eine Frau, wunderschön und blutleer, die sich selbst im Flug zu berühren schien, als müsse sie sich daran erinnern, dass sie einmal geliebt hatte.

„Wer sind sie?", flüsterte ich. Ich wusste nicht, ob Vergil mich hören konnte. „Sie sind die Wollüstigen", antwortete er. „Die, die sich vom Sturm der Leidenschaft tragen ließen. Jetzt trägt sie der Wind." Ich sah sie. Ihre Gesichter. Ihre Münder, wie sie stumm nach Namen riefen. Nicht nach Erlösung. Nach Wiederholung. „Dort", sagte Vergil und wies in eine der Spiralen, wo zwei Schatten einander immer wieder nahe kamen, nur um einander im nächsten Moment wieder zu verlieren. „Das sind Francesca und Paolo." Und da erkannte ich sie. Francesca – ihr Haar wie ein Schleier aus dunklem Gold. Paolo – die Lippen blutend, nicht vom Tod, sondern vom Kuss. Ich trat näher. Der Sturm schrie mir ins Gesicht, riss mir die Kleider vom Leib der Sinne. Ich fror nicht. Ich brannte nicht. Ich war – nackt. Und plötzlich schien Francescas Blick sich mit meinem zu treffen. Nur ein Augenblick, nur ein Zittern in der Luft. Doch ich sah *in ihren Augen die Geschichte. Nicht nur ihre. Auch meine. Der Wind raunte mir zu. Von Nächten, die flüsterten. Von Küssen, die Grenzen zogen und dann verwischten. Von Händen, die sagten: Ich will. Und anderen, die sagten: Ich nehme. Und ich wusste: Die Hölle beginnt nicht mit Gewalt. Sie beginnt mit dem Wunsch, geliebt zu werden, egal um welchen Preis. Ich schwankte. Der Boden war längst verschwunden. Nur Vergils Hand hielt mich. „Sieh nicht zu lange hin", sagte er. „Manche Stürme werfen dich nie wieder frei." Und ich sah weg. Nur für einen Moment. Aber ich wusste: Ein Teil von mir flog dort bereits mit.*

Ich wollte mich abwenden. Ich wollte weitergehen, wie Vergil es riet. Doch da war Francescas Blick – und er hielt mich fest wie ein Haken im Fleisch. Ihr Leib taumelte im Sturm, doch ihre Augen ruhten still. Und dann sprach sie. Nicht mit der Stimme eines Geistes, sondern wie ein Mensch, der sich erinnert. „Es war Liebe", sagte sie. „Am Anfang. Wie sie alle beginnt." Der Wind ließ sie nicht landen, aber ihre Worte fanden mich. „Er war der Bruder meines Mannes. Paolo. Sanft. Schweigsam. Er sah mich nicht wie die anderen. Er sah mich, wie ich war, nicht wie ich sein sollte." Ich sah, wie Paolo neben ihr kreiste, ein Schatten aus Sehnsucht. „Wir waren oft allein", fuhr sie fort. „Doch nie zu nah. Nie über die Grenze. Bis zu jenem Abend." Sie stockte. Dann hob sie den Kopf, als würde sie in etwas blicken, das nur sie sehen konnte. „Wir lasen. Ein Buch. Über Lancelot. Und wie er Guinevere küsste. Nur ein Kuss. Aber als wir die Stelle lasen ..." Der Sturm schlug wilder, als wollte er den Kuss selbst zerreißen. „… da sah er mich an. Und ich ihn. Und seine Lippen trafen meine. Wie im Buch." Ihre Stimme wurde leiser. „Das war der Moment. Kein Wille mehr. Kein Denken. Nur Wärme. Nur das Ende des Wartens." Ich konnte nicht sprechen. Ich konnte nur hören. „Ein Augenblick nur. Doch mein Mann sah uns. Oder er wusste es längst. Und so starben wir. Noch am selben Abend." Ich schloss die Augen. Doch ihre Stimme fand mich trotzdem. „Wenn du einmal geliebt hast, Dante", flüsterte sie, „so, dass du dachtest: Jetzt bin ich ganz … dann verstehst du, warum ich hier bin." Und dann wehte sie weiter. Fort von mir. Fort von der Welt. In den ewigen Kuss des Windes.

Komisch, denkt „Dante". Warum gerade dieses Kapitel? Er hatte Mehmet eben erst erzählt, wie ihn die Lust auf diese kleine reiche Göre – ja, genau das war sie doch – in diese Zelle gebracht hatte. Wie es mit einem Kuss begann. Wie das Begehren alles andere überrollte. Und dann schlägt er um. Und das Buch spuckt ihm Francesca und Paolo entgegen. Ein Kapitel über heimliche Liebe. Über verbotene Nähe. Über einen Kuss, der alles zerstörte. „Dante" starrt auf die Seite. Ist das ein Zufall? Oder ist dieses verdammte Buch verhext? Er schnaubt leise, aber da ist keine Ironie mehr in ihm. Nur dieses Gefühl, dass etwas an ihm zieht. Dass ihn dieses Buch nicht einfach erzählen will – sondern kennen. Der Spitzname, den sie ihm hier drin gaben: Dante. Der Name des Autors. Der Name des Helden. Was, wenn das nicht nur ein Witz war? Was, wenn das der Anfang von etwas war, das ihn längst verschluckt?

Die Tür fliegt auf. Panther stürmt herein. Kein Wort. Nur dieses Grinsen, das kein Lächeln ist. Er knallt die Tür hinter sich zu. „Ich will nicht gestört werden bei diesem Date!", brüllt er nach draußen. Seine beiden Schoßhündchen murmeln was, dann ist Stille. Alles geht zu schnell. „Dante" hat keine Chance. Kein Gedanke, kein Griff, keine Flucht. Panther packt ihn. Wirft ihn auf die Pritsche. Hart. Bäuchlings. Dann – das Reissen von Stoff. Kalter Luftzug. Und dann dieser Schmerz. Ein Schnitt, ein Brennen, ein Aufschrei, der nie laut wird. „Dante" beißt sich auf die Lippe. Tränen schießen ihm in die Augen. Nicht aus Schwäche. Sondern weil alles zu viel ist. Draußen Lärm. Stimmen. Ein Schlag. Ein dumpfer Aufprall. Dann fliegt die Tür ein zweites Mal auf. Panther wird weggerissen. Der Schmerz ist noch da. Aber er schwillt nicht mehr. Er ruht. Wie eine offene Wunde. Und dann Mehmets Stimme. Tief. Hart. Unverkennbar. „Ich schwör's dir, wenn du ihn noch einmal anfasst wie'n Tier, dann prügel ich dich weich wie'n verdammten Lappen!"

„Dante" liegt da. Auf dem Bauch. Die Haut an seinem Gesäß ist nackt, kalt. Der Rest brennt. Nicht nur von innen. Der Schmerz ist scharf und warm. Wie Feuer auf offener Wunde. Eigentlich, denkt er, müsste jetzt alles aussetzen. Kein Denken mehr. Kein Ich. Aber in ihm tobt es. Ein Sturm. Gedanken, die sich nicht fügen, nicht flüchten, sondern gegeneinanderprallen. Ob Panther auch im zweiten

Kreis landet? Diese Frage taucht einfach auf. Sie kommt nicht aus dem Kopf. Sie kommt aus dem Buch. Aus dem Wind, der jetzt in ihm weht. Die Tür fällt zu. Mehmet steht neben ihm. Sagt kein Wort. Er reißt ein Blatt Toilettenpapier ab, rollt es zwischen den Fingern, dreht es zu einem festen Pfropfen. Dann reicht er es „Dante". „Stillt die Blutung", sagt er. Lapidar. Als würde es um eine Schürfwunde gehen.

„Dante" hat sich eine neue Hose angezogen. Der Stoff reibt unangenehm. Jeder Schritt brennt. Aber wenigstens ist er wieder bedeckt. Er hat sich die Tränen weggewischt, die letzten Spuren einer Ohnmacht, die sich nicht mehr leugnen ließ. Dann sieht er zu Mehmet. Nicht direkt. Nur ein Blick, flüchtig, aber voller Fragen. Wie macht der das nur? Schon wieder scheint er ihn zu lesen wie ein offenes Buch. Mehmet seufzt. Bricht das Schweigen. „Nein", sagt er ruhig. „Ich glaube dir noch nicht. Oder besser gesagt – ich habe noch Zweifel." Er lehnt sich an die Wand, verschränkt die Arme. „Aber ich hab ein paar Strippen gezogen. Für mehr Informationen. Was man halt so rauskriegt, wenn man fragt, ohne zu fragen." „Dante" schaut ihn an. Nur ein Wort: „Warum?" Mehmet lächelt. Schief. Trocken. „Weil in unserem Rechtsstaat die Unschuldsvermutung gilt." Er zuckt mit den Schultern. „Darum sind hier vermutlich alle unschuldig."

Mehmet wendet sich zum Gehen. Sein Rücken ist gerade, die Schritte ruhig, aber da ist etwas in seiner Haltung – eine Spannung, als würde auch er hier nie ganz loslassen können. An der Tür bleibt er stehen. „Pass auf dich auf", sagt er. Nicht laut. Nicht bedeutungsschwer. Einfach so. Wie ein Satz, den man nicht mehr erklären muss. Dann, fast beiläufig: „Hier drin glaubt niemand, dass der andere unschuldig ist. Das gesteht sich jeder nur selber zu." „Dante" antwortet sofort. Ohne Zögern. „Ich weiß. Das wusste ich von Anfang an." Mehmet nickt. Dann geht er. Und lässt die Tür hinter sich ins Schloss fallen.

03

Die Worte Mehmets hingen noch in seinem Kopf. „Pass auf dich auf." „Dante" grinste schief. Leicht gesagt. Der Schmerz in seinem Hintern war zurück. Hartnäckig wie ein schlechter Gedanke. Wie soll er auf sich aufpassen? Er konnte hier nicht weg. Nicht verschwinden. Nicht einmal für einen Moment. Die meisten hassten ihn. Die, die es nicht taten, glaubten trotzdem nicht an seine Unschuld.

Auf dem Flur klapperte es metallisch. Das leise Quietschen eines kaputten Rads kam näher. Der Bücherwagen. „Dante" rührte sich nicht. Früher hatte er gehofft, vielleicht doch ein anderes Buch zu bekommen. Eins, das weniger... Doch der Bücherwurm gab ihm keines. Nicht mehr. Auch er wusste, wen man besser nicht gegen sich hatte. Vielleicht hasste er „Dante" nicht. Aber er hatte Angst vor denen, die es taten. Das Geräusch entfernte sich wieder, ein Echo aus einer Welt, die er längst nicht mehr erreichte. Dann – neues Klappern. Härter. Geschirr. „Dante" sprang auf. Zu schnell. Der Schmerz zuckte in ihn hinein. Er humpelte zur Gittertür, zog sich hoch. Doch der Küchenhäftling stand schon bei Panther. Grinsend. „Zu spät", sagte er beiläufig. „Er kriegt heute doppelt." Panther sah „Dante" direkt an. Grinste breit. Dann führte er sich langsam den Finger zum Mund, streckte die Zunge raus – und machte eine obszöne Geste. „Dante" sagte nichts. Drehte sich um. Ging zurück. Langsam. In seiner Zelle roch es nach abgestandener Luft und feuchter Decke. Wie soll er auf sich aufpassen?

Ein Schatten fiel in die Zelle. Dann schob sich Mehmets Kopf durch die Tür. „Darf ich?", fragte er. „Dante" hob eine Braue. „Seit wann fragst du?" Mehmet grinste. „Seit du so guckst. Ich wollt dich nicht beim Essen stören." „Dante" verzog das Gesicht. Der Spruch lag ihm auf der Zunge – irgendwas Gemeines. Ironisch. Aber bevor er sie formte, trat Mehmet schon ein. Auf dem Tablett balancierte er sein Mittagessen. „Ich geb dir was ab", sagte er, als wäre das die natürlichste Sache der Welt. Keine große Geste. Kein Pathos. Einfach so.

Mehmets Teller war leer. Sie hatten nacheinander gegessen. Erst „Dante", schweigend, die Hälfte. Dann Mehmet, ebenso schweigend, den Rest. Eine Weile saßen sie einfach da. Kein Wort. Nur das Kratzen von Plastikbesteck auf Metall. Dann brach Mehmet das Schweigen. „Meine Quellen sagen, deine Geschichte könnte stimmen." „Dante" sah nicht auf. Starrte auf die Reste in der Blechnapf-Rille. „Tut mir leid", sagte Mehmet leise. Keine große Entschuldigung. Kein Blickdrama. Einfach nur: Tut mir leid.

„Dante" winkte ab. Nicht überheblich. Nicht genervt. Nur... so, dass klar war: Schon gut. Mehmet sah ihn an. Kurz. Ein dankbarer Blick. Keine Worte. „Bringt mir eh nichts", murmelte „Dante". „Selbst wenn's stimmt – die anderen glauben's nicht. Und wenn doch, würden sie's nie zugeben." Er sah zur Wand. „Ich muss auf mich aufpassen.

Nur... keine Ahnung, wie." Mehmet nickte. Langsam. „Ich bin ja auch noch da." Dann wieder Stille. Aber diesmal war sie nicht schwer. Sie war einfach da. Und das war fast... angenehm. Solange man sie nicht allein ertragen musste.

Es war „Dante", der diesmal die Stille durchbrach. „Du... warum bist du hier?" Mehmet sah ihn an. Nur einen Augenblick lang. Dann zuckte er mit den Schultern. „Ein andermal", sagte er. Er stand auf. Nahm sein Tablett. Ging ohne Hast. „Dante" blickte ihm nach. Lange. Dann fiel sein Blick auf das Buch. Es lag noch immer da. Schwer. Er seufzte. Na schön. Dann eben weiter, alter Freund, dachte er. Widerwillig zwar... aber weiter. Er schlug es auf. Und stieg hinab.

Ich spürte es zuerst an den Füßen. Ein kalter Brei, dick wie verdorbener Teig, sog sich zwischen die Zehen. Mit jedem Schritt wurde das Gewicht größer. Es war, als wollte der Boden mich behalten. Dann kam der Regen. Nicht wie oben – nicht Wasser. Sondern: ein stinkender Hagel, schwarzer Matsch, Schneefetzen. Alles fiel gleichzeitig, wild durcheinander, ohne Ordnung, ohne Gnade. Der Wind trieb mir fauligen Nebel ins Gesicht. Ich sog ihn ein. Ich hatte keine Wahl. Es roch nach Erbrochenem, nach Fäulnis, nach dem Inneren eines Körpers, den niemand mehr will. „Tritt vorsichtig", sagte Vergil. Seine Stimme war leise, fast andächtig. „Hier liegen sie. Die, die der Völlerei erlegen waren. Viele. Die, Sie bewegen sich kaum. Doch sie sind wach." Ich sah sie. Nicht sofort – der Schlamm verdeckte alles. Aber dann: Bewegungen. Zuckungen. Ein Arm, der aus der Brühe ragt, zitternd wie ein abgestorbenes Ästchen. Ein Gesicht, das kurz auftaucht, in Qual verzogen, dann wieder verschwindet. Die Masse war voller Körper. Nicht liegend – sondern kriechend, drängelnd, rollend. Sie wälzten sich in dem Regen, so als hätten sie vergessen, wie man steht. Oder als wollten sie es nicht mehr wissen.

Ein Kichern. Dann ein Bellen. Nein – drei Bellen. Ich drehte mich um. Da war er. Cerberus. Ein graues, geiferndes Monstrum, so groß wie ein Haus, mit drei Köpfen, drei Mäulern, drei hungernden Seelen. Seine Augen waren blind vor Gier. Er sah mich nicht – er roch mich. Ein Winseln, dann ein Knurren, dann der erste Satz. „Frisches Fleisch", röhrte der linke Kopf. „Nicht für dich bestimmt", sagte Vergil ruhig. Cerberus fletschte die Zähne, alle drei Reihen auf einmal. Doch er wich zurück. Langsam. Knurrend. Sein Speichel brannte sich in den Boden. Dort, wo er tropfte, war nichts mehr als Rauch.

Wir gingen weiter. Oder eher: Wir arbeiteten uns weiter. Ich musste die Hände benutzen, um nicht zu stürzen. Die Brühe war zäh, manchmal zog sie mich zurück. Dann, plötzlich, tauchte ein Gesicht auf. Direkt vor mir. Ein Mann. Dick. Aufgedunsen. Seine Augen leer. Sein Körper mehr Brei als Haut. Aber er sprach. Langsam. Schwerfällig. Als müsste jedes Wort durch Fett und Dreck gepresst werden. „Du... bist nicht von hier." Ich zögerte. „Ich bin Dante. Auf der Reise. Nicht tot." Er lachte. Ein blubberndes, nasses Lachen. Dann spuckte er in den Matsch. „Ich war Ciacco", sagte er. „Man nannte mich den Schweinigen. Damals. In Florenz." Ich erkannte ihn nicht. Aber er kannte mich. „Du schreibst Gedichte, nicht wahr? Schöne Worte... für eine Stadt, die ihre eigenen Kinder frisst." Ich wusste nicht, was ich sagen sollte. „Sieh dich um", fuhr er fort. „Hier ist kein Hunger. Hier ist Überfluss. So viel, dass wir daran ersticken." Er hob einen Arm. Der Matsch tropfte in dicken Klumpen von der Haut. „Wir wollten alles. Alles schmecken. Alles besitzen. Und nun... haben wir es. Tag und Nacht. Regen aus Kot. Suppe aus Schuld. Wir können nicht sterben. Nur kauen, schlucken, würgen. Immer weiter." Ich spürte, wie mein Magen sich zusammenzog.

„Was wird aus Florenz?", fragte ich, leise. Er lächelte. Ein Lächeln, das keine Zähne mehr hatte. Nur Fleisch. „Kämpfe. Spaltungen. Bruder gegen Bruder. Schwarz gegen Weiß. Die Gier endet nicht, Dante. Nicht da oben. Nicht hier." Ich wollte mehr wissen. Doch da schob sich eine andere Gestalt zwischen uns. Ein Körper, größer, schwerer – stieß Ciacco zur Seite, trampelte ihn in den Matsch. „Das ist meine Stelle!", schrie der Fremde. Seine Stimme war wie ein Rülpsen. Ciacco schrie nicht. Er ging einfach unter. Verschluckt vom Schlamm. Nur ein letzter Luftstoß blubberte an die Oberfläche. Vergil berührte meine Schulter. „Komm. Der Weg ist noch lang. Und wir haben die Maßlosen genug gesehen." Ich nickte. Und ging weiter. Doch Ciaccos Stimme blieb bei mir.

Wie der Nachgeschmack eines verdorbenen Mahls,
das man nicht loswird.

„Dante" klappte das Buch zu. Langsam. Er hatte das Kapitel beendet – oder das Kapitel hatte ihn beendet. Er brauchte einen Moment. Zum Atmen. Zum Verarbeiten. Langsam gewöhnte er sich an die Sprache. Die Bilder. Das Gewicht der Worte. Aber der Magen – der rebellierte immer noch. Da flog die Tür auf. Panther. Hinter ihm Leo und Isegrimm. Drei Schatten. Drei Körper. Drei zu eins. „Essenszeit", verkündete Panther und grinste dabei wie ein Kind, das gleich ein Geschenk auspackt. „Dante" machte keinen Versuch, sich zu wehren. Keine Abwehrhaltung. Kein Instinkt. Er wusste: Das würde es nur schlimmer machen. Panther nickte Leo zu. Der trat vor. Reichte die „Mahlzeit". Ein Blechnapf. Darauf: verfaulter Apfel, etwas, das nach Erbrochenem roch, ein Stück Fleisch, grünlich verfärbt. Isegrimm und Panther packten „Dante". Nicht brutal – routiniert. Wie bei einem Ritual. Sie setzten ihn an den Tisch. Leo „servierte". Dann zog Panther etwas aus der Tasche. Klein. Schwarz. Ein Katzenkopf. Abgetrennt, starr, die Zunge hing raus. Er legte ihn auf den Teller. Ganz oben. Wie ein Sahnehäubchen. „Schön aufessen", sagte Panther. Seine Stimme war sanft. Fast fürsorglich.

„Dante" griff nach der Gabel. Leo schlug sie vom Tisch. Mit der flachen Hand. Metall klirrte auf Beton. „So ein Festessen isst man mit den Händen", sagte Leo. „Oder willst du hier den feinen Herrn machen?" Sein Gesicht näherte sich. „Du warst doch bei anderen Dingen auch nicht so fein. Hast kräftig mit den Händen zugepackt, bevor—" Ein stechender Blick von Panther ließ ihn verstummen. Eis in der Luft. „Bei Tisch wird nicht gesprochen", sagte Panther ruhig. Isegrimm kicherte. Dumpf, wie ein Tier. „Dante" griff nach dem Apfel. Er war weich. Schwammig. Der Geruch stieg ihm in die Nase, säuerlich, faulig. Er biss ab. Kauen. Schlucken. Zumindest der Versuch. Er würgte. Der Hals weigerte sich. Der Körper rebellierte. Es ging nicht. Und dann – Spuckte er. Nicht zur Seite. Nicht auf den Boden. Direkt ins Gesicht von Isegrimm. Ein stiller Moment folgte. Kurz. Schwer. Dann zog Isegrimm die Augenbrauen hoch.

04

Isegrim sprach langsam. Scharf. Überdeutlich. „Hast du mich grad angekotzt, du Witzfigur?" „Dante" sagte nichts. Kein Wort. Was hätte er sagen sollen? Ob er sprach oder schwieg – es hätte nichts geändert. Die Strafe würde kommen. Wie ein Ziegelstein auf den Hinterkopf. Wie ein Stiefeltritt in die Rippen. Vielleicht würde er diesmal draufgehen. Vielleicht war's das. Panther hob schon den Arm. Doch da donnerte es durch die Zelle: „Ich hab doch gesagt – lasst ihn in Ruhe!" Mehmets Stimme schnitt wie Stahl. Die drei erstarrten. Dann traten sie zurück. Schweigend. Fast wie auf Befehl. Panther presste sich im Vorbeigehen an Mehmet vorbei. Zischte ihm ins Ohr: „Vorerst." Er grinste schief, zeigte die Zähne. „Willst du den Spaß etwa ganz für dich, hä? Das wär aber unfair. Man muss doch teilen, Bruder." Mehmet antwortete nicht. Aber seine Augen sagten genug

Der Stein, der „Dante" vom Herzen fiel, muss so laut gewesen sein, dass ihn die Damen drüben im Frauenknast gehört haben. „Danke", murmelte er. Mehmet nickte nur. „Wieder ein Tag länger in der Hölle", sagte „Dante". Sein Blick fiel zu Boden. „Ich hätte erlöst sein können." Mehmet fuhr herum. Sein Gesicht verzog sich. „Nimm das zurück!", brüllte er. „Denk nicht mal daran, hörst du?!" Dann wandte er sich ab. Die Tür knallte hinter ihm zu. So heftig, als wollte sie aus dem Rahmen springen.

Aber sie war eine Zellentür. Und das hier war der Knast.

Kurze Zeit später ging die Tür wieder auf. Mehmet trat ein. „Sorry", murmelte er. Dann sah er „Dante" an. Und diesmal sprach er nicht hart. Sondern fast wie jemand, der sich fürchtet, dass seine Worte nichts bewirken könnten. „Bitte", sagte er. „Denk nicht so. Nicht mehr." Er setzte sich nicht. Lehnte einfach nur an der Wand. „Du schaffst das. Mit mir. Ich lass dich hier nicht verrecken. Du wirst hier rauskommen. Lebendig." Sein Blick hielt stand. Kein Zweifel darin. Nur Entschlossenheit. Und etwas, das fast wie Glaube aussah.

„Dante" wollte ihn fragen. Jetzt. Warum er hier war. Was Mehmet getan hatte. Aber er kam nicht dazu. Mehmet drehte sich einfach um. Ging zur Tür. Kein Wort. Als hätte er genau gewusst, was „Dante" sagen wollte. Die Tür fiel hinter ihm ins Schloss. Leise diesmal. „Dante" blieb sitzen. Ein Moment lang tat sich nichts. Dann griff er nach dem Buch. Er suchte darin Zerstreuung. Oder Trost. Oder irgendetwas, das nicht aus Beton und Schweigen bestand.

Ich weiß nicht, wann genau wir den Abstieg vollendeten, aber als wir endlich den vierten Kreis betraten, öffnete sich vor mir ein Tal aus Steinen und Stimmen. Der Boden war aschgrau, gezeichnet von tiefen Furchen, die sich in konzentrischen Kreisen umeinander wanden. Ein gewaltiger Graben, geschaffen aus der immergleichen Bewegung. Von oben sah ich sie zuerst nur als Schatten, die sich in langsamen Bahnen durch den Nebel schoben. Doch dann trat ich näher – und sah die Wahrheit in voller Schärfe. Sie waren Hunderte. Vielleicht Tausende. Jede dieser Gestalten – verdammt, verzerrt, verkrümmt – wälzte einen schweren Brocken vor sich her. Ein Fels aus Gold. Ein Schatz aus Erz. Ein Sack voller Münzen, der mit jeder Umdrehung größer zu werden schien. Sie stöhnten. Sie keuchten. Und dann – wie auf ein geheimes Zeichen – prallten sie in der Mitte aufeinander. Ein dumpfer Knall. Ein Schrei. Die Lasten rollten zurück. Und sie begannen von vorn.

„Warum hortest du?!" „Warum verschwendest du?!" Die Stimmen überschlugen sich. Sie riefen es einander zu, spien es wie Galle in die Gesichter der Gegenüber. Ein alter Mann – kahl, mit schwarzen Zähnen – warf sich mir beinahe vor die Füße, als seine Münzensäcke ihn zu Boden rissen. „Habt ihr's gehört?!", kreischte er. „Sie haben mir alles genommen! Ich wollte doch nur genug!" „Genug wovon?" Ich hörte meine eigene Stimme nicht, sie wurde vom Grollen des Kreises verschluckt. Da legte Vergil mir eine Hand auf die Schulter. Seine Augen waren dunkel, ernster als je zuvor. „Dies, mein Sohn," sagte er, „ist der Kreis der Habgierigen und Verschwender. Jene, die nie Maß hielten. Die entweder zu viel wollten – oder alles achtlos verloren. Sie wälzen nun ihre Bürden – in ewiger Kollision. Denn wie das Geld sie trennte, so verbindet sie nun nur noch der Streit."

Ein keuchender Klang ließ mich herumfahren. Ein dicker Mann, in zerrissenen Brokat gehüllt, torkelte vorbei. „Ich war ein König!", schrie er. „Ein König, verdammt! Sie haben mich beraubt – und doch war ich es, der nie aufhörte zu nehmen!" Er brach zusammen, sein Goldblock zerquetschte fast seine Rippen. Ein Weib – bleich, mit glasigen Augen – zog an einem leerem Tresor aus Bronze. Ihre Lippen waren blutig, aber sie hörte nicht auf zu murmeln: „Kaufen. Kaufen. Kaufen. Alles, solange es glänzt." Ich wollte etwas sagen. Einen Trost. Eine Wahrheit. Aber alles, was ich sagen konnte, verlor sich zwischen den Schreien und den Steinen. Dann hörte ich ein anderes Geräusch. Ein Schnaufen. Ein Röcheln. Ein Grunzen, das aus dem Nebel kam. „Was ist das?", flüsterte ich. Vergil antwortete nicht sofort. Er trat nur zur Seite – und dann kam es. Ein massiger Leib, halb Mensch, halb Schwein, der aufrecht ging, aber sabberte wie ein Tier. Sein Kopf war kahl, seine Augen blutunterlaufen, und seine Zunge – sie bestand aus kleinen, klirrenden Münzen, die bei jedem Laut aneinanderstießen.

„Papé Satàn, papé Satàn aleppe!", grunzte er, spie es wie eine Litanei, die keiner verstand – aber alle fürchteten. „Plutus", sagte Vergil leise. „Der Dämon des Reichtums. Ein Wahnsinniger. Aber hier ist er König." Plutus sah uns. Er hob den Kopf. Seine Zunge klirrte. „Neue Spieler?!", röhrte er. „Noch mehr Hände für den Tanz? Noch mehr Seelen für den Handel?" Ich wich zurück. Aber Vergil trat ruhig vor. „Tritt beiseite, alter Wucherer", sagte er. „Deine

Macht endet an der Grenze des Kreises." Plutus fletschte die Zähne. Dann brüllte er. Ein Laut wie Bersten von Metall. Aber er wich zurück. Torkelte davon. In seine eigene Grube aus Gold und Gier. Ich stand da, atmete schwer. „Vergil …", begann ich. Aber ich wusste nicht, was ich sagen wollte. „Komm", sagte er nur. „Hier gibt es nichts, was du retten kannst." Wir gingen weiter. Und hinter uns rollten die Steine wieder aneinander.

Erschrocken klappte „Dante" das Buch zu. Der Deckel knallte dumpf gegen die Tischplatte. Wenn dieser verdammte Dante damit recht hatte … Dann sollte er besser auf Mehmet hören. Und seine Hilfe annehmen. Denn war er nicht genauso gewesen? Haben, haben, haben. Und wenn er es hatte – damit um sich schmeißen. Geld bedeutete Macht. Und Macht bedeutete Sicherheit. Selbst mit ihr war's doch so gewesen. Die Kleine, die ihn angeblich „lieben" wollte. Klar, sie war jung. Schön. Und geil. Aber das war's nicht allein. Ihr Geld. Ihr Style. Der Glanz, den sie trug wie andere Parfüm. Er wollte das alles. Und mehr. Jetzt war er hier. Und sie – war draußen.

Hofgang. „Dante" stand am Rand, so weit weg vom Feld wie möglich. Die Sonne lag schwer auf dem Beton. Aber die Luft war kühl. Oder es kam ihm nur so vor. Seine Augen tasteten über den Hof. Er suchte Mehmet. Aber Mehmet war nicht da. Dafür spielten Panther und seine Jungs Basketball. Sie lachten. Gröhlten. Und gewannen haushoch.

Nicht weil sie gut waren. Nicht mal, weil sie die Regeln kannten. Aber weil die anderen sich nicht trauten, sie verlieren zu lassen. Jedes Mal, wenn einer von Panthers Leuten warf, ließen die Gegner den Ball einfach fallen. Oder stolperten „versehentlich". „Leo!" „Isegrimm!" Die Rufe hallten über den Platz. Die Drei klatschten sich ab, als wären sie ein echtes Team. „Dante" wusste, wer hier das Sagen hatte. Nicht die Wärter. Nicht die Regeln. Panther. Und seine Schatten.

Der Ball prallte ab und rollte bis vor „Dantes" Füße. Er rührte sich nicht. Einer der Spieler kam angelaufen. Nicht Panther. Einer von den anderen. Schmächtig. Schweißnass. Er hob den Ball auf. Und warf „Dante" einen Blick zu, der nichts Gutes bedeutete. Nicht heute. Nicht morgen. Aber irgendwann. „Dante" wusste, was ihn vor den Fäusten der anderen schützte. Zwei Dinge. Erstens: Das Tierische Trio hatte ihn noch nicht freigegeben. Sie betrachteten ihn als ihr Spielzeug. Und niemand nahm ihnen das weg. Zweitens: Da war Mehmet. Und solange Mehmet da war, blieb alles ... gerade so stabil. Der andere Häftling drehte sich um. Da fielen ihm die Kippen aus der Tasche. Fast voll. Und das Feuerzeug gleich hinterher. Er bemerkte es nicht. „Dante" bückte sich langsam. Tat so, als würde er seinen Schuh richten. Nahm beides an sich. Schob es in die eigene Tasche. Ohne ein Wort. Ohne ein Zucken.

„Dante" saß auf der Pritsche und drehte das Feuerzeug zwischen den Fingern. Die Kippen lagen neben ihm auf der Decke, als wären sie ein Fundstück aus einer anderen Welt. Die Tür ging auf. Mehmet kam rein. Er blieb stehen. Sah auf das Päckchen. Dann auf „Dante". „Du rauchst?" „Dante" schüttelte den Kopf. „Hab ich mal. Vor langer Zeit." Er sah das Feuerzeug an. Klickte es auf. Die Flamme züngelte kurz. „Soweit ich weiß", fügte er hinzu, „das einzige Laster, das ich je wirklich aufgegeben habe." Mehmet setzte sich nicht. Lehnte sich nur an die Wand. „Wo hast du die her?" „Dante" zögerte kurz. Dann erzählte er es. Ohne Umschweife. Ohne Ausflüchte. „Ist ihm aus der Tasche gefallen. Beim Basketball. Ich hab's gesehen. Er nicht." Mehmet sah ihn lange an. Dann nickte er. Keine Moralpredigt. Keine Drohung. Nur ein Nicken.

Der Wagen ratterte über den Flur. Metallräder auf Stein, das Klappern der Blechtabletts, der dumpfe Rhythmus des Knastalltags. Mehmet verließ die Zelle, um sich sein Abendessen abzuholen. „Dante" stand an seiner Tür. Wartete. Der Häftling, der das Essen austeilte, reichte ihm das Tablett ohne ein Wort. „Dante" nahm es an. Und griff dann in seine Tasche. Zigaretten. Das Feuerzeug. Er hielt sie dem anderen hin. Still. Der runzelte die Stirn. Zögerte. „Ich hab nix, was ich dir geben kann", murmelte er. „Dante" schob es ihm einfach in die Jacke. Ein kurzer Griff. Fast beiläufig. „Schon gut", sagte er. „Ich brauch das nicht. Wegen dem Buch." Der andere sah ihn an. Fragend. Aber sagte nichts. Er zog weiter. Zur nächsten Zelle. „Dante" schloss die Tür. Setzte sich auf die Pritsche. Das Tablett auf den Knien. Und aß. Langsam. Still. Mit einem Blick, als würde er in etwas Unsichtbares hineinsehen. Und zum Nachtisch gönnt er sich das nächste Kapitel.

05

Ich roch ihn, bevor ich ihn sah. Der Wind trug den Gestank von Verwesung, von altem Blut und sumpfigem Tod heran. Süßlich, faulig, zäh. Er legte sich auf die Zunge wie öliger Rauch. Ich hustete und hielt mir den Ärmel vors Gesicht, aber es half nichts. Der Gestank war Teil der Luft, wie Hitze Teil des Feuers ist. „Was ist das?", fragte ich und drehte mich zu Vergil um. Doch er antwortete nicht. Stattdessen zeigte er wortlos nach vorn, und ich trat aus dem Schatten eines zerborstenen Felsbogens ins Licht.

Und da sah ich ihn. Den Styx. Nicht wie ein Fluss, nicht wie etwas, das fließt. Sondern wie eine lebendige, träge Masse – ein wogender Teppich aus Körpern und schwarzer Brühe. Die Oberfläche war fettig und trüb, wie altes Motoröl. Und überall, überall Köpfe. Männer und Frauen. Haut wie grauer Ton. Die Augen aufgerissen, der Mund voller Schlamm. Sie brüllten. Sie bissen. Einer schrie in die Richtung eines anderen: „Verdammter Bastard! Ich hab dich im Leben gehasst und ich hasse dich jetzt!" Dann warf er sich mit bloßen Fäusten auf ihn, schlug wie ein Tier, kratzte, trat. Der andere lachte, spuckte ihm ins Gesicht, schlang die Arme um ihn und zog ihn unter Wasser. Ein Blubbern. Dann beide weg. Dann tauchten zwei andere auf, die sich gegenseitig an den Haaren zerrten. Ich wich zurück.

„Vergil", flüsterte ich. „Was ist das für ein Ort?"
„Der fünfte Kreis", sagte er mit einer Stimme, die keine Farbe mehr kannte. „Hier treiben die Seelen

der Zornigen. Ihre Wut hat sie im Leben gelenkt – jetzt lenkt sie sie ins Nichts. Sie schlagen zu, ohne Ziel. Sie hassen, ohne Grund. Sie kämpfen, weil sie nicht anders können." Ich trat näher an den Rand, und meine Füße versanken im schmatzenden Uferschlamm. Eine Hand schoss aus dem Wasser und packte mein Bein. „DU!", röhrte eine Stimme. „DU HAST MIR DEN RANG WEGGENOMMEN! ICH WAR DER BESTE!" Ich trat zurück, stolperte, fiel fast. Die Hand löste sich, ein Gesicht tauchte auf – halb verbrannt, das andere Auge von Blut überzogen. „Was redest du? Ich kenne dich nicht." „ICH WAR DEIN SPIEGEL!", brüllte er. „DU HAST GEWÄHLT, ZU SCHWEIGEN! ICH HABE GESCHRIEN! DU FEIGLING!" Er lachte – ein widerliches, nasses Lachen. Dann riss ihn eine andere Faust zurück unter die Brühe. Ich taumelte zurück, zitternd. „Wer war das?", fragte ich. „Ein Echo deiner Wut", sagte Vergil. „Hier unten flüstert dir die Hölle zu, Dante. Sie spricht mit deiner Stimme. Wenn du sie nicht erkennst – frisst sie dich."

Ein Knarren. Holz. Ein Boot näherte sich aus dem Nebel, flach und schwarz wie der Fluss selbst. An seinem Bug: eine Kreatur, halb Mensch, halb Tier. Die Haut spannte sich wie Leder über Muskeln, der Schädel kahl, die Augen rot wie glühende Kohlen. „Phlegyas", sagte Vergil leise. „Fährmann des Zorns." Der Dämon grinste und zeigte Zähne, als hätte man ihm Nägel in den Kiefer geschlagen. „Wen bringt ihr mir?", knurrte er. „Einen Suchenden", antwortete Vergil. „Er hat das Feuer noch in sich. Aber es brennt noch nicht blind." „Noch nicht", sagte Phlegyas, während wir einstiegen. Das Boot war voller Kratzer und Dellen. Fingerabdrücke im Holz. An den Seiten schmatzten Hände aus dem Wasser, versuchten sich festzukrallen. Phlegyas trat auf sie, ohne mit der Wimper zu zucken. „Sie sind hungrig", flüsterte Vergil. „Nicht nach Fleisch. Sondern nach Wut. Jeder Tropfen deines Hasses zieht sie an wie Blut die Fliegen." Ich schluckte.

Der Nebel schloss sich um uns. Von irgendwo hörte ich eine Stimme – klar, ruhig, fast traurig: „Ich habe nie geschrien", sagte sie. Ich blickte über den Rand – und sah ein Gesicht unter dem Wasser, ruhig, unbewegt, mit offenen Augen. „Ich habe geschwiegen. Mein Leben lang. Und jetzt... kann ich nichts mehr sagen." „Wer bist du?", fragte ich. „Niemand. Weil ich nie jemand war. Ich war nur still." Dann: „Sag mir, bist du anders?" Ich antwortete nicht. Denn ich wusste es nicht.

„Dante" klappte das Buch mit einem Schlag zu. Das Geräusch hallte durch die Zelle. Dann schleuderte er es mit voller Wucht gegen die Wand gegenüber. Es prallte ab, schlug auf den Boden. Das billige Taschenbuch bog sich wie ein Fisch im Todeskampf. Sein Atem ging stoßweise. Die Seiten über die Wütenden hatten ihn nicht losgelassen. Jetzt kochte es in ihm. Die Wut. Diese verdammte Wut. Er war unschuldig. Unsichtbar. Vergessen. Reiche konnten sich Zeugen kaufen. Anwälte. Schweigen. Und diese kleine Lügnerin? Sie hatte sich nicht mal mehr gemeldet. Zu sehr damit beschäftigt, ihr Erbe zu sichern. Nicht ihr Leben. Ihr Ruf. Er ballte die Fäuste. Dann traf ihn der Gedanke wie eine Ohrfeige. War er nicht genauso? Hatte er nicht selbst immer das genommen, was ihm passte? Gesehen, was ihm nutzte? Hatte er nicht auch andere übergangen, wenn es ihm half? Die Wut drehte sich. Wurde heißer. Tiefer. Jetzt war er doppelt wütend. Auf das System. Und auf sich. Er stand da, mitten in der Zelle. Die Stirn glänzte vom Schweiß. Er fühlte sich, als würde er innerlich brennen.

In diesem Moment ging die Tür auf. Mehmet steckte den Kopf durch den Spalt. „Yo. Kann ich kurz rein?" Er wartete nicht auf die Antwort. Tat er selten. Diesmal gar nicht. Er kam einfach rein, lehnte sich an die Wand neben der Pritsche – genau an die Stelle, an die er sich immer lehnte. Die Haltung wie immer: locker, halb schief, ein Bein leicht angewinkelt. Aber seine Augen waren woanders. Tiefer. Nach innen gerichtet. Er merkte nicht – was sonst fast nie vorkam –, wie es um „Dante" stand. Der starrte ihn nur an. Atmete noch immer schwer. Sprach aber nichts. Nach ein paar Sekunden fragte Mehmet, fast beiläufig: „Was ist eigentlich mit den Zigaretten geworden? Und dem Feuerzeug?" „Verschenkt", zischte „Dante". Mehmet blinzelte. „An wen?" „Essenswagen." Stille. Nur das Summen des Neonlichts über ihnen.

„Sag mal, spinnst du?!" Mehmet fuhr ihn an. „Dante" sah auf. Die Stimme war nicht laut. Aber

sie schnitt wie Glas. „Der liegt jetzt auf der Krankenstation! Total zugerichtet!" Mehmets Augen
brannten. „Die haben die Zigaretten bei ihm gefunden. Und das Feuerzeug. Dachten, er hätte's geklaut. Haben ihn zu viert bearbeitet. Du Vollidiot!"
„Dante" starrte ihn an. Dann war er schon draußen. Die Tür schlug gegen die Wand. Er rannte
durch den Flur. Blind. Die Wut tobte in ihm wie ein
Sturm, der sich selbst verdoppelt hatte. Nein – ver-
vierfacht. Wut auf sie – diese reiche Göre mit ihren
reichen Eltern und ihren Lügen. Wut auf sich – weil
er doch genauso war. Oder ist? Wut auf die, die den
Essensausgeber verprügelt hatten. Und Wut auf
sich – weil er ihm die verdammten Kippen und das
Feuerzeug gegeben hatte. Er rannte. Aber wohin –
das wusste er nicht.

Jetzt fiel es Mehmet auf. Wie ein Schlag in den
Magen. Er hatte Öl ins Feuer gegossen. In ein bren-
nendes Inferno. „Dante" war nicht einfach wütend
gewesen. Er war explodiert. Mehmet riss die Tür auf
und rannte los. „Verdammt, verdammt, verdammt…", keuchte er. Aber „Dante" war schneller.
Voller Adrenalin. Unaufhaltbar. Mehmet kam nicht
hinterher – aber er sah noch, wohin er rannte. Um
die Ecke. Richtung Hof. Richtung Basketballplatz.
„Dante" suchte. Rannte im Kreis. Die Zähne aufei-
nandergebissen. Die Hände zu Fäusten gepresst. Er
suchte den Typen. Den mit dem Feuerzeug. Den,
der es fallen ließ. Der ihn dazu gebracht hatte, es
aufzuheben. Der alles ausgelöst hatte. Und dann
sah er ihn. Er stand bei zwei anderen, redete,

grinste. Bemerkte nichts. Die anderen sahen „Dante" kommen. Ihre Augen wurden groß – zu groß. Aber sie konnten nichts sagen. Es war zu spät. „Du Scheißkerl!" Der Schrei zerriss die Luft. Dann war „Dante" über ihm. Riss ihn zu Boden. Prügelte. Mit bloßen Fäusten. Mit Wucht. Mit Wut. Der Kopf des Jungen schlug auf den Beton. Hände wollten sich wehren, aber fanden keinen Halt. „Dante" schlug. Immer wieder. Die Welt war rot. Nass. Warm. Umstehende starrten. Niemand bewegte sich. Die Zeit stand still. Dann endlich – ein Keuchen. Schritte. Mehmet. Mit letzter Kraft warf er sich dazwischen. Packte „Dante" an den Schultern. „Hör auf! Verdammt, hör auf!" Er riss ihn zurück. Zog ihn weg. Beide stürzten. Der andere lag am Boden. Regungslos.

„Dante" riss sich los. Krabbelte auf allen Vieren zu dem reglosen Körper. Doch Mehmet packte seinen Knöchel. Hielt ihn fest. Nicht mit Gewalt – mit letzter Kraft. Gerade so viel, dass „Dante" nicht mehr drankam. Nicht mehr zuschlagen konnte. Und dann – war die Wut nicht weg. Aber sie war anders. Verdreht. Umgekippt. Tränen schossen ihm in die Augen. Spucke sammelte sich in den Mundwinkeln, weiß und schäumend. „ER HAT SIE VON MIR!", schrie „Dante". Sein Schrei ging durch Mark und Bein. „DIE ZIGARETTEN! DAS FEUERZEUG! ICH HAB IHM DIE GESCHENKT!" Er starrte auf den Bewusstlosen. Aber seine Worte galten allen. Auch den stummen Kumpels. Auch den starrenden Umstehenden. „DU HAT SIE VERLOREN!

BEIM BASKETBALL! ICH HAB SIE EINGESTECKT! JA! ABER ICH HAB SIE IHM GESCHENKT!" Er röchelte. Keuchte. „FRAGT DOCH! IHR SOLLTET MAL FRAGEN, BEVOR IHR ZUSCHLAGT!" Dann sackte er zusammen. Sein Körper gab nach. Die Muskeln erschlafften. Er lag da, wie leergesaugt. Keine Kraft mehr. Nur noch Atem. Und das Zittern.

06

Zwei Wochen Einzelhaft. Zwei Wochen ohne Stimme, ohne Uhr, ohne Namen. Als sie ihn zurück in den Trakt brachten, sah keiner hin. Keiner fragte. Das Schweigen war Teil des Spiels. Die Leitung hatte nichts beweisen können. Auch diesmal nicht. Kein Wort war gefallen. Kein Hinweis. Keine Namen. Das ungeschriebene Gesetz stand. Wer redet, stirbt. Irgendwann. Irgendwie. „Dante" trat in seine Zelle wie in einen alten Mantel. Nichts hatte sich verändert. Und doch war alles enger. Es dauerte keine Stunde, da kam Mehmet. Er stellte sich in den Türrahmen, sagte nichts, setzte sich dann auf das untere Bett. „Wie geht's dir, Bruder?" „Wie geht's dem aus der Küche?", fragte „Dante" ohne ihn anzusehen. Kurze Pause. „Er hat's überstanden. Ist wieder im Dienst." „Und der andere?" Mehmet zuckte mit den Schultern. „Zwei Zähne weniger. Kein Ehrenmann, aber ein Mensch." „Gut" sagte „Dante". Dann schwiegen sie eine Weile. Es war das ehrlichste Gespräch seit Langem.

Mehmet ließ nicht locker. „Und du?" „Gut wär geprahlt", sagte „Dante". „Aber schlecht wär gelogen." Mehmet sah ihn lange an. Dann nickte er langsam. „Klingt wie die Wahrheit." „Ist es auch." Es war still. Die Luft war schal, wie immer. Irgendwo rief ein Wärter durch den Flur, ohne dass es einen der beiden interessierte. „Warum bist du eigentlich so ausgerastet?", fragte Mehmet dann. Die Stimme leise. Kein Vorwurf. Nur echtes Interesse. „Dante" schwieg. Nicht weil er nicht wollte. Sondern weil er erst begreifen musste, was da eigentlich in ihm aufgebrochen war. Er sah an Mehmet vorbei, an die Wand, die immer dieselbe ist. Und doch jedes Mal anders, wenn man zu lange hinsah.

„Das Buch", sagte „Dante". Mehmet zog eine Augenbraue hoch. „Immer ist es das Buch." „Ich weiß", sagte „Dante" und fuhr sich über die Stirn. „Ich weiß nicht, was es mit mir macht. Aber es macht irgendwas." Mehmet schwieg. Wartete. „Da war dieses Kapitel … über die Zornigen. In der Hölle. Die, die nur noch von ihrer Wut zerfressen werden." Er hielt inne. „Ich hab dabei an meine Wut gedacht. Nicht nur die vom Tag selbst. Die ganze. Die alte. Die, die schon lange da ist." Mehmet nickte kaum sichtbar. „Und dann … kam da noch mehr. Die Wut darüber, dass es den Jungen aus der Küche getroffen hat. Den Falschen. Einfach so. Der hat nichts gesagt. Einfach nur … stand da." „Dante" presste die Lippen aufeinander. „Da ist was in mir. Ich weiß nicht, ob's gut ist."

„Du solltest das Buch besser lassen", sagte Mehmet. Er stand auf, ging langsam zur Tür. „Wirklich, Bruder. Ich glaub, das Ding frisst dich auf." Er war schon draußen, der Schatten seiner Silhouette noch im Türrahmen. „Ich muss", sagte „Dante" leise. Mehmet blieb nicht stehen. „Dante" setzte sich. Langsam. Wie jemand, der weiß, dass jetzt nichts anderes mehr zählt. Er griff unter das Kopfkissen. Das Buch lag da, wo es immer lag. Er schlug es auf. Und las.

Ich wusste nicht, ob die Hitze aus dem Boden kam oder aus mir selbst. Aber ich schwitzte unter meiner Haut, als hätten mir Flammen das Fleisch geöffnet. Der Weg war eng geworden. Die Luft stand. Keine Schreie mehr, keine Bewegung – nur das langsame, immer gleichmäßige Knacken von Stein, der sich unter großer Glut verzieht. Ich sah Rauchschwaden, die zwischen rissigen Platten aufstiegen, aus feinen Fugen krochen, wie Atemzüge aus einer anderen Welt. Wir standen vor der Mauer von Dis.

Sie war aus schwarzem Eisen, so glatt, dass sie kein Licht reflektierte – als hätte die Hölle selbst entschieden, dass Spiegelbilder hier nichts mehr verloren hatten. Vergil hob die Hand. Keine Geste des Schutzes – eine des Wartens. Oder des Warnens. „Hier beginnt ein anderes Kapitel, mein Sohn", sagte er. „Ich spüre es", antwortete ich. Meine Stimme klang fremd. Als hätte sie lange geschwiegen. Ein widerlicher Laut drang aus dem Tor, tief wie ein alter Gong – kein Klang, sondern ein Urteil. Dann öffnete sich die eiserne Pforte, ohne dass jemand sie berührt hätte. Dahinter: ein gewaltiges Tal, weit offen, ausgefüllt mit endlosen Steingräbern, manche geschlossen, andere halb auf, wie hungrige Münder. Jeder Sarkophag glühte. Ich sah keine Flammen, aber ich wusste, dass sie da waren – sie lagen unter der Oberfläche, fraßen sich durch Stein und Seele zugleich. „Wer liegt hier?", fragte ich. „Ketzer", sagte Vergil. „Die, die das ewige Leben leugneten. Die sagten: Nach dem Tod kommt nichts." Ich trat näher. Es roch nach Asche und kaltem Eisen. Und dann – eine Stimme.

„Tritt zurück, Poetensohn. Der Boden kennt dich nicht." Ich wandte mich zur Seite. Aus einem halbgeöffneten Grab ragte ein verbranntes Gesicht. Die Haut war spröde wie altes Pergament, die Augen klar – zu klar. Ein Irrlicht in der Glut. „Wie sprichst du mit mir?", fragte ich. „Leidest du nicht?" Ein trockenes Lachen. „Natürlich leide ich. Aber das ist kein Grund zu schweigen." Ich kniete mich hin. „Wie ist dein Name?" „Farinata", sagte die Stimme. „Ich war Herr von Florenz. Ich entschied über Leben und Tod – bis mir beides genommen wurde." Vergil neigte den Kopf. „Sei wachsam, Dante. Dieser Mann spricht in Klingen." Farinata richtete sich in seinem glühenden Grab auf. Dampf stieg auf, als ob er aus Lava geboren wurde. „Was suchst du hier, lebendig unter den Toten?" „Antworten", sagte ich. „Und Wahrheit." „Dann bist du zu spät gekommen. Hier unten hat jeder seine Wahrheit gefunden – und wurde von ihr verzehrt." Ich schwieg. Farinata hob eine Hand. Haut löste sich von den Fingern wie schmelzendes Wachs. „Du trägst den Zweifel in dir. Du hast ihn geschmeckt, aber nicht verdaut." „Ich weiß nicht, ob ich an das Leben nach dem Tod glaube", flüsterte ich. „Manchmal glaube ich gar nichts."

Ein Brüllen aus dem nächsten Grab schnitt mir ins Wort. „Glauben ist für Schwache! Für Schafe! Wir sahen, wir verstanden, wir lehnten ab!" Ein zweites Gesicht erschien – blasser, jünger, voller Zorn. „Cavalcanti", sagte Vergil leise. „Ein anderer

Florentiner. Ein Denker. Aber nicht weise." „Wo ist mein Sohn?", schrie Cavalcanti. „Du kennst ihn – Guido! Sprich! Lebt er?" Ich stammelte. „Er lebt …" „Dann schweig!" Die Stimme explodierte. „Leben ist eine Lüge. Und er glaubt an sie. Wie du." Ich wich zurück. Die Glut kroch mir in die Füße. Die Gräber bebten, als würden die Toten sich aneinander reiben. Vergil legte eine Hand auf meine Schulter. „Wir müssen weiter." „Noch nicht", sagte ich. „Ich will wissen, was sie bereuen." Farinata schloss langsam die Augen. „Nichts. Das ist unser Fluch. Wir wissen, dass wir Recht hatten – und das wird uns ewig verbrennen." Ich drehte mich um. Ich wollte gehen. Doch ihre Stimmen blieben in meinem Rücken. Wie schwebende Asche. „Er wird kommen", sagte Cavalcanti. „Der Moment, in dem auch du alles weißt. Aber dann ist es zu spät." Ich folgte Vergil. Der Boden glühte. Und ich fragte mich, ob Zweifel am Leben schlimmer brennen als der Tod.

Mehmet kam wieder. Einfach so. Ohne Anklopfen, ohne Ankündigung. Für „Dante" war es eine willkommene Pause. Der Kopf dröhnte. Zu viele Verse, zu viele Bilder. Der alte Mann, der dieses Buch geschrieben hatte, sprach in Rätseln. Und doch traf jedes Wort – nicht ins Gehirn, sondern tiefer. „Ey, brauchst du Nachhilfe in Gedichtanalyse?", grinste Mehmet. „Dante" schnaubte. „Langsam komm ich rein. Aber das Ding kämpft zurück." „Gedichte tun das immer." Sie schwiegen einen Moment. Dann fragte „Dante": „Glaubst du an die

Hölle?" Mehmet sah ihn kurz an. Dann sagte er, fast beiläufig: „Die aber ungläubig sind, für sie ist das Feuer der Hölle bestimmt ..." Er machte eine Kunstpause. „Sure 35, Vers 36." „Dante" hob die Braue. Mehmet fuhr fort, ohne die Stimme zu heben: „Die Haut wird verbrannt, dann geben Wir ihnen eine neue Haut, damit sie die Strafe schmecken ..." „Sure 4, Vers 56." Dann, ganz ruhig: „Oder: Dschahannam lauert ihnen auf – eine Zuflucht für die Übertreter. Sure 78, Verse 21 und 22." „Dante" winkte ab. „So genau wollte ich's gar nicht wissen." Mehmet lehnte sich an die Wand. „Aber du hast gefragt." „Nein, ehrlich", sagte „Dante", „Glaubst du an die Hölle?" Mehmet sah nicht weg. Nicht eine Sekunde. Dann nickte er. „Seit ich hier bin ... zu hundert Prozent."

„Dieses Buch", sagte „Dante" und ließ den Blick nicht vom Einband. Mehmet wartete. „Es handelt von der Hölle." Kurze Pause. „Und es ist die Hölle." Mehmet verzog das Gesicht. „Wenn's so schlimm ist – warum liest du's dann weiter?" „Weil es mich zwingt", sagte „Dante". Mehmet lachte kurz, so ein trockenes, ungläubiges Lachen. „Das Buch zwingt dich? Bruder, du brauchst Schlaf." „Ja, lach nur", sagte „Dante", ohne ihn anzusehen. „Aber es ist so." Mehmet schwieg. Für einen Moment war das Lachen weg. Nur die Stille blieb. Und das leise Rascheln, wenn „Dante" die nächste Seite umblätterte.

„Mehmet", sagte „Dante" plötzlich. Die Stimme war nicht laut, aber sie zitterte leicht. Mehmet schaute auf. „Ich hab Angst." Er sagte nichts. Erst nach ein paar Sekunden: „Solltest du auch. Die anderen hassen dich noch immer. Das wird noch 'ne ganze Zeit so bleiben." „Dante" schüttelte den Kopf. „Nicht vor denen." Er sah zum Buch, das neben ihm auf der Pritsche lag. „Wenn das stimmt, was da drin steht … dann lande ich in der Hölle." Seine Stimme war kaum mehr als ein Hauch. „Dagegen ist der Knast das Paradies." Mehmet sah ihn an. Lange. Dann sagte er nur: „Dann genieß die Zeit hier."

07

Wir stiegen nieder, Vergil voran, ich hinterher, den steilen Pfad entlang, der sich zwischen zerschlissenen Felsen hindurchwand wie eine offene Narbe im Leib der Welt. Die Luft war schwerer geworden, dick von Schwefel, von Bitterkeit und einem metallischen Hauch, der wie Blut auf der Zunge lag. Bald hörte ich das Grollen. Zuerst war es leise, wie das Grummeln eines schlafenden Ungetüms tief unter unseren Füßen. Doch mit jedem Schritt schwoll es an, ein dumpfer, schäumender Strom, begleitet vom unheilvollen Klirren gespannter Sehnen. Es war das Geräusch von Wut, von Zorn, der sich nie gelegt hatte.

„Du hörst den Phlegethon", sprach mein Führer, ohne sich umzuwenden. „Ein Fluss aus Blut, rot wie Mord, heiß wie die Raserei der Tyrannen. Er trägt jene, die im Leben die Körper ihrer Brüder zerbrachen." Ich wollte antworten, doch der Anblick, der sich mir dann bot, raubte mir das Wort. Vor uns lag der Fluss – breiter als jeder Strom, den ich je gesehen hatte. Er floss langsam, träge, als schleppte er nicht nur Körper, sondern Erinnerungen mit sich. Er kochte, nicht in wilden Blasen, sondern in einem gleichmäßigen, qualvollen Brodeln, als hätte das Blut selbst den Willen, ewig zu sühnen.

Darin standen sie: Köpfe, Hälse, Schultern, in unterschiedlicher Tiefe versenkt. Manche ragten bis zur Brust empor, andere nur bis zur Stirn. Ihre Gesichter – verkrampft, verzerrt, schmerzverzehrt – hoben sich gegen den Dampf. Die Augen flackerten zwischen

Trotz, Reue und Wahnsinn. Am Ufer patrouillierten Wesen halb Ross, halb Mann. Zentauren. Ihre Oberkörper waren muskulös, gezeichnet von Schlachten, ihre Gesichter hart wie Marmor. Jeder hielt einen Bogen, gespannt, bereit. Kein Blick entging ihnen. Und wenn einer der Verdammten sich zu sehr erhob, flog ein Pfeil – präzise, lautlos – und stieß ihn zurück in die flüssige Hölle, die er selbst bereitet hatte. „Siehst du Nessus dort?", fragte Vergil, und wies auf einen der Zentauren, dessen Brust von einem Brandzeichen gezeichnet war. „Er wird uns helfen, durch diese Ströme zu kommen, denn keiner darf sich ohne Führer an dieses Ufer wagen."

Der Zentaur näherte sich mit stampfenden Hufen, sein Blick streng, aber nicht feindselig. „Welcher von euch ist lebendig?", fragte er, mit einer Stimme wie scharrender Kies. „Ich bin es", sprach ich. „Und er führt mich, wie es die Himmel befohlen." Nessus nickte langsam. „Dann folgt mir. Weicht nicht vom Pfad, oder mein Pfeil wird euch finden wie die Schuld eure Seelen."

Wir folgten ihm, und während wir an der Blutströmung entlanggingen, rief mich plötzlich eine Stimme aus dem Strom. „Poeta!", klang es. „Du, der du lebst – sieh mich an!" Ich wandte mich um und sah einen Mann, der bis zur Brust im kochenden Strom stand. Seine Haut war aufgesprungen, die Muskeln darunter zuckten unablässig. „Erkennst du mich nicht?" Seine Stimme war hohl, wie durch einen gläsernen Sarg gesprochen. „Ich bin Attila – der Geißel Gottes. Ich habe gebrannt, geplündert, geherrscht – nun brennt das Blut, das ich vergoss." Ich konnte nicht antworten, nur nicken, stumm vor Grauen. Vergil aber blieb stehen und sagte: „Dieser Fluss steigt und fällt je nach Schuld. Was du siehst, ist Maß und Gewicht zugleich. Jene, die wenig Blut vergossen, stehen tiefer. Die, deren Hände ganze Reiche zerschmetterten, versinken bis zur Stirn." Da zeigte Nessus mit ausgestrecktem Arm auf einen Verdammten, der kaum noch sichtbar war – nur die Spitze seines kahlen Schädels durchbrach die Oberfläche des Flusses. „Siehst du ihn dort? Das ist Dionysius von Syrakus. Sein Name ist mit Schlacht getränkt. Er sprach von Ordnung, doch sein Reich war nur ein Werkzeug der Angst." Ein anderer rief: „Und ich! Ich bin Alexander! Nicht der Große, nein – der andere. Alexander von Pherai. Meine Gier nach Blut war ein Spiegel meiner Furcht! Und nun fürchte ich ewig!" Ich wandte mich ab, denn ihre Schreie klangen wie Ketten an meinem Ohr.

Wir setzten den Weg fort, Nessus führte uns an eine Furt, wo das Blut nur knöcheltief floss. „Hier dürft ihr queren", sprach er. „Doch bedenkt, wohin ihr geht: Je tiefer ihr steigt, desto mehr wird euch die Gewalt aus Fleisch und Geist entgegenblicken." Vergil nickte ihm zu. „Dein Dienst wird erinnert werden." Dann durchquerten wir das Blut, und selbst in seiner flachsten Stelle brannte es an meinen Sohlen wie Schuld. Ich ging weiter, ohne zurückzusehen. Denn ich wusste: Wenn ich noch einmal in jene Gesichter blickte, würde ich vielleicht meinen eigenen

Ausdruck erkennen – und das hätte ich nicht ertragen.

„Dante" zuckte zusammen, als hätte ihn jemand an der Schulter gepackt. Dabei war es nur die Stille, die plötzlich unterbrochen wurde. Er hatte gar nicht gemerkt, dass Mehmet in die Zelle gekommen war. Noch weniger, dass er schon am Tisch saß. Das Buch lag offen vor „Dante". Er legte es langsam beiseite. Ein schmaler Lesezeichenstreifen ragte heraus. Irgendwo im siebten Kreis. Mehmet sah ihn an. Ruhig. Dann fragte er: „Was ist nur los mit dir und diesem Buch?" „Dante" schüttelte den Kopf. „Ich weiß es nicht", sagte er. Er griff nach der Wasserflasche, trank, als müsste er etwas hinunterspülen. „Ich kann's nicht erklären. Es ist wie... ein Zwang. Ich muss einfach weiterlesen." Mehmet nickte langsam, als hätte er genau das erwartet. Er sagte nichts mehr. Und „Dante" sah wieder auf das Buch. Nur ganz kurz. Dann schloss er es. Diesmal mit Absicht.

Mehmet stützte die Ellbogen auf den Tisch. Sein Blick wanderte zum Buch. Dann zu „Dante". „Was steht da drin?", fragte er. „Dante" zögerte. Dann sagte er: „Etwas über die Hölle." Mehmet hob leicht die Augenbrauen. „Und?" „Ich bin gerade bei dem Teil", begann „Dante", „wo beschrieben wird, wie die leiden, die Gewalt gegen andere verübt haben." Er drehte das Buch ein Stück, als müsste er noch mal nachsehen, ob das wirklich da stand. „Die stehen bis zur Brust in einem Fluss aus kochendem Blut.

Manche sogar bis zur Stirn. Und wenn sie sich zu sehr aufrichten, kommen Zentauren und schießen mit Pfeilen auf sie. Damit sie wieder absinken." Mehmet runzelte die Stirn. Aber er sagte nichts. „Dante" fuhr fort. „Manche schreien, manche reden. Einer hat gesagt, das Blut sei wärmer als sein Herz je war." Er sah Mehmet an. „Klingt verrückt, oder?" Mehmet nickte.

„Scheiße", sagte Mehmet leise. „Dante" sah zu ihm hinüber. „Warum?" Mehmet atmete tief ein. Dann langsam aus. Seine Schultern sanken ein kleines Stück. „Ich werde dort landen", sagte er. „Du hast recht. Der Knast hier ist ein Paradies gegen das, was wohl noch kommt." „Dante" sah ihn lange an. Fragend.

Mehmet sprach leise. Nicht weil er Angst hatte, sondern weil es sonst nicht gegangen wäre. „Nach dem Tod meines Vaters...", begann er. „... war ich das älteste männliche Familienmitglied." Er sah nicht auf. Nicht zu „Dante". Nur auf seine Hände. Die eine lag flach auf dem Tisch. Die andere hielt den Rand des Stuhls. „Mein Vater hat frei gelebt. Westlich, wie man sagt. Er hat meine Mutter nicht gezwungen. Uns auch nicht. Wir durften raus, durften Musik hören, durften lieben, wen wir wollten." Er schluckte. „Mir war das ein Dorn im Auge. Schon damals. Ich hab es nie gesagt. Aber tief drin... ich fand es falsch."

„Dante" schwieg.

„Der Prediger in der Moschee sagte etwas anderes. Von Ehre. Von Demut. Von Ordnung in der

Familie. Ich hab zugehört. Und ich hab geglaubt." Er atmete langsam ein. Langsam aus. „Dann wurde meine kleine Schwester schwanger. Von einem Deutschen. Kartoffel, sagten wir damals." Ein kurzes, bitteres Lächeln. „Da bin ich durchgedreht. Ich hab... ich hab ihr wehgetan. Meiner eigenen Schwester." Die Stille in der Zelle war schwer wie Blei. „Ich hab sie bestraft. Im Namen Gottes. So hab ich's mir eingeredet. Und ich hab's getan, wie es in Geschichten steht. Mit dem Tod." „Dante" schluckte. Sagte nichts. „Und den Jungen... den hat's auch erwischt. Zwei Leben. Und keins davon meins." Er lehnte sich zurück. „Darum sitz ich hier. Kein Deal. Keine Entlassung nach zwanzig Jahren. Nie."

Einen Moment lang war alles ruhig. Dann sagte Mehmet: „Erst hier... erst in diesem Drecksloch hab ich kapiert, dass mein Vater recht hatte. Dass die Prediger Unrecht haben. Ein Mensch... ein Mensch hat immer das Recht, selbst zu entscheiden."

Mehmet stand auf und ging. Und "Dante" nahm das Buch. Er wollte jetzt nicht über das soeben gehörte nachdenken.

Kein Pfad führte in diesen Wald. Kein Licht fiel zwischen seine Äste. Er war einfach da – wie ein Gedanke, den man lange verdrängt hat, bis er plötzlich im Raum steht. Wir verließen das Ufer des Blutstroms, und mit jedem Schritt wurde der Boden weicher, dunkler. Nicht feucht wie Erde – sondern spröde, wie Asche. Er zerbrach unter den Füßen, lautlos, staubig. Es roch nach Moder, nach altem Eisen und nach etwas, das sich nicht benennen ließ: Aufgegebenheit. Die Bäume wuchsen eng. Ihre Stämme waren knotig, schwarz, ungleich. Ihre Äste krümmten sich nicht nach oben, sondern schienen zu sinken – als hätten sie das Licht selbst vergessen. Kein Blatt bewegte sich. Kein Vogel sang. Kein Wind wehte. Nur Schweigen.

Vergil trat voran, aber langsamer als sonst. „Dies ist der Ort derer, die sich selbst die Gewalt angetan haben", sagte er. „Jene, die den Faden ihrer Seele durchtrennten, bevor ihr Maß voll war." Ich schwieg. Denn ich spürte es. Schon jetzt. Der Wald hatte Augen. Und Ohren. Und Wunden. Ich berührte einen Ast. Er fühlte sich nicht an wie Holz, sondern wie Haut. „Berühre sie nicht", sagte Vergil schnell. Doch ich hatte es schon getan. Ein Schrei fuhr durch die Luft – schrill, menschlich, durchdringend. Der Ast zog sich zurück. Blut quoll aus der Rinde, dick und dunkel. Und eine Stimme kreischte aus dem Stamm: „Warum? Warum noch ein Schmerz? Reicht es nicht?" Ich trat zurück, erschrocken. Vergil senkte den Blick. „Sie sind hier", sagte er, „nicht in Körpern, sondern in Formen. Der Leib, den sie verwarfen, soll ihnen nun fehlen – und jedes Blatt, das ihnen genommen wird, ist ein neuer Tod." „Kann man mit ihnen sprechen?", fragte ich leise. „Ja", sagte er. „Aber nur, wenn sie wollen."

Der blutende Baum zitterte. „Sprich, Wanderer", kam es dann heiser aus der Rinde. „Erzähle mir: Gibt es noch Licht in der Welt da oben? Oder hat das, was ich war, alles verfinstert?" Ich schluckte. „Ich weiß es nicht", sagte ich ehrlich. „Ich suche noch." „Dann geh weiter", sagte der Baum. „Und vergiss nicht: Nicht jeder, der still ist, ist tot. Und nicht jeder, der lebt, will leben."

Wir gingen tiefer hinein. Die Stämme wurden dichter. Einige waren zersplittert. Andere bluteten aus offenen Kerben. Zwischen den Wurzeln krochen Schatten – nackt, krallend, gehetzt. „Wer sind diese?", fragte ich. „Verschwender", sagte Vergil. „Sie warfen nicht nur ihr Leben fort, sondern alles, was ihnen gegeben war. Nun jagen sie nackt durch die Schatten – und Hunde der Hölle reißen sie immer wieder nieder." Ein Jaulen. Ein Fauchen. Ein Schrei. Dann wieder Stille. Wir standen nun vor einem gewaltigen Baum, dick wie ein Turm, seine Rinde rissig, seine Krone tot. Aus ihm sprach eine Stimme – ruhig, wie ein müder König: „Ich war Pier della Vigna. Einst Kanzler, einst Dichter, einst der Stolz des Hofes. Und doch... zerbrach ich an dem, was hinter mir flüsterte." Ich erkannte den Namen. Ein Gelehrter, den Neid zu Fall brachte. Ein Mensch, der sich selbst richtete, bevor andere es konnten. „Warum hast du den Leib verworfen, Pier?", fragte ich. „Gab es keinen anderen Ausweg?" Ein Rauschen ging durch den Stamm – wie ein Seufzer durch ein Grab. „Die Zunge ist schärfer als jedes Schwert", sagte er. „Und der Zweifel lauter als jedes Urteil. Ich glaubte, was man mir nahm, sei ich selbst." Er schwieg einen Moment. Dann: „Dante... wenn du zurückkehrst – und das wirst du – dann sprich von mir. Nicht zur Rettung. Aber zur Erinnerung." Ich versprach es.

„Dante" schwirrte der Kopf. Zu viele Stimmen. Zu viele Bilder. Aber am lautesten klang Mehmets Satz nach. „Ein Mensch hat immer das Recht, selbst zu entscheiden." Das konnte nicht stimmen. Nicht so. Gewalt gegen andere – ja. Das war Sünde. Daran zweifelte er nicht. Aber gegen sich selbst? Er sah auf den Tisch. Auf das Buch. Die Szene im Wald war noch frisch. Zu frisch. „Dante" schüttelte den Kopf. Er konnte das nicht begreifen. Also tat er das Einzige, was er konnte: Er schlug das Buch wieder auf. Und las weiter.

Der Wald lag hinter uns wie ein Schatten, den man nicht abwerfen kann. Vor uns aber breitete sich nun etwas aus, das ich nicht als Landschaft bezeichnen möchte – denn es lebte nicht. Es war ein Feld. Ein weites, flaches, tosend stilles Feld aus glühendem Sand. Kein Hügel, kein Baum, kein Pfad. Nur Dürre, verbrannt bis auf das Knochenweiß des Daseins. Und es regnete. Nicht Wasser. Nicht Licht. Es regnete Feuer. Dünne Flammenflocken, leise fallend, stetig, wie Asche nach einer Stadt, die verbrannt wurde. Sie kamen langsam, aber sie hörten nie auf. Ich trat zurück. Die Hitze biss durch meine Sandalen. Der Sand unter meinen Füßen zischte, als wäre ich ein Tropfen in einer Welt, die mich nicht wollte. Vergil stand still, sein Mantel schimmerte im Licht des ewigen Brandes.

„Dies", sagte er, „ist der Ort jener, die Gewalt gegen das Höchste übten. Gegen Gott, gegen seine Ordnung, gegen das, was aus ihm hervorging." „Und warum dieser Regen?", fragte ich. „Weil sie sich über das Maß erhoben", sagte er. „Und nun fällt das Maß auf sie herab. Flamme für Flamme. Für immer." Ich sah genauer hin. Da waren Gestalten, nackt, gebückt, kniend, laufend. Einige lagen flach, regungslos, ließen die Flammen auf sich herabgleiten wie eine Strafe, die sie willkommen hießen. Andere liefen ruhelos umher, suchten Schatten, den es nicht gab. Wieder andere saßen – die Gesichter erhoben – und fluchten. „Diese, die dort liegen, sind die Gotteslästerer", erklärte Vergil. „Die Laufenden: jene, die sich gegen die Natur wandten. Und jene dort mit den schweren Beuteln – sie trugen Zinsen wie Dornen – das sind die Wucherer."

Ich starrte auf einen Mann, der mitten im Feld stand. Er war groß, breit, kahl, die Muskeln wie aus Stein gemeißelt. Die Haut an seinen Armen war verbrannt, an den Schultern gesprungen, und doch hielt er den Blick gen Himmel. Die Flammen fielen auf ihn herab, zischten, brannten – aber er zuckte nicht. „Wer ist das?", fragte ich. „Capaneus", sagte Vergil. „Einst König unter Königen. Er stürmte die Mauern Thebens – und verfluchte die Götter, selbst als der Blitz ihn traf." Ich trat näher. Capaneus sah mich. Ein Hohn in seinen Augen, ein Feuer, das nicht von außen kam. „Du bist einer von denen, die schauen und schreiben", sagte er. „Ein weiterer, der glaubt, es gebe ein Jenseits für den Geist. Ich sage dir:

Dieser Regen schmerzt nicht mehr als eure Worte."
Ich antwortete nicht. Denn was sagt man zu einem
Mann, der selbst in der Hölle seine Fahne noch hält?

„Du siehst", sagte Vergil. „Nicht alle zerbrechen.
Manche klammern sich an ihren Stolz wie an einen
Schild – auch wenn er längst verglüht ist." Wir gingen weiter. Da waren jene, die liefen – nackt, gehetzt, mager. Ihre Füße brannten auf dem heißen
Sand, ihre Haut war übersät mit Brandblasen. Ein
Mann schrie auf, als er stürzte, rollte sich, stand auf,
lief weiter. „Sie widersetzten sich der Natur", sagte
Vergil. „Nicht im Sinne der Lust, sondern in der Ordnung. Sie wählten Wege, die das Gleichgewicht verwarfen. Nun finden sie kein Ziel mehr."

Am Rand des Feldes saßen Männer – auf brö-
ckelnden Steinen, mit Beuteln um den Hals. Jeder
Beutel trug ein Wappen, ein Zeichen. Sie schützten
die Taschen mit den Händen, obwohl niemand sie
beachtete. „Wucherer", sagte Vergil. „Sie verwandel-
ten Zeit in Gold. Leben in Schuld. Nun hocken sie hier
– inmitten des Feuers – und klammern sich an das,
was sie einst banden." Einer sah mich an. Seine Augen waren gelblich, seine Lippen aufgeplatzt. „Was
willst du, Dichter?", knurrte er. „Willst du auch Zinsen für deine Verse?" Ich wandte mich ab. Denn ich
verstand: Dies war kein Ort des Spektakels. Dies
war ein Gericht. Und jeder, der hier war, hatte sich
selbst eingeklagt.

„Dante" saß still. Aber in ihm drehte sich alles.
Die Gedanken. Die Bilder. Die Stimmen aus dem

Buch. Sie hörten nicht auf. Was ist Gewalt? Nicht nur Fäuste. Nicht nur Blut. Was ist mit Worten? Mit Verachtung? Mit Überheblichkeit? Kann ein Blick verletzen? Eine Meinung töten? Ein Gedanke brennen? Es wurde ihm schwindlig. So sehr, dass er sich abstützen musste. Er stand auf. Drehte sich um. Weg vom Tisch. Weg vom Buch. Wenn er jetzt nicht schläft, dann wird er verrückt.

08

„Dante" hatte Mehmet seit Tagen nicht gesehen. Kein Gruß auf dem Gang. Kein Winken durch den Hofzaun. Irgendwas stimmte nicht. Er lief den Flur entlang, bog um die Ecke. Zelle 19. Die Tür war offen. Mehmet lag auf der Pritsche. Die Arme neben dem Körper. Die Augen zur Decke gerichtet. Reglos. „Mehmet?" Keine Reaktion. „Hey, alles okay?" Stille. „Dante" trat näher. Blieb stehen. Kein Blinzeln. Kein Zucken. Die Decke hatte Flecken. Feuchte, graue, vergilbte Flecken. Mehmet starrte genau einen davon an, als hinge dort eine Antwort, die er nicht geben wollte. „Ich hab dich vermisst, Mann", sagte „Dante" leise. Mehmet sagte nichts. „Dante" setzte sich auf die Bettkante. „Hab ich was falsch gemacht?" Keine Reaktion. „Wenn du sauer bist, sag's einfach. Ich kapier sonst gar nichts." Mehmet schwieg. Starrte weiter zur Decke. „Ich mach mir Sorgen. Verdammt, du redest nicht mehr mit mir." Dann. Ganz leise. „Weißt du, was das Schlimmste ist?" „Dante" blinzelte. „Was meinst du?" Stille. Dann drehte Mehmet den Kopf. Sah ihn zum ersten Mal an. „Wie ich mein Geld verdient hab." „Du hast doch gesagt, du hast gearbeitet", sagte „Dante". Mehmet lachte. Trocken. Bitter. „Und bei meiner Schwester... hab ich auf Ehre gemacht." „Wie denn?" fragte „Dante". Ganz ruhig.

„Ich habe als Zuhälter ‚gearbeitet'", sagte Mehmet. Das Wort arbeitete in der Luft weiter. Wie ein Geräusch, das nicht aufhören wollte. „Verdients so das Geld", fügte er hinzu. „Aber von verdienen sprech ich heute nicht mehr." „Dante" schwieg. Hörte zu. „Ich hab sie beschützt. So hab ich's mir eingeredet. Dass ich sie beschütze, vor den Männern. Vor den anderen Zuhältern. Vor den Drogen." Er atmete schwer. „Aber ich hab sie verkauft. Stück für Stück. So lange sie brav zahlten, war ich der große Bruder. Der Beschützer. Der Mann mit der Goldkette und dem teuren Gürtel." Mehmet schluckte. „Und meine Schwester... meine kleine Schwester..." Er sah zur Wand. „Die hab ich umgebracht. ... „Warum? Wegen der angeblich zerstörten Familienehre wie Sie schwanger war von ihrem Freund. Einem Deutschen. Vor der Hochzeit. Obwohl es ein Kind der Liebe gewesen wäre. „Und du...?" „Ich hab sie verstoßen. Sie verprügelt. Ich hätte... Ich dachte, das ist ehrenlos. Ein Kind vor der Ehe." Er schüttelte den Kopf. „Und gleichzeitig hab ich Frauen dazu gebracht, mit Fremden zu schlafen. Für Geld. Für meinen Vorteil." Mehmet presste die Lippen aufeinander. Sagte nichts mehr. Und „Dante" wusste, dass er gerade in einen Abgrund geblickt hatte, der tiefer war als jede Zelle in diesem Gefängnis.

Es war eine Weile still. Dann fragte „Dante": „Was hat das eigentlich damit zu tun, dass du nicht mehr bei mir vorbeikommst?" Mehmet zuckte kaum sichtbar mit den Schultern. „Weil ich mich wieder so fühle, als würde ich was verkaufen." „Was denn?" „Meinen Schutz." „Unsinn", sagte „Dante". „Du hast nie was von mir verlangt." Mehmet drehte den Kopf. Sah ihn an. Ruhig. Klar. „Doch. Dass du zuhörst." „Dante" wollte widersprechen, sagte aber nichts. Mehmet fuhr fort, leise. „Und ich hab's nicht verlangt. Ich hab's mir einfach genommen."

„Das ist Quatsch", sagte „Dante". „So funktioniert das nicht." Mehmet hob langsam den Kopf. „Was nicht?" „Du hast dir das Zuhören nicht genommen. Das geht gar nicht. Wenn ich nicht zuhören will, dann hör ich nicht zu. Links rein, rechts raus." Mehmet runzelte die Stirn. „So hab ich das nie betrachtet." Er sah „Dante" an. Suchend. „Du willst sagen... du hast freiwillig zugehört?" „Ich hab dich vor ein paar Tagen selbst gefragt, erinnerst du dich?" Mehmet blinzelte. „Du meintest nur ‚Später'", sagte „Dante". Mehmet sah wieder zur Decke. „Ich muss darüber nachdenken", sagte er nach einer Weile. „Geh bitte. Für heute." „Dante" nickte. Stand auf. Ging langsam zur Tür. In seiner Zelle setzte er sich aufs Bett, klappte das Buch auf und blätterte zum nächsten Kapitel.

Ein bitterer Gestank wie von kaltem Schweiß, Blut, und etwas, das an geronnene Lust erinnerte – ranzig, süßlich, verdorben. Es kroch mir in die Nase, in die Kehle, und ich würgte, ehe ich den ersten Schritt über die Brücke gemacht hatte. „Willkommen bei den Händlern des Fleisches", sagte mein Führer – seine Stimme klang wie das Schleifen eines Dolches auf Stein. Ich folgte ihm. Was blieb mir anderes übrig? Unter uns dehnte sich ein endloser Graben aus, schmal und gekrümmt wie ein fauliger Darm.

Links und rechts drängten sich Körper an Körper – Männer, Frauen, andere, die beides waren oder nichts mehr davon. Sie liefen in zwei Richtungen, aneinander vorbei, ohne Ziel, ohne Ruhe. Und sie schrien. Oder lachten. Oder keuchten. Die einen wimmerten, als triebe sie ein Schmerz. Die anderen lachten mit offenem Mund, ohne Zähne. Ihre Augen: tot. Ihre Haut: wie gegerbt, tätowiert mit den Narben der Lust. Dämonen standen am Rand. Mit Peitschen. Schwarz wie verbrannte Finger. Sie hieben auf die Reihen ein, als wären die Menschen Tiere. Und sie waren es – oder schlimmeres. Denn Tiere verkaufen ihre Artgenossen nicht. Ein Mann stolperte. Ich sah, wie seine Beine wund waren, von den Schlägen aufgerissen. Eine der Peitschen zischte. Haut platzte auf. Er schrie, drehte sich, sah mich. Und lachte. Mit Schaum im Mund. „Ich hab ihr gesagt, ich liebe sie", röchelte er. „Hat sie mir geglaubt. Einmal, nur einmal. Hat gereicht." Er hob den Finger. „Zwanzig Freier pro Nacht, und ich hab nur zugesehen." Dann wurde er fortgerissen. Wieder in den Strom. Ich wollte nicht hinschauen. Aber ich tat es trotzdem. „Sie alle haben andere gelenkt, um sich selbst zu erheben", sagte mein Begleiter. „Sie handelten mit Verlangen. Jetzt werden sie getrieben." Ich nickte. Und sah, wie zwei Frauen aneinander vorbeigingen. Sie erkannten sich. Eine schrie auf. „Du? Du warst doch bei ihm! Bei meinem Kunden!" – Die andere spuckte ihr ins Gesicht. „Er hat besser bezahlt." Dann trieb der Strom sie weiter. Und ich fragte mich, wer hier wen verdammt hatte.

Der Weg führte weiter, über eine Brücke aus schwarzem Stein, rissig, dampfend. Und dann roch ich den zweiten Graben. Er roch nach Kot. Nach aufgeplatztem Eingeweide. Nach etwas, das man nicht beschreiben konnte, weil es nie hätte existieren sollen. Ich trat näher. Und da sah ich sie. Die Schmeichler. Sie standen nicht. Sie gingen nicht. Sie wateten. Ein Fluss aus Scheiße zog sich durch den Graben, dick, brodelnd, zäh. Manche der Verdammten versanken bis zum Hals. Andere lagen ganz darin, und man sah nur ab und zu einen schmatzenden Mund, der versuchte, noch Worte zu formen. „Schön... schön... du bist... wunderschön..." Ein Mann hob den Kopf aus der Brühe. Lächelte. Kot lief ihm über die Zähne. „Deine Worte sind Gold... dein... dein Blick... oh..." Ein Dämon trat ihm auf den Schädel, und er tauchte wieder unter. „Sie logen mit Zunge und Zähnen", sagte Vergil. „Ihre Komplimente waren Fallen. Ihre Höflichkeit war Betrug. Jetzt ersticken sie an dem, was sie verbreitet haben." Ich schluckte. Fast hätte ich selbst gewürgt. Eine Frau drehte sich zu mir um, halb versunken. „Ich habe gesagt, sein Gemächt sei wie ein Gott... und er hat mir ein Haus gekauft." Dann lachte sie. Gurgelnd. Kot spritzte aus ihrem Mund. Ich ging weiter. Schnell. So schnell ich konnte.

Der dritte Graben war... still. Kein Geschrei. Kein Schlagen. Kein Lachen. Nur ein leichtes, rhythmisches Zischen. Wie der Atem einer Maschine. Ich trat näher – und sah eine Grube aus Felsen, rund, mit Löchern wie Bienenwaben. Und aus jedem Loch ragten Beine. Zappelnde, zuckende Beine. „Sieh genau hin", sagte Vergil. Ich trat an eine der Öffnungen. Da brannten Flammen um die Fußgelenke. Glühend heiß. Die Beine zuckten. Krampften. Ich kniete mich hin. Sah hinein. Ein Gesicht, umgekehrt, die Augen geweitet, die Lippen schwarz vor Hitze. „Ich war ein Diener Gottes", flüsterte die Stimme aus dem Stein. „Ich verkaufte den Heiligen Geist. Ich tauschte Gnade gegen Gold." „Ein Simonist", sagte mein Führer. „Sie steckten andere in Weihwasser. Jetzt stecken sie selbst kopfüber in Feuer." Ich sah mich um. Überall dieselben Löcher. Überall dieselben Füße. Manche bluteten. Manche rauchten. Manche bewegten sich nicht mehr. „Sie alle stützten sich auf den Himmel", sagte mein Führer, „und beteten zu ihrem Geldbeutel. Sie hielten die Schlüssel des Himmels – und öffneten damit ihr eigenes Grab." Ein neuer Verdammter wurde gebracht. Von Dämonen. Ein Priestergewand, zerrissen, blutbefleckt. Er schrie, wehrte sich. Dann wurde er genommen – und mit dem Kopf zuerst hineingepresst. Ich hörte ihn weinen. Noch Minuten später.

Ich schwieg. Denn Worte hätten hier nichts mehr geholfen. Ich war drei Gräben gegangen – und hatte drei Gesichter des Menschen gesehen. Den, der die Lust verkauft. Den, der mit Worten vergiftet. Den, der das Heilige in Ware verwandelt. Ich ging weiter. Denn ich wusste: Es würde noch schlimmer werden.

Der Kopf tauchte in der Tür auf. „Störe ich?" „Dante" legte das Buch zur Seite. Schüttelte leicht den Kopf. „Kommt mir ganz recht", sagte er. Die Sätze in seinem Kopf ratterten noch nach. Das, was sein Namensvetter wider Willen dort niederschrieb, war und blieb schwerer Tobak. „Was gibt's?" Mehmet trat ein. Setzte sich nicht. Stand einfach da. „Ich hab's mir doch genommen. Das Zuhören." „Dante" lächelte. „Wie denn?" Mehmet hob das Kinn. Für einen Moment lag da fast so etwas wie Stolz in seinem Blick. „Durch Manipulation", sagte er.

„Durch Manipulation?" fragte „Dante". Mehmet nickte langsam. „Mein Handeln. Was ich gesagt hab. Das alles... hat dich dazu gebracht, mir zuzuhören." „Dante" lächelte. Freundlich, nicht spöttisch. „Sei mir nicht böse", sagte er. „Aber ich glaube nicht, dass du das kannst." Mehmet wollte etwas sagen, öffnete den Mund – da sprach „Dante" weiter. „Früher, ... nein auch keine Manipulation. Da war Gewalt. Oder die Drohung davon. Das ist was anderes. Aber hier – hier hast du das nicht getan." Mehmet sah ihn an, als hätte er ihn nicht verstanden. Oder nicht glauben können. „Du hast mir freiwillig zugehört? Wirklich? Warum?" „Weil du mein Freund bist", sagte „Dante". „Und ich hoffe, du siehst mich auch als deinen." Mehmet schwieg. Der Ausdruck in seinem Gesicht war eine Mischung aus Zweifel, Scham und etwas anderem – etwas, das sich fast wie Hoffnung anfühlte. „Darüber muss ich nachdenken", murmelte er. Dann drehte er sich um und ging. „Dante" sah ihm nach. Lächelte wissend. Schlug das Buch wieder auf. Und las weiter.

Wir standen auf der Brücke wie auf dem Grat zwischen Wahnsinn und Gotteslästerung. Der Graben unter uns krümmte sich wie ein aufgeschlitzter Wurm, und was ich sah, ließ mir das Blut gefrieren: Menschen, die rückwärtsgingen. Nicht aus Angst. Nicht weil sie flohen. Sondern weil ihre Köpfe um 180 Grad gedreht waren. Die Gesichter blickten ihnen über den Rücken. Der Hals war verdreht, die Haut gespannt, als sei sie zu dünn für das, was sie hielt. Manche stolperten. Andere taumelten. Ihre Tränen liefen ihnen den Rücken hinab. „Was ist das?", fragte ich, leiser als ich es beabsichtigt hatte. „Sie wollten sehen, was nicht zu sehen war", sagte Vergil. „Sie wollten die Zukunft deuten, die ihnen nicht gehörte. Nun blicken sie für alle Ewigkeit zurück." Ich trat näher an die Kante. Ein Alter kam unter mir vorbei, tastete sich mit zitternden Händen an einer Felswand entlang. Seine Augen suchten, aber sie fanden nichts – nur Leere hinter sich. „Du da!", rief ich. „Wer warst du in der Oberwelt?" Er hielt inne. Seine Stimme war heiser, brüchig. „Ich war Aruns. Ich sah das Schicksal in der Bewegung der Wolken. Ich erzählte Königen, wann sie Kriege führen sollten. Und Menschen starben." „Und du glaubtest, es sei wahr?" „Ich glaubte gar nichts", sagte er. „Ich konnte nur gut lügen." Vergil zog mich weiter. „Lass ihn. Seine Worte sind wie sein Blick – verdreht." Weiter vorn schrie eine Frau. Ihre Stimme schnitt durch den Graben wie eine rostige Säge. „Ich war Manto!", keifte sie. „Tochter des Tiresias! Ich machte Männer reich mit meiner Stimme! Und nun? Jetzt redet keiner mehr mit mir! Jetzt... jetzt..." Sie taumelte, fiel. Ihre Hände schlugen auf den Stein, ihre Füße ruderten wie die eines umgedrehten Käfers. Ich wandte den Blick ab. Und fragte mich, ob es einen größeren Fluch gab, als alles zu sehen – und doch nie wieder nach vorn blicken zu können.

Die Brücke zitterte. Nicht von einem Beben – sondern vom Zorn, der darunter kochte. Der Graben war mit siedendem Pech gefüllt. Schwarz. Zäh. Blasig wie die Haut einer Verbrennung. Es roch nach Bitumen, Schwefel und geschmolzener Lüge. Und immer wieder: Schreie. Aus dem Pech ragten Hände. Arme. Gesichter – verzerrt, verätzt, wieder versinkend. „Was... ist das?", fragte ich, obwohl ich es längst wusste. „Die Verkäufer von Gerechtigkeit", sagte Vergil. „Die, die Ämter tauschten gegen Gold, Urteile gegen Münzen, Stimmen gegen Schweigen." Ein Dämon schoss über uns hinweg – mit einer Hellebarde in der Hand, schwarze Flügel, Augen wie geschmolzene Kohlen. Er stieß seinen Spieß in die zähe Masse und zog etwas hervor: einen Mann, der zischte wie ein Kessel. „Ich... ich war Senator!", schrie er. „Ich diente dem Volk!" „Und dem Beutel deiner Auftraggeber", fauchte der Dämon und warf ihn zurück. Der Aufprall klang wie ein nasser Sack Fleisch. „Warum dieser Teer?", fragte ich. Vergil antwortete nicht sofort. Dann sagte er: „Weil ihre Geschäfte heimlich waren. Klebrig. Zersetzend. Der Teer hüllt sie ein wie ihre Gier einst das Gesetz." Ich beobachtete, wie eine weitere Gestalt auftauchte – schleichend, vorsichtig, als hoffe sie, dem Pech zu entkommen. „Ho!", rief ich. „Wer bist du?" Er zuckte zusammen. Doch bevor er antworten konnte, stürzten sich drei Dämonen auf ihn. Rissen ihn heraus. Und lachten. „Sie sind immer besonders wachsam bei den Schlauen", sagte Vergil. „Denn Bestechung beginnt mit einem Lächeln – und endet mit einem Messer im Rücken."

Der sechste Graben war still. Beinahe ehrfürchtig. Fast hätte ich geglaubt, wir wären in einen Tempel getreten. Dann sah ich sie – und begriff. Männer in Mönchskutten, langsam schreitend. Gesenkte Köpfe. Hände vor der Brust gefaltet. Ein Bild voll Demut. Aber unter der Kutte wölbte sich etwas. Und dann hörte ich das Knacken. Das Ächzen. Und schließlich das metallene Dröhnen. Ich trat näher. Einer von ihnen sank auf ein Knie – und seine Kutte rutschte zur Seite. Darunter: ein goldener Mantel aus Blei. Dick. Schwer. Er drückte ihn zu Boden wie eine Statue, die sich selbst erdrückt. „Sie taten fromm", sagte Vergil. „Sie lächelten milde, während ihre Herzen aus Stein waren. Nun trägt ihr Schein sie zu Boden." Ich kniete mich zu dem Mann. Sein Gesicht war jung. Sein Rücken blutete. „Wer bist du?", fragte ich. „Catalano", hauchte er. „Ich predigte Mäßigung... und stachelte zu Krieg an." „Warum?" „Weil ich bezahlt wurde. Von beiden Seiten." Sein Kopf sank auf den Brustkorb. Neben ihm lag ein anderer. Regungslos. Ich beugte mich vor. Und erkannte: Er war ans Kreuz genagelt. Quer über den Boden gespannt. Die anderen traten über ihn hinweg, einer nach dem anderen. Ich sah zu Vergil. „Caiaphas", sagte er. „Er riet dazu,

einen Mann zu töten, um die Ordnung zu wahren.
Jetzt trägt er die Schuld jedes Heuchlers auf seinem
Rücken." Der Weg wurde schmaler. Der Wind wehte
staubig. Die Stimmen hallten nur noch flüsternd. Ich
sah zurück. Auf goldene Mäntel, auf bitumen-
schwarze Pechblasen, auf schreiende Münder, die in
falscher Richtung blickten. Und fragte mich, wie viele
von ihnen einst predigten, dass die Welt so sein
müsse, wie sie war.

„Dante" legte das Buch zur Seite. Er hatte gesagt,
Mehmet sei sein Freund. War das gelogen? Oder
war es wahr? Oder war es so ein Satz, den man
sagt, weil man etwas anderes will – Nähe, Sicherheit, Schutz? Vielleicht hatte Mehmet recht. Vielleicht war es genau das: ein Handel. Nur freundli-
cher verpackt. Seine Gedanken drehten sich im
Kreis. Wie die Menschen in den Gräben des Buches.
Immer im Kreis. Keine Richtung, nur Wiederholung. Dann: ein Geräusch an der Tür. Mehmet
steckte den Kopf herein. Sagte nur ein Wort.
„Freunde." Und verschwand wieder. „Dante" sah
ihm nach. Dann nahm er das Buch wieder in die
Hand.

Es roch nach Schuppen, nach Haut, nach etwas
Scharfem, das mir die Augen tränen ließ. Der Graben
war kein Graben mehr – es war ein Nest. Schlangen,
überall. Züngelnd, kriechend, klopfend gegen Stein,
sich windend um nackte Leiber, als wären diese
keine Körper, sondern nur noch Kleider für das

Tierische. Ich sah, wie eine Viper sich um einen Mann wand – fest, wie ein Seil, das keine Gnade kennt. Da zuckte es, dampfte – und der Mann verwandelte sich. Sein Fleisch zog sich zurück, seine Arme wurden Schuppen, sein Gesicht ein Maul. Er wurde zur Schlange. „Heilige Mutter…" flüsterte ich. „Diebe", sagte Vergil knapp. „Sie nahmen, was ihnen nicht gehörte – nun verlieren sie, was sie waren." Ein anderer fiel zu Boden. Schrie. Da kroch aus seiner Wunde eine Schlange. Nicht wie eine, die beißt – sondern wie eine, die geboren wird. Sie glitt aus ihm hervor. Und was blieb, war eine Hülle. Ich trat zurück, atemlos. Da fiel mein Blick auf einen, der mich anstarrte. „Wer warst du?", fragte ich. „Agnello Brunelleschi", röchelte er. „Ich nahm den Ring, das Pferd, die Tasche, das Brot – und zuletzt den Namen meines Bruders." Sein Mund blähte sich. Spuckte Rauch. Dann schlug eine weitere Schlange zu. Direkt ins Auge. Ich hörte nicht mehr auf zu zittern, bis wir die Brücke zum nächsten Graben erreichten.

Hier brannte die Luft. Flammen stiegen auf – nicht von unten, sondern aus den Körpern selbst. Sie gingen nicht unter. Sie löschten nicht. Sie brannten langsam. Qualvoll. Wie eine Erkenntnis, die zu spät kommt. Vergil deutete auf eine Flamme, die sich in zwei Spitzen teilte – wie eine gespaltene Zunge. „Hör genau hin", sagte er. Da kam eine Stimme aus dem Feuer: rau, melodisch, dunkel. „Ich bin Odysseus. Und das war mein letztes Abenteuer." Ich erstarrte. Odysseus – hier? „Ich verließ Ithaka", sprach das Feuer, „nicht für Ruhm, nicht für Gier – sondern für

das Wissen, das verboten war." „Was fandest du?",
fragte ich. „Den Tod", sagte er. „Und den Wahnsinn."
Er sprach vom westlichen Meer, von einer Säule, von
einer Welle, die sein Schiff verschlang – und von einem Zwang, der ihn trieb, jenseits der Grenze zu suchen, was kein Mensch wissen sollte. „Ich riet anderen zu Taten, die sie zerstörten", sagte er zum
Schluss. „Und nun verbrenne ich – von innen." Ich
wandte mich ab. Und sah, dass viele Flammen
brannten. Jede ein Ratgeber. Jeder ein Wort, das
einst verführte. Vergil sah mich an. „Dies sind nicht
die Lügner", sagte er. „Dies sind die Klugen. Die Bö-
sen unter den Denkenden. Und genau deshalb sind
sie hier."

Ich roch Blut, bevor ich es sah. Der Graben war
wie ein Schlachtfeld. Überall lagen Körper – nicht tot,
aber zerfetzt. Zungen hingen aus zertrümmerten
Mündern, Därme aus offenen Bäuchen, Schultern
ragten aus halb abgetrennten Rümpfen. Doch keiner
blieb liegen. Sie mussten gehen. In einer Reihe. Immer wieder durch einen Dämon hindurch – der mit
seinem Schwert zerschnitt, was heil war. Ich sah einen Mann, dessen Brust von der Kehle bis zum
Schambein offen stand. Sein Herz schlug noch. „Wer
bist du?", fragte ich. „Mohammed", sagte er. „Ich
spaltete den Glauben – jetzt werde ich gespalten."
Ein anderer kam. Bertran de Born. Sein Kopf trug er
in der Hand – wie eine Laterne. „Ich trennte Vater
und Sohn", sagte er. „Jetzt ist mein Kopf von meinem
Körper geschieden." Ich stolperte rückwärts. Ich
wollte schreien, aber meine Kehle war trocken. Diese

Strafe war anders. Sie war öffentlich. Sie war theatralisch. „Spalter von Völkern, Familien, Gedanken", sagte Vergil. „Sie wollten trennen – nun sind sie selbst getrennt. Und wenn sie einmal durch den Graben gewandert sind, heilen ihre Wunden. Nur um erneut geschnitten zu werden." Ich hörte den Stahl singen. Und sah, wie einer schrie: „Nicht noch einmal! Nicht noch–" Der Schnitt kam.

Dies war der letzte Graben. Und der widerlichste. Krankheit regierte hier. Nicht metaphorisch – sondern als Gestalt. Als Gestank. Als Krampf, der durch die Luft lief. Ich sah Menschen, die sich krümmten, ihre Haut zerfiel in Platten, ihre Glieder zuckten unkontrolliert. Eiter floss. Fliegen summten. Vergil hielt sich ein Tuch vor die Nase. „Hier sind die Fälscher jeder Art. Münzen. Worte. Identitäten. Krankheit war ihr Werkzeug – und nun ist sie ihr Kleid." Ein Mann wand sich auf dem Boden. Kratzte sich, bis das Fleisch nachgab. „Wer bist du?", fragte ich. „Master Adam", stöhnte er. „Ich prägte Gold für Florenz. Falsch. Reines Blei. Ich trank von dem, was nicht rein war – jetzt dürste ich ohne Ende." Er keuchte. „Was willst du am meisten?", fragte ich. „Wasser", sagte er. „Und Vergessen." Neben ihm lag eine Frau. Ihr Körper war geschwollen, wie von einem Biss. Ihre Lippen rissen bei jedem Laut auf. „Sie war eine Falschanklägerin", sagte Vergil. „Sie zerbrach ein Leben mit einem Satz. Nun zerbricht ihr Körper bei jedem Atemzug." Ich sah einen Mann, der versuchte, sich selbst zu vergraben. Die Erde riss auf. Sein Blick war leer. Er hatte kein Gesicht mehr. „Wer Lüge lebt,

wird zu Lüge", sagte Vergil leise. Und ich wusste:
Der 8. Kreis war kein Ort mehr – sondern ein Spiegel.
Ein verzerrter. Ein schneidender. Ein blutender Spie-
gel.

„Dante" erschauderte. Er hatte das Buch zuge-
klappt. Doch die Bilder brannten weiter in seinem
Kopf. Flammen, Schlamm, zerfetzte Körper, das
Klirren der Lügen. Er hatte gestohlen. Nicht aus
Hunger. Nicht aus Not. Aus Faulheit. Aus Langeweile. Aus diesem Kitzel, sich selbst auszutricksen.
Er blätterte noch einmal zurück. Lass sich den Ab-
schnitt über die Fälscher ein weiteres Mal durch.
Langsam. Wort für Wort. Dann blieb sein Blick an
einem Satz hängen. Falschankläger. Auch sie waren hier verzeichnet. In diesem Graben, der nach
Eiter und Wahnsinn stank. Er starrte auf das Wort,
als könne es verschwinden, wenn er nur lange genug hinsah. Falschankläger. Das bedeutete... Er
würde ihr wieder begegnen. Dieser reichen Göre.
Die gelogen hatte, um ihr Gesicht zu wahren. Die
ihn in die Tiefe gestürzt hatte, um ihr Erbe zu
schützen. Und sich dabei selbst den Weg zur Hölle
gepflastert hatte. Er schnaubte. Aus Wut. Aus
Angst. Aber die Wut war anders als früher. Nicht
heiß. Nicht schneidend. Sie war... stumpfer. Schwerer. Wie eine Asche, die sich langsam setzt. Etwas
in ihm veränderte sich. Langsam. Wie ein Samen in
der Dunkelheit. Er wusste noch nicht, dass er
keimte.

09

Panther hielt den Brief mit zitternden Fingern. Endlich, dachte er. Jetzt geht es los. Revision. Freiheit. Raus hier. Er lachte, kurz und höhnisch. Von wegen: Verbrechen lohnt sich nicht. Die sind zu blöd, um ihre eigenen Regeln zu verstehen. Man muss nur die richtigen Leute fragen. Leo zum Beispiel. Gar nicht so doof, der Kleine. „Verfahrensfehler" hatte Leo das genannt. Panther nannte es anders: Dummheit des Systems.

Er wollte den Brief aufreißen. Doch dann hielt er inne. So ein Moment verlangte Respekt. Zeremonie. Er ging in die hinterste Ecke der Zelle. Ein schneller Blick über die Schulter. Niemand sah ihn. Behutsam entfernte er die losen Ziegel. Dahinter: der Löffel. Sein Griff war flach geschmirgelt, spitz wie ein Stilett. Panther hatte Stunden daran gearbeitet. Jetzt diente er ihm als Brieföffner. Vorsichtig, fast ehrfürchtig, zog er die Klinge durch das Papier.

Ehrfürchtig zog er den Brief aus dem Umschlag. Feierlich entfaltete er das Papier. Er begann zu lesen. „In der Sache ... bla bla bla ... wird entschieden: Die Wiederaufnahme des Verfahrens wird abgelehnt." Panther starrte auf das Wort. Abgelehnt. Er las es noch einmal. Und wieder. Viermal. Fünfmal. Sechsmal. Es stand wirklich da. Abgelehnt. Wie konnten die nur? Leo hatte es ihm erklärt. Die hatten einen Fehler gemacht. Einen kleinen nur, gewiss. Aber die Form war nicht gewahrt, hatte Leo gesagt. Deshalb mussten sie alles neu aufrollen, hatte Leo gesagt. Die konnten gar nicht anders, hatte Leo gesagt. Er hatte gesagt: Die müssen. So hatte er es gesagt!

Der Boden unter meinen Füßen veränderte sich. Kein schwefliger Rauch mehr, keine Schreie, keine Flammenzungen an der Höhlendecke. Stattdessen… Stille. Eine Stille so vollkommen, dass selbst meine Atemzüge wie Gotteslästerung klangen. Und unter meinen Sohlen – Eis. Glasig. Endlos. Ein gefrorenes Meer, so glatt, dass es den Himmel selbst hätte spiegeln können, wenn hier noch ein Himmel gewesen wäre. Ich machte einen Schritt vorwärts, und das Knacken unter meinen Sandalen war wie ein Schrei im Schlafsaal der Verdammten. Neben mir blieb Vergil stehen. Sein Blick war streng, aber auch… bedauernd. Vielleicht ahnte er, was ich noch nicht verstand.

„Das ist der Cocytus,“ sagte er, „der See des Verrats. Und dies – Caina. Hier, wo die, die das eigene Blut verrieten, für alle Ewigkeit gefangen sind.“ Ich wollte antworten, doch meine Stimme erstickte. Nicht aus Angst – sondern aus Kälte. Vor uns ragten sie aus dem Eis. Köpfe. Hälse. Schultern. Wie Statuen, gefroren im Moment ihres letzten Atemzugs. Die Haut spannte sich bläulich über ihre Wangenknochen. Augen waren zugefroren, Münder offen – nicht im Schrei, sondern in der Ewigkeit des letzten Wortes. Einige hatten Tränen in den Augenwinkeln, gefroren zu kleinen Kristallsplittern. Einer hatte einen Blutstropfen im Mundwinkel – rot wie Verrat. Ich

beugte mich zu einem der Gesichter. Es war verzerrt von Wut. Oder Schmerz. Oder... Reue?

„Wer bist du?" fragte ich, fast flüsternd. Die Lippen bewegten sich nicht. Aber ein Laut drang aus der Tiefe seiner Kehle – schleifend, schabend, wie Eis, das über Stein kratzt. „Camiscione... de' Pazzi." Ich kannte den Namen. Ein Ritter, der seinen eigenen Verwandten umgebracht hatte – aus Gier. Aus Neid. Vielleicht beides. „Warum...?" begann ich. Er unterbrach mich mit einem kehligem Gurgeln. „Warum? Frag die, die mich zu dem gemacht haben, was ich bin. Frag die, die mich in eine Welt warfen, in der Blut dicker ist als Recht." Ich spürte, wie sich der Frost in meine Knochen fraß. „Er wird bald kommen", murmelte der Kopf neben ihm. Eine andere Stimme. Schwächer. „Carlino... mein Vetter... er wird mir den Platz hier streitig machen. Verrat ist erblich... bei uns."

Vergil legte mir die Hand auf die Schulter. „Komm. Wir haben noch nicht den tiefsten Punkt erreicht." Ich wollte gehen. Doch meine Füße klebten beinahe am Eis. Ich wusste nicht, ob vor Angst – oder Mitgefühl. Wir gingen weiter. Und mit jedem Schritt wurde der Wind eisiger, das Schweigen dichter. Caina war erst der Anfang.

Ein Wärter kam auf Kontrollgang. Er blieb vor Panthers Zelle stehen. Kurz. Lang genug, um zu sticheln. „Na, hast jetzt viel Zeit, die Revision vorzubereiten, was?" Er grinste. „Ich würde sagen: zu viel Zeit." Dann ging er weiter. Lachend. Nicht laut –

aber gezielt. Panther regte sich nicht. Doch der Spruch hallte nach. Die anderen hatten es gehört. Natürlich. Die Botschaft machte schnell die Runde. Panther hatte verloren noch bevor es losging.

In Panther brodelte es. Die Trauer war schon beim zweiten Lesen verflogen. Jetzt brannte nur noch Wut. Rein. Ungebremst. Der Spruch des Wärters hatte Öl ins Feuer gegossen. Wie konnten die nur? So dumm konnte doch niemand sein. Erst den Fehler machen – und dann noch einen? Leo hatte es doch erklärt. Sie mussten den Fall neu aufrollen. Die konnten gar nicht anders. So hatte Leo es gesagt. Genau so. Wort für Wort. Panther ballte die Fäuste. Wieder und wieder. Und Leo? Wo steckte der eigentlich?

Panther fand Leo im Hof. Der Gang war schwer. Direkt. Leo sah es sofort. Panther war wütend. Aber noch wusste Leo nicht, auf wen. Er grinste. „Na, mein Großer. Was'n los? Schon wieder Ärger?" Leo freute sich. Endlich wieder Aktion. Zusammen mit Panther und Isegrimm. Zeit, mal wieder jemanden richtig ranzunehmen. Vielleicht „Dante"? Den „Frauenschänder" hatten sie viel zu lange in Ruhe gelassen. Ob Panther etwa Schiss vor diesem Mehmet hatte? Wär nicht das erste Mal.

Leo erschrak. Die Wut galt nicht „Dante". Sie galt ihm. Mit dem Rücken gegen den Zaun, Panthers Unterarm an der Kehle, quollen ihm die Augen hervor. Er japste nach Luft. Röchelnd. Panther schnaufte. „Du hast gesagt, die müssen! Du hast gesagt, ich komm hier raus!" Leo schlug mit den

Händen gegen Panthers Brust. Zwecklos. Jetzt erinnerte er sich. Panther hatte ihm vom Prozess erzählt. Von der Ungerechtigkeit. Von der Hoffnung. Und Leo? Leo hatte ihm genau das gesagt, was er hören wollte. Alle taten das. Alle erzählten Panther, was er hören wollte. Weil das die beste Überlebensstrategie war. Wer ihm nach dem Mund redete, landete nicht ganz oben auf seiner Liste. Panthers Entwicklung war früh stehen geblieben. Er glaubte, die Leute hätten Respekt vor ihm. Doch er erkannte nicht, dass das kein Respekt war. Nur Angst. In Panthers Welt war beides dasselbe. Er kann nicht erfassen, dass das nicht einmal das gleiche ist! Selbst Leo und Isegrimm fürchteten ihn. Aber solange sie seine rechte und linke Hand blieben, waren sie halbwegs sicher.

Die Lautsprecher knackten. „Aufschluss! Ende der Hofzeit. Alle Gefangenen zurück in ihre Zellen." Panther wich zurück. Langsam. Leo keuchte. Rieb sich den Hals. Gerettet. Vorerst. Die anderen Häftlinge trotteten Richtung Gebäude. Leo auch. Langsam. Nachdenklich. Er wusste, das war nicht vorbei. Panthers Wut würde wiederkommen. Vielleicht schon morgen. Aber vielleicht – vielleicht konnte er sie umlenken. Er musste nur den richtigen Namen nennen. Den richtigen Feind zeigen. Einer, der schwächer war. Einer, der sich nicht wehren konnte. Leo lächelte dünn. Er hatte schon eine Idee.

Die Luft wurde schwerer, je tiefer wir gingen. Nicht heiß. Nicht faulig. Sondern bleiern. Wie das letzte Ausatmen eines Körpers, der nicht mehr leben will. Der Wind, der durch Caina geweht hatte, verstummte hier vollständig. Nichts bewegte sich. Kein Laut. Nur das leise Knacken des Eises unter unseren Füßen, und mein Herz, das in unregelmäßigen Schlägen gegen meine Rippen pochte. „Ist dies noch der Cocytus?" fragte ich leise. Meine Stimme klang fremd. Vergil nickte. „Dies ist Antenora. Der zweite Gürtel. Hier sind die, die ihr Vaterland verraten haben. Den Schwur, das Blut, die Heimat." Ich schluckte. Heimat. Das klang so fern in diesem Ort, wo selbst Gedanken einzufrieren schienen. Die Seelen waren tiefer eingesunken. Nur noch ihre Gesichter ragten aus dem Eis. Augen weit offen. Lippen halb geschlossen. Stille Schreie.

Ich trat näher an eine dieser starren Masken. Die Haut bläulich, die Nase schwarz gefroren. Ich beugte mich, nur ein wenig. Plötzlich – ein Zucken. Ein anderer Kopf, neben dem ersten, bewegte sich. Nicht aus Leben, sondern aus Zorn. Er beugte sich seitlich, und begann mit den Zähnen die Schädeldecke seines Nachbarn zu bearbeiten – wie ein Tier, wie ein Wolf, wie ein Vater, der den Mörder seiner Kinder frisst. Ich wich erschrocken zurück. „Was in Gottes Namen …?"

„Schau genau hin, Dante," sagte Vergil mit kühler Stimme. „Was du dort siehst, ist Graf Ugolino. Der, der einst Pisa diente. Und der, weil er mit den Feinden paktiert haben soll, mit seinen Söhnen

eingemauert wurde. Ohne Brot. Ohne Wasser." Ich wollte nicht hinhören. Aber ich hörte. Die Zähne arbeiteten weiter. Ein leises Knirschen war zu hören, als ob sich Knochen unter Knochen rieben. Dann – ließ Ugolino ab. Seine Augen fanden meine. „Du willst wissen," krächzte er, „warum ich das tue? Warum ich ihn nicht ruhen lasse?" Ich sagte nichts. Ich konnte nichts sagen. „Er hat mich verraten," fuhr er fort. „Mich. Und meine Kinder. Er hat uns eingemauert, wie Ungeziefer. Nicht aus Gerechtigkeit – aus Furcht. Aus Neid." Er lachte. Ein klirrendes, hohles Lachen, als ob selbst seine Stimme aus Eis bestünde. „Ich hörte, wie sie aufhörten zu atmen, einer nach dem anderen. Und ich … Ich ließ sie nicht gehen. Ich rief ihre Namen, ich schrie, ich bettelte den Tod an – aber der Tod kam zu spät. Oder zu früh. Ich weiß es nicht mehr."

Vergil stand still. „Und so nagt er nun an Ruggieri, ewig. Ohne je zu schmecken, ohne je zu töten. Denn das Eis erhält, was das Feuer verzehrt hätte." Ich wandte den Blick ab. Doch das Bild blieb. Der Vater. Der Feind. Der Mörder. Der Richter. Ugolino schloss die Augen. Vielleicht zum ersten Mal seit Jahrhunderten. Ich trat zurück an Vergils Seite. „Wann endet dieser Ort?" fragte ich. Meine Stimme zitterte. „Wenn du gelernt hast, was Verrat wirklich ist," antwortete er. Und wir gingen weiter.

„Dante" klappte das Buch zu. Die Durchsage hatte ihn zurückgeholt. Zurück aus Eis und Verrat. Ein Wärter tauchte in der Tür auf. „Brief für dich", sagte er. Dann warf er den Umschlag in die Zelle. Der Brief verfehlte den Tisch. Rutschte auf den Boden. Blieb unter dem Tisch liegen. „Dante" sah ihm nach. Ein Brief? Für ihn? Er richtete sich auf. Langsam. Quälte sich von der Pritsche, kroch unter den Tisch und griff nach dem Umschlag.

Noch halb unter dem Tisch riss „Dante" den Umschlag auf. Den Absender hatte er erkannt. Sein Anwalt. Er faltete das Schreiben auseinander. Begann zu lesen. Seine Augen flogen über die Zeilen. Dann langsamer. Noch einmal. Er konnte es kaum fassen. Der Mann vom Sicherheitsdienst – der, der ihn verpfiffen hatte – war rausgeflogen. Hatte Mist gebaut. Und jetzt, jetzt wollte er sich rächen. Er hatte bei der Polizei ausgesagt. Dass das Mädchen, die Tochter vom reichen Vater, sich alles ausgedacht hatte. Weil sie nicht enterbt werden wollte. Wegen der Familie. Dem Ruf. „Dante" starrte auf die Worte. Revision. Verhandlung. Der Anwalt hatte es angestoßen.

„Dante" konnte nicht still bleiben. Nicht mit dieser Nachricht. Sie brannte in ihm. Sie musste raus. Die Tür stand offen. Noch. Aber raus durfte er nicht mehr. Kurz vor dem Einschluss. Er trat in den Türrahmen. Ein Wärter kam den Gang entlang. Blick streng. Wachsam. „Dante" hob die Hände. Offen. Ruhig. Eine Geste: Keine Sorge. Ich bleib hier. Der Wärter nickte. Blieb kurz stehen. Misstrauisch. Dann ging er weiter. „Dante" holte tief Luft. Beugte sich leicht nach vorn. Und rief: „Mehmet?" Ein paar

Sekunden Stille. Dann kam die Antwort. „Ja... Was ist?"

„Dante" beugte sich ein Stück weiter aus der Zelle. „Post vom Anwalt!" rief er. „Die rollen meinen Fall neu auf. Näheres morgen!" Kurze Pause. Dann kam die Antwort. „Cool. Ja, wir reden morgen." In diesem Moment erklang das akustische Signal. Überall im Trakt. Dann das mechanische Klacken. Ein Riegel nach dem anderen schob sich ins Schloss. Zellentür um Zellentür. Auch „Dantes" schloss sich. Die Nacht begann. Er machte einen Schritt zurück. Setzte sich auf die Pritsche. Faltete den Brief sorgfältig. Steckte ihn ins Buch. Genau zwischen die Seiten, bei denen er aufgehört hatte. Dann schlug er die aktuelle Seite auf. Und las weiter. In einer anderen Zelle lag Leo auf dem Rücken. Er hatte alles gehört. Jedes Wort. „Dante" war so dumm gewesen, das laut über den Flur zu rufen. Leo musste nichts weiter tun. Die Info allein würde reichen. Panthers Wut würde sich schon den Weg suchen. Er musste sie nur nicht mehr aufhalten. Mit einem Grinsen im Gesicht schloss Leo die Augen und schlief ein.

Wir hatten Antenora hinter uns gelassen. Doch die Kälte blieb. Und mit ihr – das Schweigen. Hier schien selbst der Tod zu erstarren. „Wie tief reicht der Cocytus noch?" fragte ich. Meine Stimme war schwach. Jede Silbe dampfte in der kalten Luft. „Tiefer als jedes Grab, das du kennst", sagte Vergil. „Wir sind in Ptolomea. Hier sühnen jene, die ihre Gäste verrieten. Die sie mit Worten begrüßten und mit Dolchen verabschiedeten." Ich sah mich um. Die Seelen waren hier nicht nur gefroren – sie lagen mit dem Rücken im Eis, die Gesichter nach oben. Die Kälte hatte ihre Lider nicht geschlossen. Ihre Augen starrten, weit offen, und doch liefen Tränen daraus.

„Warum…?" begann ich. Vergil antwortete, ehe ich die Frage zu Ende dachte. „Die Tränen können nicht fallen. Die Augen werden zu gläsernen Gefäßen, und darin gefriert ihre Reue." Ich fröstelte. Aber das war nicht der schlimmste Teil. „Sie sind… sie wirken frischer… lebendiger als die anderen." „Sind sie erst kürzlich gestorben?" Vergil blieb stehen. Sein Blick bohrte sich in meine Seele. „Sie sind nicht tot, Dante." Ich wich einen Schritt zurück. „Was meinst du… nicht tot?" „Die Seelen, die hier liegen," sprach er ruhig, „sind schon in die Hölle gesunken – aber ihre Körper wandeln noch oben. Besessen von Dämonen. Leerhüllen. Sie verrieten das Heilige, und so hat die Hölle sie schon zu sich genommen."

Ich wollte nicht glauben, was ich hörte. Aber wie könnte ich es leugnen? Da lagen sie. Mit aufgerissenen Augen. Und schrieen stumm. Ein Flüstern. Kaum hörbar. Ich ging näher an eine dieser Seelen. Ein Gesicht, bleich wie gefrorene Milch, die Lippen aufgesprungen, die Pupillen gefleckt wie ein dunkler Spiegel. „Wer bist du?" fragte ich. Meine Stimme zitterte. „Branca d'Oria…" Die Stimme klang, als käme sie durch zerbrochenes Glas. „Ich… ich habe ihn zum Essen geladen… ihn… und sein Kind… Ich reichte den Wein… und dann das Messer." Ich wich zurück.

„Und du... du lebst noch?" „Mein Körper... ja. Aber ich... bin hier. Seit Jahren schon. Seit dem ersten Bissen, dem ersten Lächeln, dem ersten Schnitt." Er versuchte zu lächeln. Doch seine Haut splitterte dabei. Wie gefrorenes Porzellan.

Ich wandte mich an Vergil. „Sie sind verloren... bevor sie sterben?" „Ja", sagte er leise. „Denn einige Gräuel duldet selbst die Zeit nicht. Für diese Seelen beginnt das Jenseits, noch bevor das Diesseits endet." Ich sah die Gesichter. Einige kannte ich aus alten Geschichten. Adlige. Würdenträger. Namen, die einst Häuser trugen – jetzt trugen sie nur noch Eis. „Komm", sagte Vergil. „Nur noch ein Schritt. Dann siehst du, was im Zentrum der Welt liegt." Ich nickte. Und trat weiter in die Kälte.

Panther drehte Kreise in seiner Zelle. Wieder und wieder. Wie ein Löwe, der seine Gitter zählen will. Zehn Kilometer waren es bestimmt. Vielleicht mehr. Mit jedem Schritt wuchs die Wut. Als würde jedes Mal ein Brikett ins Feuer fallen. Glut. Hitze. Druck. Er wartete nur auf das Geräusch. Nur auf dieses eine Klacken. Dann: Das Klacken. Der Riegel sprang zurück. Die Tür öffnete sich. Panther riss sie auf. Hart. Laut. Schritt hinaus. Kein Zögern. Er stürmte den Flur entlang. Kopf tief. Schultern breit. Ziel fest im Blick.

Das Klacken des Riegels war kaum verklungen, da fuhr Leo auf. Fast fiel er von der Pritsche. Die Tür flog auf. Schepperte gegen die Wand. Laut. Brutal. Im Türrahmen: Panther. Breit. Atem schwer.

Blick tödlich. Hinter ihm: Isegrimm. Schiefes Lächeln im Gesicht. Witterte seine Chance. Von Nummer drei auf Nummer zwei. Links raus, rechts rein. Wer jetzt mitläuft, überlebt. Andere Häftlinge hatten den Krach gehört. Köpfe in Türrahmen. Spannung im Flur. Niemand sagte etwas. Alle wussten: Das hier wird hässlich.

„Wir wurden ja gestern vorzeitig unterbrochen", zischte Panther. Leo dachte: Wie dumm. Wenn man unterbrochen wird, ist es immer vorzeitig. Aber er sagte nichts. Er grinste. „Bevor du was machst, hör dir an, was ich dir zu sagen habe." Er machte eine kleine Pause. „Später werde ich es dir ja nicht mehr sagen können." Panthers Faust zuckte leicht. Doch seine Stirn glättete sich. Neugier. Hier drin waren Informationen mehr wert als Zigaretten, als Drogen, als Schutz. Panther wollte wissen, was Leo wusste. Danach konnte er ihm immer noch das Leben aus dem Leib prügeln. Leo sah das Funkeln in seinen Augen. Und grinste breiter. Hinter Panther verengte Isegrimm die Augen. Er kannte Leo zu gut. Zu lange. Das war kein Zufall. Kein Bluff. Das war eine Falle. Panther war stark. Aber Leo war der, der die Züge machte. Und wenn's brenzlig wurde, ließ er Panther für alles bluten. Isegrimm spürte, wie ihm die Luft entwich. Seine Felle schwammen gerade davon.

Der Weg war schmal geworden. Und dann – endete er. Kein Pfad mehr. Kein Ufer. Kein Licht. Vor mir lag eine Fläche, so glatt, so unbewegt, dass sie wie ein Spiegel schien, in dem sich nur die Leere spiegelte. „Wir sind da", sagte Vergil. Ich spürte es. Nicht durch Worte. Nicht durch Blick. Sondern durch die Luft selbst. Sie war... nicht einfach kalt. Sie war abwesend. Keine Luft. Kein Atem. Kein Geräusch. Ich ging weiter, aber meine Schritte hallten nicht. Der Boden verschluckte jeden Laut. Als würde selbst der Schall hier gefangen gehalten. Unter meinen Füßen: Körper. Verwoben. Verkrümmt. Gefroren. Sie lagen unter dem Eis, verdrillt wie Wurzeln, Gesichter nach unten, Hände zur letzten Geste erhoben – doch nie vollendet. „Was ist das hier?" fragte ich. Meine Stimme klang wie ein Fremdkörper.

„Die Judecca", antwortete Vergil. „Die Verräter an ihren Herren. An Gott. An den höchsten Bund." Ich schluckte. „Und sie... sagen nichts?" Er schüttelte den Kopf. „Hier spricht niemand mehr. Denn hier stirbt auch das letzte Wort." Wir gingen weiter. Und dann – hob ich den Blick. Ich sah ihn. Luzifer. Den Fürsten der Hölle. Er ragte aus dem Zentrum des Eises. Ein Koloss. Sein Oberkörper ragte aus dem gefrorenen Boden wie ein Gebirge. Flügel wie Segel eines zerfetzten Schiffes. Doch sie schlugen nicht. Sie zitterten nur. Und aus diesem Zittern kam der Wind, der die Hölle gefroren hielt. Drei Gesichter hatte er. Eines vorn, rot. Eines rechts, schwarz. Eines links, fahlgelb. In jedem seiner drei Mäuler: ein Körper. Ein Mensch. Lebendig? Tot? Egal. Sie zuckten. Ein Zittern, kaum sichtbar. Dann – das Knacken von Knochen. Das Reiben von Zähnen. „Brutus", sagte Vergil, und zeigte auf den Schwarzhaarigen. „Cassius",

sagte er, und zeigte auf den anderen. „Und dort...
Judas." Das mittlere Gesicht – kaute langsam. Ewiges Mahlen. Ohne zu verschlingen. Judas' Rücken
war nach außen gebogen, sein Kopf wurde wieder
und wieder zermalmt. Kein Schrei. Kein Blut. Nur
das Zerquetschen. Ich wollte schreien. Oder weglaufen. Aber ich konnte nur stehen.

„Ist das das Ende?" fragte ich. Vergil sah mich an.
Und zum ersten Mal – lächelte er. „Das Ende der
Hölle, ja. Aber nicht das Ende deiner Reise." Er
führte mich an Luzifer vorbei. Und ich erkannte: Unter dem Teufel, nicht über ihm, lag der Ausgang. Ein
Spalt im Eis. Ein Weg hinab, der irgendwann hinaufführen würde. Wir stiegen. Er voran. Ich hinterher.
„Warum gehen wir tiefer, wenn wir hinaufwollen?"
fragte ich. Er antwortete nicht. Aber ich wusste:
Manchmal muss man durch das Innerste der Welt,
um sie wieder verlassen zu können. Die Dunkelheit
unter uns war nicht bedrohlich. Nicht mehr. Sie war
die Stille nach dem letzten Schrei. Und so begann
unser Aufstieg – durch die Mitte der Erde zurück ans
Licht.

„Dante" saß am Tisch. Vor ihm stand das Frühstückstablett. Angefasst hatte er es noch nicht. Er
wartete. Er wusste, dass Mehmet gleich auftauchen
würde. Mit seinem eigenen Frühstückstablett. Neugierig. Unruhig. Platzend vor Fragen. „Dante" lächelte leise. Nicht, weil es gut war – sondern, weil
es selten war. Weil es ein Moment war, der sich fast
wie Freundschaft anfühlte. Gemeinsam

frühstücken. Ein bisschen reden. Und dann würde er ihm erzählen, was genau in dem Brief stand.

Mehmet erschien. Tablett in der Hand. Setzte sich ihm gegenüber. „Dante" lächelte vor sich hin. Ach, wie berechenbar manche Dinge waren. Mehmet hatte sich noch nicht ganz gesetzt, da sagte er: „Los. Erzähl." „Guten Morgen", sagte „Dante" ruhig, und biss in sein Marmeladenbrot. Mehmet verdrehte die Augen. Mach-mir-keine-Nummer-Geste mit der Hand. Aber er sagte nichts. „Dante" kaute langsam. Dann begann er zu erzählen. Und Mehmet lauschte. Still. Konzentriert. Mit der Art von Ernst, die man sich in so einem Ort selten leisten kann.

„Dante" hatte gerade den letzten Satz gesprochen. Mehmet wollte etwas fragen. Setzte gerade zum ersten Wort an. Da füllte sich der Türrahmen. Panther. Breit. Ungebremst. Hinter ihm: Leo. Dann Isegrimm. Die Reihenfolge war wieder hergestellt. Alles, wie es zu sein hatte. Zumindest für Panther. Isegrimm wirkte enttäuscht. War er auch. Doppelt sogar. Erstens, weil er immer noch nur die Nummer drei war. Und zweitens, weil er wusste: Diesmal wird Panther selbst zuschlagen. Keine Spielchen. Kein Raum für sadistische Spielereien. Nur Gewalt. Direkt. Mehmet sah zur Tür. Dann zu „Dante". Sein Blick war klar. Wach. Bereit.

Panther sprach leise. Aber jedes Wort schnitt. „Guten Morgen", sagte er. Betont. Kalt. „Ich habe gehört, du versuchst, dich rauszuwinden." „Dante" erstarrte. Jetzt erst wurde ihm klar, welchen Fehler er am Abend zuvor gemacht hatte. Die Info. Der Ruf über den Flur. Panther machte einen Schritt vor. „Wenn ich mit dir rede, stehst du auf." „Dante" stand auf. Langsam. Jetzt standen sie sich gegenüber. Auge in Auge. Drei Augenpaare beobachteten die Szene. Leo. Isegrimm. Mehmet. Panther zischte. „So, so ... der Mädchenschänder kriegt also das, was mir zusteht." „Dante" wollte etwas sagen. Aber dann – röchelte er nur noch. Blut trat aus seinem Mundwinkel. Ein tiefer, feuchter Laut. Keiner hatte gesehen, wann Panther zugestoßen hatte. Der Löffel. Die geschliffene Klinge. Direkt in den Bauch. Tief. Hart. Mehmet reagierte als Erster. Er sprang auf. Brüllte. Stürzte sich auf Panther. Riss ihn zu Boden. Mit bloßen Fäusten schlug er auf ihn ein. Wieder und wieder. Dann packte er Panthers Kopf. Schlug ihn auf den Beton. Einmal. Zweimal. Leo und Isegrimm standen da. Starr. Stumm. Kein Schritt. Kein Laut. Dann: Stimmen. Schritte. Wärter.

Die Wärter schrien Befehle. „Zurück in die Zellen!" „Sofort!" „Kein Ton mehr!" Türen klappten. Riegel schnappten zu. Hastige Schritte. Sanitäter. Dann der Notarzt. Mehmet kauerte in der Ecke der Zelle. Blut an den Händen. Atmete flach. Der Notarzt kniete sich zu „Dante". Tastete den Puls. Gab Anweisungen. Sie stabilisierten ihn. Gerade so. „Er muss in den OP. Sofort." Nebenan lag Panther. Reglos. Still. Der Notarzt tastete kurz den Hals. Dann nur noch ein Wort: „Tod." „Dante" bewegte die Lippen. Kaum hörbar. Ein Laut, kein Wort. Der Notarzt winkte Mehmet heran. „Schnell. Er will was sagen.“ Mehmet kniete sich zu ihm. Ohr an seinem Mund. Hörte. Nickte. Dann stand er auf. Sah sich um. Das Buch. „Dantes“ Buch. Er griff es. Reichte es ihm. In beide Hände gelegt. „Dante“ schloss die Finger darum. Langsam. Fest. Dann schloss er die Augen.

Teil 2 – Purgatorio (Läuterung)

10

Ich spürte es zuerst an der Luft. Sie war anders. Nicht wie die Luft der Hölle, die nach Schwefel stank und voller Stille war, die nie still war. Hier roch es nach Salz. Nach Wasser, das lange Zeit stillgestanden hatte, aber nun wieder atmen durfte. Die Nacht, die uns auf dem Rücken des Höllenpfades hinausgetragen hatte, lag hinter uns. Und vor uns: Dämmerung. „Das ist das Meer", sagte Vergil leise. Er stand neben mir wie ein Schatten, das Gesicht auf die Ferne gerichtet, als höre er etwas, das ich nicht hören konnte. Ich sah es schließlich auch. Ein dunkles Band am Horizont, silbrig am Rand, als würde sich dort eine zweite Welt aus dem Wasser erheben. Das Ufer war nicht aus Sand, sondern aus Schiefer – glatt, kalt und schwarz wie die Erinnerungen, die man nicht loswird. Ich ging voran. Meine Füße berührten die Erde nicht mit Vertrauen, sondern mit Vorsicht, als könnte sie unter mir zerbrechen.

„Wo sind wir?", fragte ich. Vergil antwortete nicht sofort. Dann sagte er: „Am Anfang der Hoffnung."

Hinter uns wurde das Wasser unruhig. Ich drehte mich um – und da war es. Ein Boot, wie aus Licht geschnitten. Es hatte keinen Ruderer. Und doch bewegte es sich, ohne eine Spur zu ziehen. Darauf standen sie – Dutzende Gestalten, bleich, aber nicht blass. Ihre Gesichter trugen keine Fratze des Schmerzes, sondern etwas viel Beunruhigenderes: Geduld. Einer von ihnen rief: „Lebt er?" Die Stimmen klangen nicht wie Stimmen. Eher wie Erinnerungen, die laut geworden waren. Ich wollte antworten, aber mein Mund war trocken. Es war Vergil, der sich vortrat und sprach: „Er lebt. Doch er irrt nicht. Er folgt einem Pfad, der ihm gewiesen wurde." Die Seelen sahen mich an. Einige lächelten. Andere wichen zurück, als wäre mein Atem noch zu schwer für diese Welt. Eine Frau trat vor. Sie trug ein Leintuch wie eine zweite Haut, durchsichtig im Licht, das über dem Wasser zitterte. „Hast du Angst, Lebender?", fragte sie. Ich nickte. Ich log nicht. Sie lächelte. „Dann bist du richtig hier."

Die anderen begannen zu singen. Kein Lied, das ich kannte. Keine Sprache, die ich verstand. Aber die Bedeutung schnitt sich mir in die Knochen. Es war ein Lied vom Warten. Vom Verstehen. Vom Loslassen. „Das ist der Vorhof", flüsterte Vergil. „Sie haben ihr Leben bereut – aber erst zu spät. Nun müssen sie hier verweilen, bis die Zeit sie ruft." Ich sah mich um. Kein Baum. Kein Schatten. Nur Fels, der sich nach oben wand, in Spiralen und Terrassen. Der Berg war kein Berg. Er war ein Urteil. Und dieses Urteil sprach: Nicht jetzt. Eine junge Seele wandte sich mir zu. Vielleicht siebzehn. In der Art, wie sie den Kopf hielt, lag Stolz. Aber ihre Augen waren weich. „Ich war Dichter", sagte er. „Ich auch", sagte ich. Er lachte. „Dann weißt du, wie lange man auf Worte warten kann." Ich wusste es. Er setzte sich auf den Boden, der aus splittrigem Gestein bestand, als wäre er weich. „Ich schrieb Verse über Gott. Aber ich glaubte nicht an ihn. Erst als das Blut kam. Da glaubte ich. Da war es zu spät." Ich wollte ihm die Hand geben. Doch ich hielt inne. Ich wusste nicht, ob Berührung hier erlaubt war. „Schreib weiter", sagte er. „Wenn du kannst." Ich wollte fragen, wie lange sie warten müssten. Aber ich fragte nicht. Denn ich ahnte es bereits. So lange, wie das Licht braucht, um zu ihnen vorzudringen.

Vergil hatte sich entfernt. Er stand am Anfang eines Pfades, der sich entlang der Klippen zog. Die Steine darunter fielen steil ins Meer. Ich folgte ihm. „Wie lange müssen wir hier bleiben?", fragte ich. „Nicht wir", sagte er. Ich schwieg. Und wir gingen weiter, während hinter uns der Gesang langsam verklang wie Nebel, den die Sonne nicht mehr braucht.

„Dante" war zurück. Zurück im Knast. Die OP war vorbei. Sie hatten ihn im letzten Moment ins Krankenhaus gebracht. Dort hatten sie ihn aufgeschlitzt, genäht, zusammengeflickt. Jetzt lag er in der Krankenstation des Gefängnisses. Ein schmales Bett, ein grauer Schrank, weißes Neon an der Decke. Keine Infusion. Keine Monitore. Nur er und die Stille. Es war knapp gewesen. Verdammte

Scheiße, so knapp. Panther hatte zugestochen – ein Löffelstiel, zum Messer geschliffen. Direkt in den Bauch. Und dann... Mehmet. Mehmet hatte geschrien, gedrückt, geschubst. Wäre er eine Sekunde später gekommen, hätte Panther das Ding rausgezogen – und „Dante" wäre verblutet, noch bevor sie ihn überhaupt eingepackt hätten. Er atmete flach. Jede Bewegung schmerzte. Die Narbe brannte. Alles fühlte sich fremd an, als gehöre es nicht mehr zu ihm. Neben ihm lag das Buch. Halb geöffnet, vergilbte Seiten. Dante Alighieri. Purgatorio. Er legte es zur Seite. Langsam. Mit müder Hand. „Mehmet...", flüsterte er. „Wo bist du jetzt, Bruder?" Stille. Dann klopfte es an der Tür. Dreimal.

„Herein", sagte „Dante". Die Tür öffnete sich. Der Sani schaute kurz rein. „Besuch. Aber nur kurz." Dann machte er die Tür ganz auf. Mehmet trat ein. Hinter ihm zwei Wärter. Sie blieben draußen. Kein Wort. Nur Blicke. Mehmet schloss die Tür. Drehte sich langsam um. Kam näher. „Dante" sah es, als er vor dem Bett stand. Tränen. In den Augen. Ungesagt. Echt. „Du hast es geschafft", sagte Mehmet leise. „Zum Glück." „Danke", murmelte „Dante". Mehmet zuckte nur mit den Schultern. Eine Geste: Alles klar, Bruder. War selbstverständlich. Stille. „Panther?", fragte „Dante". Mehmet sah ihn an. Sagte nur: „Tot." „Dante" schluckte. Starrte an die Wand. Dann zurück. „Warum bist du dann hier? Nicht im Hochsicherheitstrakt?" „War ich", sagte

Mehmet. „Ein paar Tage." „Und jetzt?" „Sie haben's erkannt. Notwehr."

Mehmet stand schon auf, als der Sani wieder reinkam. „Zeit ist um", sagte er. „Kurz war kurz." Mehmet nickte. Drehte sich zu „Dante". „Wir reden, wenn ich zurück in meiner Zelle bin", sagte „Dante". Ein Lächeln huschte über Mehmeds Gesicht. Schnell, echt. „Was?", fragte „Dante". Mehmet ging zur Tür. Drehte sich nicht um. „Überraschung", sagte er. Der Sani wurde ungeduldig. „Los jetzt." Mehmet ging raus. Die Tür schloss sich. „Dante" war wieder allein.

11

„Dante" war wieder auf den Beinen. Die Wunde schmerzte kaum noch. Er roch den Flur, bevor er ihn betrat – abgestandene Luft, Reinigungsmittel, Eisen. Ein Wärter ging vor ihm her. Kein Wort fiel. Als sie an seiner alten Zelle ankamen, schauderte „Dante". Im Türrahmen stand ein Neuer. Breit. Glatze. Tätowierter Hals. Der Blick voller Hass. „Dante" hielt kurz inne. Na toll, dachte er. Die wissen also Bescheid. Leo oder einer von den anderen musste geredet haben. Jetzt durfte er sich seine Zelle mit jemandem teilen, der ihn verachtete. Doch der Wärter deutete mit dem Kopf weiter den Gang hinunter. „Dante" zögerte. Eine neue Zelle? Fünf Türen weiter blieb der Wärter erneut stehen. Kein Schlüssel, kein Wort. Nur ein Nicken. „Dante" trat ein.

Mehmet saß auf dem unteren Bett. „Na, ist das eine Überraschung?" sagte er und grinste. Dann zeigte er auf das Buch in „Dantes" Händen. „Keine Sorge, deinem Schinken werd ich die nötige Ruhe lassen." „Dante" brauchte einen Moment. Dann trat er vor und nahm Mehmet in die Arme. Eine echte Umarmung, keine Show. Brüderlich. „Hab dir schon 'ne Spindhälfte freigeräumt", sagte Mehmet, als sie sich wieder setzten. „Klamotten hab ich rübergeholt. Liegen oben."

Leo stand auf. Stellte sich hinter den Neuen. „Hast du dir das Gesicht genau eingeprägt?" Der Neue nickte stumm. „Das ist der

Mädchenschänder", sagte Leo. „Hat's geschafft, dass sein Fall neu aufgerollt wird. Panther hat man das verweigert." Dann, mit einem herablassenden Grinsen: „Er und sein Muslim-Kumpel haben Panther auf dem Gewissen. Wahrscheinlich sind sie auch noch stolz drauf." Isegrimm stand in der Ecke. Kein Wort, kein Zucken. Nur der Blick, der alles aufsog. Er sah, wie Leo redete. Wie der Neue dastand, ruhig, gespannt. Pantherchen, dachte Isegrimm. Leo hat ihm den Platz gegeben. Die Bühne. Und er nimmt sie. Pantherchen ist stolz. Und er darf es sein. Kaum hier, schon Nummer zwei. Ein Aufstieg wie gemalt. Isegrimm lächelte flach. Mir soll's recht sein. Als Nummer drei lebt man leise. Leo sieht durch mich durch. Und den ganzen Dreck – den fegt Pantherchen jetzt.

Der Wind hatte sich gelegt. Kein Laut. Kein Rascheln von Laub. Kein Echo ihrer Schritte. Wir traten hinaus auf eine breite Ebene, wie aus poliertem Marmor. Weißlich, porös, und so glatt, dass jeder Schritt wie auf Wasser klang. Über uns türmte sich weiter der nackte Fels, die nächste Ebene des Berges ragte wie eine zerklüftete Wand empor – doch hier, in dieser ersten Terrasse, war nichts als die Weite der Stille.

„Siehst du?" fragte Vergil und deutete auf den Boden. Ich blickte hinunter – und hielt unwillkürlich den Atem an. Der Boden war übersät mit Reliefs. Doch nicht bloß flach gemeißelt, wie auf alten Platten. Sie wirkten lebendig. Tief eingeschnitten, mit

solcher Tiefe und Detailfülle, dass ich den Eindruck hatte, sie würden atmen. Szenen der Demut. Ich sah Maria, wie sie dem Engel lauschte. Ein König auf den Knien. Ein Bettler, der seinem Peiniger die Hand küsste. Nicht ein Dutzend Bilder – Hunderte. Und je länger ich hinsah, desto mehr begann sich die Grenze zwischen Bild und Wirklichkeit aufzulösen. Ich taumelte. „Sie lehren dich, was du noch nicht tragen kannst", sagte Vergil. „Das hier ist der Beginn. Die erste Last, die man erkennt, ist die, die man nicht sieht."

Wir gingen weiter. Der Weg führte uns in eine tiefe Senke, wie eine lange Kluft im Berg. Und dann sah ich sie. Die ersten Seelen. Keine Ketten. Keine Peitschen. Kein Feuer. Nur Steine. Unfassbar schwere Steinblöcke, die sie auf dem Rücken trugen – aufgebunden, eingesunken in Fleisch und Seele. Manche krochen auf allen vieren. Andere standen, zitternd, und sahen zu Boden. Keiner wagte den Blick nach oben. Die Körper verkrümmt. Die Wirbelsäulen gebrochen von der Last. Ich hörte das Knirschen ihrer Knochen. Und dazwischen – Gebete. Murmeln. Nicht aus Trotz, sondern aus Klarheit. Als würde ein jeder sich selbst verfluchen, um endlich loszulassen.

Ich trat zu einem von ihnen. Ein Mann mit eingefallenen Augen, dessen Bart schmutzig war vom Stein. Er flüsterte lateinische Verse. „Wer warst du?" fragte ich. Seine Augen blieben unten. „Ein Name, ein Wappen, ein Titel. Alles Sand." Seine Stimme war brüchig. „Ich war Umberto. Mein Blut war stolz, mein Hals zu hoch. Ich sprach mit Verachtung. Jetzt lerne ich, leise zu sein." Ich kniete mich hin. „Kannst du mir sagen, wie lange du hier schon bist?" Er zuckte kaum merklich mit der Schulter. „Zeit ist für uns keine Linie mehr. Nur Gewicht. Wenn mein Herz leichter ist als der Stein auf meinem Rücken, darf ich weiter." Vergil hatte gewartet. Schweigend. Jetzt sprach er: „Weiter. Wir werden hier mehr als einen Spiegel finden."

Die nächste Seele, der wir begegneten, war gebeugt, aber ihre Augen brannten – selbst unter der Last. Sie war ein Künstler, das sah ich an der Präzision ihrer Worte, als sie mich ansprach. „Ich bin Oderisi", sagte er. „Von Gubbio. Ich glaubte einst, mein Ruhm sei gerecht. Ich hielt mich für besser als Franco, mein Bruder in der Kunst. Aber jetzt…" Er keuchte, als ob jeder Satz den Stein schwerer machte. „Jetzt weiß ich: Der Ruhm vergeht. Alle Meister werden vergessen. Und wenn einer bleibt, dann nur, weil er nicht mehr spricht." Ich sagte nichts. Ich hörte nur zu. Und spürte, wie der Wind wieder aufzog – nicht am Körper, sondern in mir. Vergil trat näher. „Der Hochmut ist die Wurzel. Die Hölle beginnt hier – im Herzen. Was du hier siehst, ist das Gegenmittel."

Ich wandte mich ab. Doch da, am Ende des Weges, kniete eine dritte Gestalt. Eine Silhouette. Bewegte sich nicht. Atmete kaum. Ich erkannte ihn nicht, doch sein Flüstern war voller Namen. „Ich… bat um Macht. Um Einfluss. Und ich erhielt sie – nur weil ich jemandem versprach, für ihn zu sterben. Doch ich starb nicht. Er tat es." Ich wusste nicht, ob *das Geständnis galt oder der Stein. Doch ich ging nicht näher. Ich fühlte den Stein auch auf mir. Noch unsichtbar. Noch leicht. Vergil sah mich an. Sein Blick war nicht mitleidig. Nur wach. „Wir gehen. Die nächste Terrasse wartet."*

12

Wir hatten die erste Terrasse hinter uns gelassen, und der Wind, der dort noch wehte, war hier verstummt. Alles war still. Der Pfad wand sich enger um den Berg, wie ein Gürtel aus Stein, und als wir die zweite Terrasse betraten, veränderte sich die Luft. Sie war schwer. Nicht heiß, nicht kalt – sondern schwer. Der Boden unter unseren Füßen war grau, beinahe aschfarben, und zog sich entlang einer gewölbten Mauer aus glattem Fels. Keine Aussicht. Kein Himmel. Nur diese Wand, feucht vom stummen Weinen. Vergil blieb neben mir stehen. Er sagte nichts. Sein Blick ruhte auf einer Gestalt in der Ferne. „Hier," sagte er dann leise, „hier sühnen die, deren Augen zu gierig sahen. Die dem Glück anderer das Licht neiden wollten. Jetzt... sehen sie nichts mehr."

Ich trat näher, und langsam wurde mir klar, was ich sah. Die Seelen standen eng beieinander, Rücken an Rücken, als müssten sie sich stützen. Ihre Bewegungen waren tastend, wie von Blinden. Und dann sah ich es. Ihre Lider – zugenäht mit grobem Eisendraht. Der Draht spannte sich von Lid zu Lid, grob durchstochen, ohne Rücksicht, ohne Anästhesie. Das Fleisch war verheilt, aber das Grauen blieb. Sie standen nicht still. Sie bewegten sich leicht, als warteten sie auf Stimmen, auf Berührungen, auf irgendetwas, das ihnen Richtung gab. „Wie können sie sich hier orientieren?" fragte ich, mit trockener Kehle.

„Durchs Lauschen," antwortete Vergil. „Durch das Herz. Nicht mehr durch den Blick."

Wir gingen an ihnen vorbei. Einer berührte meine Schulter, nur kurz, ganz sacht. „Wer bist du?" fragte eine Stimme, weiblich, alt, aber klar. Ich wandte mich ihr zu, obwohl ich wusste, dass sie mich nicht sehen konnte. „Ein Lebender," antwortete ich. „Geführt von Vergil, meinem Lehrer." „Ein Lebender... hier?" Ihre Stimme zitterte nicht, aber etwas darin klang... leer. Wie ein Flüstern, das oft in sich selbst verhallt war. „Ich war Sapia," sagte sie. „Von Siena. Ich sah mit Freude, wie mein eigenes Volk in der Schlacht fiel. Ich beneidete ihre Kraft, ihren Mut, ihre Siege. Und ich freute mich... als sie starben." Ich schwieg. Was konnte man dazu sagen? Sie fuhr fort, fast wie im Traum: „Aber bevor ich starb, erkannte ich mein Herz. Ich sah, was ich geworden war. Und ich bat um Vergebung."

„War sie dir gewährt?" fragte ich leise. „Durch die Gebete meiner Nichte," sagte sie. „Ohne sie... würde ich noch immer ganz unten stehen." Vergil nickte kaum merklich. „Die Kraft des Gebets der Lebenden. Sie hebt den Toten schneller zur Reinigung." Ich schaute die anderen an. Kein einziger Blick. Keine Augen. Aber da war Würde. Und Schmerz. Ein Mann sprach plötzlich aus der Reihe. „Wir haben uns vergiftet am Glanz der anderen. Immer war jemand schöner, reicher, geliebter. Und wir – wir waren nichts. Nur Schatten im Schatten." Ich fragte: „Wie sühnt man das?"

„Indem man hört. Indem man nicht mehr schaut. Und langsam... langsam erkennt, dass Freude geteilt werden muss, wenn sie wahr sein soll." Die Worte bohrten sich in mich wie Splitter. Ich dachte an mein eigenes Leben. An all die Male, wo ich verachtet hatte, was ich nicht sein konnte. Vergil legte mir die Hand auf die Schulter. *„Komm. Es reicht."* Ich nickte. Doch bevor ich ging, sagte ich zu Sapia: *„Ich werde für dich beten. So, wie deine Nichte."* Sie lächelte. Ich konnte es nicht sehen – aber ich spürte es.

Schritte. „Post für Dante", sagte der Wärter. Er warf den Brief einfach in die Zelle, ohne stehen zu bleiben. Mehmet war schneller. Er hob den Umschlag auf, drehte ihn in den Händen. „Der dritte diesen Monat", murmelte er. „Und keine Kanzleischrift. Das ist 'ne Frau." „Dante" griff nach dem Umschlag. Zu spät. Mehmets Hand wich aus. „Dantes" Fingerspitzen schnitten nur durch Luft.

Mehmet begutachtete die Schrift. „Sauber. Feminin. Schöne Handschrift", murmelte er. Dann hielt er den Umschlag an die Nase. „Rosenduft", stellte er fest. Er las den Absender. Keine Adresse. Nur ein Postfach. „Wer schreibt dir da eigentlich ständig?" Sein Blick blieb auf „Dante" haften. „Und dann auch noch parfümierte Briefe ... bist du heimlich verlobt oder was?"

„Dante" verdrehte die Augen. Aber Mehmet sah es trotzdem. Eine leichte Röte stieg ihm ins Gesicht. Mehmet grinste. Er war auf der richtigen Spur. „Dante" sagte trocken: „Ja. Bin verlobt. Mit den

Küchenbullen. Oder was meinst du, warum wir immer die Teller mit den meisten Maden kriegen? Proteine, Bruder. Proteine." Beide lachten laut. Mehmet reichte ihm den Umschlag.

„Dante" schob den Umschlag ungeöffnet zwischen die Seiten seines Buches. Mehmet sah es. „Willst du nicht wissen, was drinsteht?" „Natürlich will ich", sagte „Dante". „Aber das heb ich mir auf. Für später. In Ruhe." Mehmet runzelte die Stirn. Diesmal war keine Ironie in seiner Stimme: „Wer schreibt dir da eigentlich immer?" „Bist du neidisch?" fragte „Dante" und grinste. Mehmet zuckte mit den Schultern. Tat erst, als wär's ihm egal. Dann gab er zu: „Klar bin ich neidisch." Er hielt kurz inne und schob hinterher: „Ich hätt auch gern den Küchenboten zum Verlobten. Wegen der Proteine, natürlich." Sie lachten wieder. Laut, ehrlich, befreiend.

Auf dem Flur hörte Pantherchen das Lachen aus der Zelle. Leo beugte sich zu ihm. „Hör sie dir an", flüsterte er. „Die beiden. Könnt man ja fast neidisch werden bei so viel Fröhlichkeit, oder?" Er ließ die Worte wirken. Dann senkte er die Stimme noch weiter. „Aber wahrscheinlich lachen sie über uns. Über dich. Vor allem über dich." Leo säte. Und die Saat ging auf. Der Blick, den Pantherchen in Richtung Tür warf, war voller Neid. Leo sah es. Und lächelte. Wo Neid war, da wuchs auch der Zorn. Das wusste er. Und er brauchte ein Pantherchen, das richtig schön zornig war.

Sie japsten noch nach Luft, Tränen in den Augen. „Jetzt ehrlich", keuchte Mehmet. „Von wem ist der Brief?" „Wie du, Dr. Watson, schon an der Handschrift erkannt hast – von einer Frau." Mehmet hob eine Augenbraue. „Schwester?" „Dante" schüttelte den Kopf. „Will das reiche Mädchen um Vergebung betteln?" Ein energisches Kopfschütteln. „Lass dir nicht alles aus der Nase ziehen", meinte Mehmet. „Ich sitz hier nicht zum Spaß." „Dante" seufzte. „Ich hab vom Seelsorger gehört, dass es so ein Programm gibt. Brieffreundschaften mit Leuten draußen. Hab mich eingeschrieben. Zwei Wochen später kam der erste Brief." Mehmet starrte ihn an. Dann hellte sich sein Gesicht auf. „Jetzt versteh ich auch, warum du ständig Briefe schreibst ... Ich dachte, das hat was mit deinem Prozess zu tun."

„Dante" lehnte sich zurück. Ein Lächeln huschte über sein Gesicht. „Sie heißt Bea. Ist Kindergärtnerin", sagte er. „Hat 'nen Hund namens Momo, liebt Kaffee mit Hafermilch, und sie kann mit Wörtern umgehen wie andere mit Farben." Mehmet hörte zu. Sagte nichts. „Du solltest dich da auch einschreiben", meinte „Dante" dann. Mehmet dachte kurz nach. Dann schüttelte er den Kopf. „Das ist nix für mich. Ich komm hier ja eh nie wieder raus." „Dante" sah ihn an. Erst still. Dann mit wachsender Wut. „Sag so was nicht." Seine Stimme war fest. „Ich will mit dir draußen ein Bier trinken. Irgendwann. Verstehst du? Auch wenn's noch ewig dauert – du kommst hier raus. Wir beide."

13

Mehmet und „Dante" gingen nebeneinander her. Der Gang roch nach Desinfektionsmittel und abgestandener Luft. Sie gingen nicht oft raus. Aber heute war einer dieser Tage. Manchmal musste man einfach atmen. Aus der Gegenrichtung kam das neue Trio. Vornweg Pantherchen. Er ging wie einer, der wusste, dass er nicht zur Seite treten würde. Hinter ihm Leo. Und dann Isegrimm. „Dante" hob den Blick nur kurz. Reichte. Pantherchen hatte sich schnell einen Namen gemacht. Zu schnell. Er dachte daran, wie Leo vor Kurzem noch das Sagen hatte. Jetzt lief er hinterher. Lautlos. Fügsam. Warum? Was war passiert? „Dante" sagte nichts. Aber in seinem Kopf war es laut.

Pantherchen wich keinen Millimeter aus. „Dante" trat zur Seite. Automatisch. „Ist auch besser so, Mädchenschänder", zischte Pantherchen im Vorbeigehen. Leo grinste. Breit. Viel zu breit. „Dante" hielt inne. Nur für den Bruchteil einer Sekunde. Aber da war es. Das Grinsen. Die Körpersprache. Die Stille. Leo hatte seinen Status nicht abgegeben. Er hatte ihn getarnt. Pantherchen lief vorn. Machte Lärm. Spielte den Chef. Aber Leo – Leo zog die Fäden. Unsichtbar. Klug. Er hatte sich zurückgenommen. Aber nicht zurückgezogen. Pantherchen war nur eine Marionette.

Es waren nur ein paar Sekunden. Aber genug. Mehmet und „Dante" spürten es. Die Enttäuschung in Pantherchens Blick. Kein Vorwand, kein Angriff.

Noch nicht. Ein paar Schritte weiter. Das Trio traf auf den Häftling mit dem Wischmopp. Pantherchen stieß einen Fluch aus. Beschimpfte ihn. Laut. Gehässig. Dann hob er die Hand. „Pantherchen!" rief „Dante". Die Stimme scharf. „Lass ihn in Ruhe. Dein Hass gehört mir." Er trat vor. Blieb nicht stehen. Drei Schritte. Dann stand er zwischen Pantherchen und dem anderen. Mehmet bewegte sich ebenfalls. Versperrte Leo und Isegrimm den Weg. Pantherchen funkelte „Dante" an. „Du kleiner Wichser", knurrte er. Der Häftling mit dem Wischmopp nutzte die Chance. Er rannte. Weg. Pantherchen griff den Eimer. Ein Schwall schmutzigen Wassers ergoss sich über „Dante". Kalt. Übel riechend. Tropfend. Mehr konnte Pantherchen nicht tun. Die Wärter kamen. Aber in ihm – da war etwas erwacht. Die Wut. Der Zorn. Der Keim. Leo hatte ihn gepflanzt. Jetzt begann er zu wachsen.

„Dante" streifte das nasse T-Shirt ab. Warf es in die Ecke. Zog sich ein trockenes über. Mehmet lehnte an der Wand. „Musste das sein?", fragte er ruhig. „Du bist doch eh auf deren Liste. Jetzt sind sie nur noch wütender." „Du hättest das auch für mich getan", sagte „Dante". Mehmet schüttelte den Kopf. „Das ist was anderes." „Dante" sah ihn an. Fragend. Mehmet seufzte. „Ich bin schon sehr lange hier. Länger als die meisten." Er verschränkte die Arme. „Ich hab mein Netzwerk. Die Leute versorgen mich mit Infos. Ich weiß, wer wo steht. Wer was plant. Wer wann scheißt." Ein kurzes, müdes Lächeln. Dann wieder ernst. „Selbst das Trio rührt mich nicht an." „Dante" nickte langsam. „Ich konnte trotzdem nicht anders." Er setzte sich auf die Pritsche. Sein Blick wanderte zu dem Buch auf dem kleinen Tisch. Daran musste er denken. An die paar Zeilen, die er vor dem Frühstück gelesen hatte. Sie hatten sich festgesetzt. Wie ein Splitter unter der Haut.

Der Aufstieg hatte uns an den Rand der Erschöpfung gebracht. Aber aufgeben war keine Option. Nicht hier. Nicht jetzt. Als wir den nächsten Absatz des Felsens betraten, änderte sich alles. Es war, als würde man in eine andere Welt treten. Kaum ein paar Schritte getan, da wurde die Luft plötzlich dick. Der Rauch kam nicht in Schwaden. Er war einfach da. Schwer. Beißend. Undurchdringlich. Ich hustete. Meine Augen brannten sofort. Tränen liefen über mein Gesicht, ohne dass ich weinte. „Bleib nahe bei mir", sagte Vergil. Seine Stimme war gedämpft, wie durch Watte. „Der Rauch ist der Schleier des Zorns. Die Seelen hier lebten in Wut. Jetzt lernen sie, ohne Blick zu erkennen, ohne Zorn zu atmen."

Ich griff nach seinem Umhang. Meine Finger klammerten sich fest, wie ein Kind an der Hand des Vaters. Wir gingen weiter, tastend, Schritt für Schritt. Ich sah nichts mehr. Nur Grau. Nur Rauch. Der Boden unter meinen Füßen war staubig, rutschig, als hätte hier jahrhundertelang niemand festen Stand gefunden. Aus der Dunkelheit heraus kam eine Stimme. Krächzend. Hart. „Wer wandelt da mit atmender Lunge?" Ich wollte antworten, doch der

Rauch hatte mir die Stimme geraubt. Vergil sprach für mich. „Ein Lebender. Noch aus Fleisch. Doch auf dem Weg zur Reinigung." Ein Schatten trat näher. Oder besser: Ich fühlte, dass er näherkam. Ich sah nur dunkles Flirren. „Ein Lebender...", wiederholte die Stimme. „Vielleicht kannst du mir sagen, ob oben noch Menschen sind, die das Gute suchen. Oder sind sie alle der Wut verfallen, wie wir?" „Ich weiß nicht, wer Ihr seid", sagte ich mit heiserer Stimme. „Aber die Welt oben ist... geteilt. Es gibt noch Gerechtigkeit. Doch sie wird leise."

„Mein Name war Marco Lombardo." Die Stimme wurde klarer, fast sanft. „Ich gehörte einst zu den Weisen. Und ich frage dich: Woher kommt das Böse in der Welt? Liegt es in den Sternen? In der Natur? Oder... in uns selbst?" Ich schluckte. Der Rauch legte sich wie ein Gewicht auf meine Brust. „Ich weiß es nicht", sagte ich. „Ich habe gehofft, hier Antworten zu finden." „Dann höre, was ich erkannte, als ich noch Augen hatte", sprach Marco. „Nicht die Sterne, nicht das Schicksal formen das Herz. Sondern der Wille. Der freie Wille des Menschen. Und der wurde träge, weil die Welt ohne Führung blieb." Ich schwieg. Es klang wahr. Und doch schmerzlich. Denn wie oft hatte ich selbst meine Wut dem Schicksal zugeschrieben? Wie oft mich selbst entschuldigt? „Was ist mit euch?" fragte ich. „Was war euer Zorn?"

„Ich trug ihn wie ein Banner", sagte Marco. „Ich kämpfte für das Rechte – doch ich ließ nicht ab. Ich konnte nicht verzeihen. Ich wollte nicht hören. Und das Gute wurde hart. Und dann bitter." Seine

Stimme wurde leiser. „So brannte ich aus. Und nun bin ich Rauch." Ich trat einen Schritt näher. „Kann ich etwas für euch tun?"

„Du kannst dich erinnern. Und du kannst wählen. Jeden Tag. Zwischen Zorn und Einsicht." Ich nickte, obwohl er es nicht sehen konnte. Vielleicht spürte er es. Vergil zog leicht an meinem Ärmel. „Wir müssen weiter. Hier verirrt man sich schnell." Wir gingen. Der Rauch wurde dichter. Stimmen wisperten darin. Manche weinten. Andere beteten. Wieder andere riefen Worte, die niemand verstand. Und da war etwas, das mich fröstelte. Der Zorn war nicht verschwunden. Er war nur... nach innen gestürzt. Ein Feuer, das still weiterglomm. Ich fragte Vergil: „Wie lange bleiben sie hier?" „Bis sie gelernt haben, den Frieden zu lieben." Ein ferner Ruf, ein Hauch von Wehmut. Ich ging weiter. Mit geschlossenen Augen.

„Und dann ist da noch etwas", sagte „Dante" leise. Mehmet sah ihn an. „Was?" „Die Wut", sagte „Dante". „In mir." Er setzte sich auf die Bettkante. Der Stoff seines Shirts klebte noch leicht vom Schweiß des Tages. „Bald wird der Prozess wieder aufgenommen. Der erste Verhandlungstag steht an." Er blickte auf den Boden. „Und ich merke, wie der Zorn in mir steigt. Auf das Mädchen, das mich verraten hat. Nur damit sie in den Augen ihrer reichen Eltern rein bleibt." Er schluckte. „Auf ihren Vater. Der hat Zeugen gekauft. Auf die falschen Zeugen. Auf das ganze verdammte Spiel." Mehmet schwieg. Er wartete. „Ich muss das unter Kontrolle bekommen", fuhr „Dante" fort. „Neulich hätte ich fast einen zusammengeschlagen." Sein Blick war leer, die Stimme ruhig. „Der hat 'nen Spruch gemacht. Irgendwas mit Mädchenschänder." Er fuhr sich mit der Hand übers Gesicht. „Zum Glück kamen gerade Schließer vorbei." Eine Pause. „Dieser Zorn... er frisst mich auf." Mehmet wollte etwas sagen, aber „Dante" hob die Hand. „Und eben? Da war dieser Moment. Ich hatte die Möglichkeit, die Wut dahin zu lenken, wo ich dachte, dass sie wenigstens nicht den Falschen trifft." Ein tiefer Atemzug. „Auch nicht richtig, ich weiß. Aber..."

14

„Dante" lief in der Zelle im Kreis. Immer an der Wand entlang. Bett, Waschbecken, Klo, Tür, wieder von vorn. Er zählte nicht die Schritte. Nur die Minuten. Heute war es so weit. Zwei Wärter sollten ihn abholen. Wiederaufnahme des Prozesses. Neue Beweise. Neue Hoffnung. Mehmet sah ihm zu. Saß auf dem Hocker, rauchte. „Hör auf mit der Lauferei", sagte er. „Sieht scheiße aus vor Gericht, wenn die Schuhe durch sind." „Dante" lächelte. Aber er lief weiter.

Es verging eine halbe Ewigkeit. Dann kam ein Wärter. Allein. Mehmet stand auf. „Jetzt geht's los, Alter." Doch „Dante" spürte es sofort. Einer war zu wenig. Immer zwei. Ein Wärter durfte niemanden alleine nach draußen bringen. Vorschrift. Die Panik kam wie ein Schub. Ein Schlag gegen die Brust. Schweiß trat ihm auf die Stirn. Der Wärter blieb in der Tür stehen. „Vertagt", sagte er. „Gerichtstermin fällt aus. Neuer wird gesucht. Sie kriegen Bescheid." Dann war er wieder weg. „Dante" stand da. Bewegte sich nicht.

„Dante" stand einfach da. Die Arme schlaff an der Seite. Der Blick leer. Weit. Als gäbe es keine Wände. Mehmet wusste nicht, was er tun sollte. So konnte er ihn nicht einfach stehen lassen. „Dante" war ein Freund geworden. Und Freunde waren selten. Sehr selten. Vor allem hier. Hier war jeder auf sich gestellt. Zweckgemeinschaften. Geben und Nehmen. Hilfst du mir, helf ich dir. Sonst nichts. Aber mit

„Dante" war es anders. Mehmet wusste nicht, warum. Als „Dante" ankam, wusste er längst, wofür der saß. Vergewaltiger. Ganz unten. Aber irgendwas stimmte nicht. „Dante" strahlte etwas aus. Etwas, das Mehmet nicht greifen konnte. Etwas, das es schwer machte, ihn zu hassen. Jetzt musste er etwas tun. Mehmet trat an ihn heran. Legte ihm die Hand auf die Schulter. „Aufgeschoben ist nicht aufgehoben", sagte er. Er wusste selbst, dass das nichts brachte. Aber mehr fiel ihm gerade nicht ein.

Die „gute" Nachricht machte schnell die Runde. Leo und seine Jungs freuten sich. Im Knast blieb nichts geheim. Manches brauchte ein paar Tage. Aber am Ende wusste es jeder. Hier hatten Leute Zeit. Viel Zeit. Ein paar Runden durch den Trakt – das reichte. Wenige Augenblicke später standen sie vor der Zelle. Pantherchen, Leo, Isegrimm. „Dante" stand noch immer regungslos da. Pantherchen grinste. Zynisch. Breit. „Na? Wie war der große erste Prozesstag?" Keine Antwort. Er machte eine Pause. Dann spielte er die Überraschung. „Ach so, Moment ... Kann ja nicht so gut gelaufen sein. Sonst wärst du ja nicht mehr hier."

„Dante" lag den ganzen Tag auf der Pritsche. Reglos. Die Augen zur Decke. Er hatte nichts gegessen. Mehmet hatte es versucht. Immer wieder. Zureden. Witze. Ernst. Nichts. Dann griff er sich das Buch. Das Buch von „Dante". Er wartete auf eine Reaktion. Keine. Nicht mal ein Blinzeln. Dabei waren da doch auch die Briefe drin. Mehmet schüttelte den Kopf. Er schlug das Buch auf. Blätterte. Dann las er. Laut. Langsam. „So schnell liefen die Bußenden vorbei, dass uns der Atem wegblieb. Sie riefen, den Eifer des Guten lobend, Beispiele rufend, wie Peitschen gegen ihre alte Trägheit." Er stockte. Die Wörter kamen ihm schwer über die Lippen. Er hatte keine Ahnung, was das heißen sollte. Das Altmodische machte ihn fertig. Aber er las weiter. Nicht für sich. Für „Dante". Weil ihm nichts anderes mehr einfiel.

Ich hätte nicht sagen können, wie lange wir schon unterwegs waren. Die Zeit hatte sich aufgelöst wie Nebel im Morgenlicht, als wir den schmalen Weg erklommen, der sich zwischen abbröckelnden Felswänden hindurchwand – knirschend unter unseren Schritten, scharfkantig, wie die Kanten eines schlechten Traums. Der Wind hier oben war kalt. Nicht beißend, nicht wild – sondern gleichförmig, müde. Ein Wind, der selbst träge war. Einer, der nicht peitschte, sondern nur erinnerte. An Bewegung. An Richtung. Vergil ging voran. Wie immer. Der Saum seines Mantels flatterte kaum merklich.

„Wo sind wir?", fragte ich schließlich. Meine Stimme klang klein in diesem stummen Raum. „Auf der vierten Terrasse", sagte er. „Hier büßen jene, die zu träge waren, dem Guten zu folgen." Ich wollte etwas sagen – vielleicht, dass ich müde war, dass meine Füße schmerzten – aber ich hielt inne. Denn ich hörte es. Ein Geräusch, das nicht zu diesem Ort passte. Rennen. Füße, die über Stein schlugen. Kein geordnetes Marschieren. Kein Tanz. Hast. Ich trat

vor, vorbei an einem Felsvorsprung – und dann sah ich sie. Ein Zug von Menschen, in langen, zerlumpten Gewändern, die im Wind flatterten, der hier oben zu erwachen schien, sobald sie sich näherten. Ihre Körper ausgemergelt, die Gesichter eingefallen – und doch: in ihren Augen brannte etwas. Nicht Licht. Nicht Hoffnung. Drang. Sie liefen. Ohne Ziel, aber mit Richtung. Vorwärts. Immer.

„Eilige Seelen", sagte Vergil leise. „Einst hielten sie inne, wo das Gute rief. Jetzt lässt das Gute sie rennen." Ich konnte sie kaum zählen. Sie kamen in Gruppen, manche eng aneinander, manche allein. Und während sie liefen, riefen sie. Nicht um Hilfe. Nicht um Gnade. Sondern – Namen. „Maria!", rief eine Frau mit aufgerissenen Augen. Ihre Stimme schnitt durch den Wind. „Sie ging eilends, als sie gerufen wurde!" „Cäsar!", rief ein Mann mit grauem Bart. „Er eilte nach Spanien, um Rom zu retten!" Vergil nickte. „Beispiele. Sie peitschen sich selbst mit dem, was sie verpassten."

Eine Seele, die dicht an mir vorbeirannte, warf mir einen Blick zu. Ihre Haut klebte an den Knochen, ihre Lippen aufgerissen vor Anstrengung. Doch sie sprach. „Du stehst? Du stehst! Was gibt dir das Recht zu stehen?" Ich stotterte. „Ich … bin noch lebendig." Sie schüttelte den Kopf. „Dann lauf! Lauf, bevor es zu spät ist!" Und schon war sie fort. Ich wandte mich an Vergil. „Wie lange müssen sie das tun?" „Bis der Trieb zur Trägheit erloschen ist", sagte er. „Bis sie das Laufen nicht mehr als Strafe spüren, sondern als Sehnsucht." Eine andere Seele kam *näher. Ein junger Mann mit eingefallenen Wangen. Er sah mich an – nicht feindselig, sondern mit Verwunderung. „Du hast Farbe im Gesicht ... lebst du?" „Ja", sagte ich. „Und du?" Ein kurzes, kehliges Lachen. „Ich? Ich lerne, was es heißt, zu spät zu kommen. Immer zu spät. Einmal hielt ich inne. Jetzt bleibe ich nie mehr stehen." Dann rannte er weiter.*

Ich spürte plötzlich ein Kribbeln in meinen Beinen. Als hätten ihre Schritte sich in meinen Körper gebrannt. „Vergil ... ich ... sollte ich ...?" „Nein", sagte er sanft. „Nicht du. Noch nicht. Dein Laufen wird anders aussehen." Dann drehte er sich um. „Aber sieh hin. Und merke dir: Nicht Hass, nicht Wut – Trägheit ist der langsamste Weg in die Verdammnis. Aber sie führt hin." Und so standen wir da. Zwei, die gingen, wo andere rannten. Zwei, die sahen, wo andere litten. Und in meinen Ohren hallten ihre Rufe noch lange nach.

Mehmet klappte das Buch zu. Die Worte hallten in ihm nach. Langsam. Unruhig. Er versuchte, sie zu verstehen. Dann bewegte sich etwas auf der Pritsche. „Dante" richtete sich auf. Langsam. Er sah Mehmet an. „Danke", sagte er. Nur dieses eine Wort. Dann stand er auf. Ging zur Tür. Verließ die Zelle. Mehmet sah ihm nach. Stand schließlich selbst auf. Er musste ihm folgen. Jetzt konnte er ihn nicht mehr allein lassen. Nicht, solange Leo dort draußen war. Nicht, solange Pantherchen noch nicht gemerkt hatte, dass er nur der Chef war, weil Leo das wollte. Und wenn Pantherchen das erst einmal merkte … Dann würde er sich beweisen wollen. Und wenn das jetzt passierte – Dann wäre das sehr, sehr schlecht. Vor allem für „Dante".

„Dante" lief den Flur entlang. Schritt für Schritt. Mehmet folgte. Mit Abstand. Nicht zu nah. Er fragte sich, wohin „Dante" wollte. Dann blieb „Dante" stehen. Vor einer Zelle. Er sagte etwas. Leise. Mehmet konnte es nicht verstehen. Er war zu weit weg. Dann trat „Dante" ein. Einfach so. Mehmet beschleunigte seine Schritte. Als er die Zelle erreicht hatte, blieb er stehen. Seitlich. So, dass man ihn von innen nicht sehen konnte. Er hielt den Atem an. Und wartete. Lauschte. Nicht aus Neugierde. Okay, nicht hauptsächlich aus Neugierde.

„Dante" stand in der Zelle. „Sag mal, Audi … wie ist das eigentlich mit deinem Antrag?" Audi saß auf seiner Pritsche. Schaute nicht hoch. „Welchem Antrag?" „Wegen der Beerdigung. Deinem Vater." Audi zuckte die Schultern. „Hab ich noch nicht abgegeben." „Wird Zeit", sagte „Dante". „Sind nur noch ein paar Tage." Audi schwieg. „Was ist los?", fragte „Dante". Ein leises Murmeln. „Hab noch keinen geschrieben." „Wieso nicht?" Stille. „Ich … ich kann das nicht." „Dante" brauchte einen Moment. Dann verstand er. „Du kannst nicht schreiben." Audi sah ihn an. Hart. Fast feindselig. „Sag das nochmal, und ich hau dir eine rein." Aber „Dante" blieb ruhig. Ganz ruhig. „Gib her den Wisch", sagte er. „Ich mach das für dich." Audi blinzelte. Dann nickte er. Langsam.

Als „Dante" die Zelle verließ, sah er Mehmet. „Was machst du hier?", fragte er. Mehmet antwortete nicht direkt. „Warum hast du das getan?" „Dante" zuckte mit den Schultern. „Warum nicht?" Mehmet nickte. Nur ein einziges Mal. „Danke", sagte er. Dann gingen sie gemeinsam zurück. Zu ihrer Zelle. Der Einschluss war gleich. Jeden Moment würde die Durchsage über den Flur hallen. Sie müssten sich dann beeilen. Aber keiner von beiden hatte gerade Lust dazu.

Zurück in der Zelle erzählte Mehmet. „Audi ... ist eigentlich ein armer Kerl." „Dante" sagte nichts. „Seine Mutter ist früh gestorben. Der Vater war allein mit drei Kindern. Hat geschuftet wie ein Irrer." Mehmet schaute zur Decke. „Audi musste sich um die Kleinen kümmern. Darum hat er oft die Schule geschwänzt." Eine Pause. „Wenn du nicht lesen kannst ... kriegst du keinen Job. Nicht wirklich." „Dante" sah ihn an. „Er hat's versucht. Gelegenheitsjobs. Zwei, drei Tage hier, eine Woche da. Aber immer das Gleiche. Sobald sie merkten, dass er nicht lesen kann – zack, raus." Noch eine Pause. „Dann ist er an die Falschen geraten. Einer dieser Zufälle, die alles ändern. Plötzlich hatte er Geld. Viel Geld. Zwei Jahre lang ging das gut." „Und dann?", fragte „Dante". Mehmet zuckte mit den Schultern. „Dann hat man sie erwischt. Die anderen haben ihm alles angehängt. Audi hat die Fresse gehalten. Jetzt sitzt er hier." Er sah auf den Boden. „Zwei Jahre schon. Zwei hat er noch."

Am nächsten Morgen, nach dem Frühstück, stand „Dante" auf. Er ging nicht wie sonst durch den Hof. Er ging in Richtung der Kabine. Dort, wo sich die Wärter aufhielten, wenn sie nicht patrouillierten. Die anderen sahen ihm nach. Misstrauische Blicke. Flüstern. Isegrimm stand auf. Blieb scheinbar gelassen. Aber seine Augen folgten jedem Schritt. „Dante" klopfte an die Kabinentür. Sprach mit einem der Wärter. Kurz. Dann kam der Seelsorger. Alle sahen es. „Dante" redete auch mit ihm. Länger diesmal. Keine Gesten. Keine Hektik. Dann drehte er sich um. Ging zurück zu seiner Zelle. Ohne Hast. Isegrimm wartete nicht lange. Er war schon unterwegs. Zu Leo.

15

Es war still. Still in einer Weise, die nicht Frieden bedeutete, sondern etwas anderes – eine gespannte, verhaltene Stille, wie sie nur über einem Ort liegt, an dem niemand mehr wagt, zu atmen. Wir hatten die steinerne Stufe zur nächsten Terrasse gerade über-schritten, als ich stehen blieb. „Schau dort, mein Sohn", sagte Vergil leise. Seine Stimme war kaum mehr als ein Windhauch, so, als wolle auch er den Ort nicht wecken, den wir nun betraten. Ich hob den Blick. Und erstarrte. Vor uns lag ein weiter Rund-gang, wie all die Terrassen des Läuterungsberges ihn bilden. Doch diese war anders. Nicht wegen sei-ner Form – sondern wegen seiner Bewohner. Oder sollte ich sagen: wegen der Körper, die sich über den Boden streckten wie hingeworfene Leiber nach einer Schlacht. Sie lagen mit dem Gesicht nach unten. Rei-hen um Reihen von Seelen, ausgestreckt, reglos, als hätte der Berg selbst sie niedergezwungen. Stirn auf Stein. Brust auf Staub. Die Arme nicht gefaltet zum Gebet, sondern ausgestreckt, als wollten sie sich noch immer klammern – an das, was längst vergan-gen war. Ein leises Stöhnen lag in der Luft. Kein Schmerz, kein Geschrei – nur dieses unterdrückte Murmeln, wie das Flüstern von Gedanken, die nie-mand hören will. Ich trat vorsichtig näher, der Klang meiner Schritte war das Lauteste in dieser ganzen Ebene. Und ich sah es: Ihre Lippen bewegten sich. Manche sprachen still Gebete. Andere summten For-meln, als könnten sie durch bloße Wiederholung ihr

Los lindern. Und wieder andere... redeten mit sich selbst. Immer wieder dieselben Worte. Wie ein Mantra. Wie eine Besessenheit.

„Was tun sie?", flüsterte ich. „Sie büßen, Dante", sagte Vergil. „Für das, was sie im Leben über alles liebten: das Haben. Gold, Besitz, Land, Macht. Sie sammelten. Und was sie sammelten, sammelte sich in ihren Herzen an wie schweres Blei." Ich ging ein paar Schritte, vorbei an einem alten Mann mit zerfurchtem Gesicht. Er schien nichts mehr zu sein als ein Bündel aus Haut und Knochen, doch als ich vorbeiging, flüsterte er: „Noch einmal... noch einmal zählen... ich... hatte... sieben Häuser... sieben..." Ich kniete mich zu ihm, legte die Hand auf seinen Rücken. Er zuckte nicht. „Wer bist du?", fragte ich. Seine Stimme war brüchig, als hätte sie seit Jahrhunderten nicht mehr gesprochen: „Ein Narr. Ein Geizhals. Ein Wüster der Gaben Gottes. Ich hielt die Welt in der Hand – und ließ mein Herz zerfallen wie Kupfer in Säure." Ich wollte noch etwas fragen, doch Vergil trat neben mich. „Komm. Es gibt eine Seele, mit der du sprechen musst. Jemand, der weiß, wovon er spricht."

Wir gingen weiter, bis wir bei einem Mann haltmachten, dessen Körper von außergewöhnlicher Größe war. Ein schwerer, würdevoller Mann, selbst im Staub. Ein Zeichen aus Licht schwebte über seinem Haupt – keine Krone, aber etwas, das daran erinnerte. Und ich erkannte es: ein Papst. „Sei gegrüßt, Vater Hadrian", sagte Vergil. Der Mann hob langsam den Kopf. Seine Stirn berührte nicht mehr ganz den

Stein. Seine Augen – trüb, aber klar in ihrem Schmerz – fixierten mich. „Dichter... du bist es", murmelte er. „Du, der uns besucht aus Gnade, nicht aus Notwendigkeit." Ich verneigte mich tief. „Heiliger Vater – wie kann es sein, dass ein Papst... hier liegt?" Ein Lächeln, bitter wie kalter Wein, legte sich auf seine Lippen. „Ich war ein Händler, mein Sohn. Im Gewand eines Priesters. Ich sprach von Demut – und liebte den Goldglanz der Ringe mehr als das Wort des Herrn. Ich besaß viel, doch das, was ich nicht besaß, war meine eigene Seele." Ich wusste nicht, was ich sagen sollte. Also schwieg ich. Er fuhr fort: „Ich wandte mich ab – zu spät. Erst als der Tod mir die Hand auf die Brust legte, ließ ich los. Doch der Berg nimmt sich die Zeit, die ich mir nie nahm."

Ein Rabe krächzte in der Ferne – oder war es nur das Echo in meinem Kopf? Vergil wandte sich mir zu. „Siehst du, Dante? Der Preis für die Gier ist nicht Höllenpein – sondern das Gewicht, das sie selbst sich auferlegten. Die Seelen auf dieser Terrasse haben keine Ketten. Keine Flammen. Nur sich selbst." Ich sah zurück auf die Reihe der Leiber. Und mir war, als hörte ich tausend Stimmen zugleich, murmelnd, betend, fluchend, bettelnd – und alle sagten dasselbe: „Ich hatte... Ich wollte... Ich verlor..." Und da erkannte ich es. Nicht die Erde drückte sie zu Boden. Sondern ihre Erinnerungen.

Mehmets Stimme riss ihn zurück. „Audio? Was willst du denn hier?", sagte er und klang genervt. In der Tür stand ein dünner, nervös wirkender

Häftling. Audio. So nannten sie ihn. Keiner wusste mehr genau, warum. Audio wich dem Blick aus. Dann sah er kurz zu „Dante". Wieder zu Mehmet. Zurück zu „Dante". Wie jemand, der bei einem Tennismatch nicht entscheiden kann, wem er zusehen soll. „Ich muss mit ihm reden", sagte er schließlich und nickte in „Dantes" Richtung. „Was gibt's?", fragte „Dante". Er ließ das Buch sinken. Sein Blick war klar, aber innerlich war er noch nicht ganz angekommen. Noch klebte Staub aus einer anderen Welt an seinen Gedanken. Audio zuckte mit den Schultern. „Geht um was Persönliches." „Sag ruhig", meinte „Dante" und richtete sich auf. „Mehmet und ich – wir haben keine Geheimnisse." Ein Moment Stille. Nur das Summen der Neonröhre über ihnen. Dann trat Audio ein. Unsicher. Er wirkte, als hätte er sich auf einen Monolog vorbereitet – und wüsste plötzlich nicht mehr, wie der Anfang ging.

Audio blieb stehen. Hob den Blick. „Ich will das nicht", sagte er. Mehmet zog die Augenbraue hoch. „Was genau willst du nicht?", fragte sein Gesicht, ohne die Worte auszusprechen. „Dante" verstand sofort. Er sah Audio an. Direkt. Ohne Druck. Ohne Mitleid. „Warum?", fragte er leise. Die Antwort kam wie ein Reflex. „Ich hab nichts, was ich dir dafür geben kann." Zu schnell, dachte „Dante". Viel zu schnell. So reden Leute, die eine Wahrheit verstecken. Oder sich selbst davon überzeugen wollen. Aber er ließ es stehen. Fürs Erste. Er winkte nur ab. „Ist okay. Ich will nichts dafür." Audio machte große Augen. In seinem Kopf schien gerade alles durcheinanderzufallen. Gedanken, Rechtfertigungen, Schuld, Stolz. Man konnte es fast hören, wie es in ihm ratterte. Mehmet schwieg. Aber sein Blick flog von einem zum anderen. Hin. Zurück. Hin. Zurück. Ein stilles Match mit ungewissem Ausgang.

Nach ein paar Sekunden räusperte sich Audio. „Du sagst das jetzt. Aber später, ja... dann kommst du an. Willst 'nen Gefallen. Und dann steh ich da. Hab selbst Ärger." Er wich dem Blick aus. „Ich bin bis jetzt unter dem Radar geflogen. Und das soll so bleiben." „Dante" nickte langsam. Er hörte zu. Ohne zu unterbrechen. Ohne zu werten. Nur da. Geduldig. Mehmet saß mit verschränkten Armen auf der Bettkante. Er sah zu „Dante". Dann zu Audio. Wieder zurück. Immer noch keine Ahnung, worum es ging. Aber hellwach. Er sagte nichts. Musste er auch nicht. Denn seine Augen sagten alles: Was läuft hier? Und warum weiß ich als Einziger nichts?

„Dante" überlegte kurz. Dann sagte er ruhig: „Schön. Okay. Wenn du mir das schriftlich gibst, will ich's akzeptieren." Audio atmete auf. Für den Bruchteil einer Sekunde. Dann hielt er inne. Sein Gesicht erstarrte. „Aber du weißt doch, ich kann das nicht..." Er brach ab. Zu spät gemerkt, was er fast gesagt hätte. Mehmet beendete den Satz. „...schreiben und lesen." Stille. Audio sah ihn an, als hätte ihm jemand den Boden unter den Füßen weggezogen. Sein Blick verfinsterte sich. Wut, Scham, irgendwas dazwischen. Doch bevor er etwas sagen konnte, sprach Mehmet weiter. Ganz ruhig. Fast beiläufig. „Nein, ‚Dante' hat nichts gesagt.

Ich weiß das, seit du hier angekommen bist. Ich weiß einfach alles, was hier passiert. Und so weiter." Er lehnte sich zurück, verschränkte wieder die Arme. „Aber wenn du es ihm nicht selbst aufschreiben kannst – dann lass es jemand anders machen." Ein leichtes Lächeln zuckte über seine Lippen. Aber es war kein Spott. Nur ein kleiner Stich Wahrheit.

Audio schüttelte den Kopf. „Ich hab doch gesagt, ich hab nichts, was ich geben kann. Und wenn ich's jemand anderem diktiere – dann weiß der auch Bescheid. Und das... will ich nicht." Er sah nicht mehr auf den Boden. Sein Blick war jetzt direkt. Ruhig. Und alles andere als dumm. Mehmet grinste. Er sagte nichts, aber das Grinsen sprach Bände. Zufriedenheit. Respekt. Und ein kleiner Funke Ahnung, um was es wirklich ging. „Dante" sah es auch. Er lächelte Audio an. Nicht überlegen. Nur menschlich. „Eine Frage, Audio." Audio hob den Blick. „Habe ich etwas von dir verlangt, als ich den Antrag auf Ausgang für die Beerdigung deines Vaters für dich ausgefüllt hab?" Stillstand. Der Raum atmete nicht.

„Dante" wartete nicht auf eine Antwort. „Du hast noch fast zwei Jahre. Ohne Arbeit, ohne Ablenkung. Die Zeit reicht locker." Er sah Audio fest an. „Wenn du diesen Ort hier verlässt, dann kannst du lesen und schreiben." Audio zuckte nicht. Aber seine Augen verrieten, dass etwas in ihm arbeitete. „Das ist mein Angebot. Und ich will nichts von dir dafür. Rein gar nichts." Kurze Pause. Dann fuhr „Dante" fort: „Und trotzdem kostet es dich etwas.

Du musst einen Preis zahlen." Jetzt war es ganz still. „Du musst das Risiko eingehen, dass andere etwas bemerken. Und du musst deine Angst vor dem Trio überwinden." Mehmet sah kurz auf. Ein unmerkliches Nicken. Er verstand genau. „Sag mir morgen, wie du dich entscheidest." „Dante" griff nach dem Buch auf seinem Schoß. „Ich muss mich vorbereiten. Morgen ist der Tag meiner Wiederaufnahme." Er stand auf. Ruhig. Ohne Eile.

Die Verhandlung war eröffnet. Die Personalien waren abgeglichen. Sein Name, Geburtsdatum, aktueller Aufenthaltsort – alles korrekt. Sein Anwalt hatte gesprochen. Ruhig, sachlich, vorbereitet. Er hatte erklärt, warum das Verfahren neu aufgerollt werden müsse. Neue Beweismittel. Neue Aussagen. Alte Zweifel. Dann war die Staatsanwältin aufgestanden. Sie hatte widersprochen. Klar, bestimmt. Ohne Hast. Ihre Stimme war scharf wie Glas. Für sie war der Fall längst entschieden. Jetzt sah der Richter ihn an. Fragend. Prüfend. Nicht abweisend. Ein Moment der Stille. Dann stand „Dante" auf. Rückengerade. Stimme fest. Aber nicht laut. Er sah die Staatsanwältin an. „Ich weiß, was Sie denken", sagte er. „Sie halten mich für schuldig." Sie zuckte nicht. Kein Wimpernschlag. „An meine Unschuld haben Sie vermutlich keinen einzigen Gedanken verschwendet." Er machte eine Pause. Atmete durch. „Sie glauben, der Sicherheitsmann, der mich belastet hatte, lügt nun – weil er sich an seinem früheren Arbeitgeber rächen will, der ihn gefeuert hat. Und ehrlich gesagt: Ich kann's Ihnen nicht verdenken." Im Zuschauerraum rührte sich niemand. Nur der Anwalt neben ihm bewegte sich. Eine Spur zu unruhig. „Ich bin keiner, der nie Dreck am Stecken hatte." Jetzt kam es. „Vor ein paar Jahren hab ich anderen geholfen, Geld zu waschen." Der Anwalt bekam einen Hustenanfall. Kein gespielter. Echt. Trocken. Verzweifelt. „Aber die Tat, wegen der ich verurteilt wurde..." Er sah von einem zum anderen. „...die hab ich nicht begangen." Stille. Keine Bewegung. Nur Atem. Nur Blickkontakt. „Dante" stand da, wie ein Mann, der nichts mehr zu verlieren hat – außer vielleicht seine Würde.

16

„Und? Was hat der Richter gesagt? Hat er ge-
zuckt? Hat er dich angeschaut, so richtig angeschaut? Was meint dein Anwalt? Und die Staatsanwältin – war die wieder so überheblich wie beim
letzten Mal?" „Dante" zog sich langsam um. Hemd
auf, Knopf für Knopf. Dann die Hose. Alles mit einer
Ruhe, die fast unheimlich wirkte. „Sag doch mal
was, Bruder. Ich dreh durch hier. Sag einfach, ob's
gut aussieht. Wie war die Stimmung im Saal? Haben die Leute geguckt, als ob sie schon wussten,
wie's ausgeht?" Er sagte nichts. Mehmet stand auf.
Ging ein paar Schritte im Kreis, blieb wieder stehen. Kratzte sich am Hals. „Ey, ich mein das ernst.
Ich war noch nie so nervös. Und ich bin nicht mal
der Angeklagte. Komm schon, Mann." „Dante" hob
kurz den Blick. Nur ganz kurz. Dann setzte er sich
auf das Bett. Hände auf den Knien. Kein Wort. Kein
Gesicht. Mehmet ließ sich schließlich auf den Stuhl
sinken. „Du bist echt 'n Psycho manchmal, weißt
du das?" „Dante" schloss die Augen. Die Stimmen
aus dem Gerichtssaal vermischten sich in seinem
Kopf mit anderen Stimmen. Jenen, die nicht von
dieser Welt waren.

„Dante" lächelte. Nur ganz leicht. Fast unmerk-
lich. „Sag das mit dem Psycho nicht so laut. Die
Staatsanwältin würde sich über so 'ne Aussage
freuen." Mehmet stutzte kurz. Dann grinste er. „Na
endlich redet der Prophet." „Dante" lehnte sich zurück. Schaute zur Wand, als würde der weiße Putz

dort noch etwas vom Gerichtssaal an sich tragen. „War ruhig", sagte er. „Der Richter hat wenig gefragt. Der Anwalt hat seinen Part sauber runtergespult. Ich hab gesagt, was ich sagen musste." „Und?" „Sie hat mich nicht angeschaut. Die Staatsanwältin. Kein einziges Mal." „Das heißt?" „Keine Ahnung. Vielleicht war das gut. Vielleicht war das Taktik." Er machte eine Pause. Atmete durch. „Die Zuschauerbank war voll. Ein paar haben Notizen gemacht. Presse, wahrscheinlich. Oder Studenten. Manche haben gegähnt. Andere haben mich angeglotzt, als wär ich ein Film." Mehmet hörte zu. Ganz still. „Ich hab mich gefragt, was sie wohl schreiben. Ob jemand aufsteht, rausgeht, irgendwas ruft. Aber es blieb leise. So richtig leise." Er schloss kurz die Augen. „Diese Stille im Saal... die war lauter als alles andere."

Mehmet schnaubte. „Das war jetzt viel Blabla, Bruder. So'n bisschen Kulisse. Ich will wissen, was wirklich lief. Was wichtig war. Nicht, wer gegähnt hat." „Dante" sah ihn an. Ernst. Aber nicht genervt. Dann sprach er. Ruhig. „Die Staatsanwältin glaubt dem Ex-Sicherheitsmann nicht." „Welchem?" „Dem, der mich damals verpfiffen hat. Und das Mädchen. Beim Vater." „Ach, der Typ." „Genau. Der wollte sich damals wichtig machen. Beim Chef einschleimen. Hat sich als Moralpolizei aufgespielt. Jetzt hat der Vater ihn rausgeschmissen. Und plötzlich erzählt er die Wahrheit." „Dass er gelogen hat?" „Ja. Dass er damals falsch ausgesagt hat. Dass zwischen mir und dem Mädchen alles einvernehmlich war, was dann natürlich keine Anzeige gerechtfertigt hätte." Mehmet zog die Augenbrauen hoch. „Krass." „Aber die Staatsanwältin meint, das sei alles nur Rache. Weil er gefeuert wurde." „Und du? Was hast du gesagt?" „Ich hab gesagt, dass ich das verstehen kann. Dass man bei sowas misstrauisch wird. Hab ihr auch gesagt, dass ich früher Dreck am Stecken hatte. Geldwäsche. Kontakte. Keine weißen Westen." Mehmet nickte. „Aber ich hab ihr auch gesagt, dass ich diese Sache hier nicht gemacht hab. Dass ich nicht der bin, für den sie mich halten." „Und dein Anwalt?" „Der hat gefragt, was der Sicherheitsmann davon hätte. Ob das überhaupt eine Rache wäre. Denn es trifft ja nicht den Vater. Sondern mich." Mehmet schwieg. „Das ist der Punkt", sagte „Dante". „Es geht nicht um die Wahrheit. Es geht um die Geschichten, die geglaubt werden."

Mehmet schwieg. Nur für einen Moment. Dann schüttelte er den Kopf. „Du bist doch nicht ganz dicht, Alter." „Dante" sah ihn fragend an. „Das mit der Geldwäsche. Warum erzählst du das? Vor Gericht? Bist du lebensmüde?" „Dante" zuckte mit den Schultern. „Ist doch längst verjährt." Mehmet fuchtelte mit der Hand durch die Luft, als wollte er das Gesagte wegwischen. „Verjährt, ja. Aber trotzdem – du gibst denen Munition. Die schießen auch mit altem Zeug, wenn's passt." „Dante" winkte ab. Stand auf. Ging zum Waschbecken. Ließ kaltes Wasser über seine Hände laufen. Schaute in den kleinen Spiegel. In diesem Moment ging die

Zellentür auf. Audio trat ein. Ohne Gruß. Ohne Blick. Er ließ sich auf die untere Pritsche fallen. Kopfhörer um den Hals, die Mütze tief ins Gesicht gezogen. Mehmet sah zu ihm rüber. Dann zu „Dante". Keiner sagte was. Nur das Summen der Neonröhre oben an der Decke.

„Und", fragte „Dante" leise. „Wie lautet deine Entscheidung?" Audio hob den Kopf. Zog die Mütze ein Stück zurück. Schaute ihn an. Dann stand er auf. Straffte die Schultern. „Okay", sagte er. „Bring mir Lesen und Schreiben bei." „Dante" lächelte. Ehrlich. Keine Ironie. Kein Pokerface. „Gute Entscheidung, Kumpel", sagte er. „Wenn du wieder draußen bist, wirst du leichter einen Job finden." Audio nickte kaum sichtbar. „Als Ex-Knasti hast du's sowieso schon schwer genug", fuhr „Dante" fort. „Da musst du's dir nicht noch schwerer machen." Mehmet sagte nichts. Aber er hörte genau hin.

Als Audio gegangen war, lehnte sich Mehmet gegen die Wand. „Warum machst du dir das noch schwerer, Mann?" fragte er. „Leo wird das gar nicht feiern." „Dante" sah ihn nicht an. „Weiß ich", sagte er nur. „Und?" „Was kann Audio dafür?" Dann griff er nach dem Buch auf seinem Bett. Blätterte kurz, fand die Stelle. Schlug es auf. Mehmet sah ihm einen Moment zu. Dann schüttelte er langsam den Kopf. Er wusste, was das bedeutete. „Dante" war jetzt für mindestens eine Stunde nicht mehr ansprechbar.

Der Geruch traf mich zuerst. Süß. Reif. Scharf wie das Flüstern einer verbotenen Erinnerung. Wir hatten die nächste Terrasse erreicht. Und alles um mich herum war grün. Lebendig. Viel zu lebendig für einen Ort der Läuterung. „Ist das... ein Garten?" fragte ich. Vergil blieb neben mir stehen. Sein Blick war streng, aber seine Stimme klang fast mild. „Es ist eine Prüfung. Nicht ein Trost. Lass dich nicht täuschen von Blättern und Blüten. Hier wird nicht genährt. Hier wird entzogen." Ich trat näher. Der Weg war schmal, fast schon ein Pfad. Zu beiden Seiten reckten sich Obstbäume empor. Apfel, Feige, Pfirsich – ihr Duft lag schwer in der Luft. Und doch war da kein Geräusch. Kein Wind. Keine Vögel. Nur dieses lautlose Gären der Reife.

„Siehst du sie?" flüsterte Vergil. Zuerst nahm ich nur Schatten wahr. Dann Gesichter. Seelen, abgemagert bis auf Haut und Knochen. Ihre Wangen eingefallen, die Augen tief in den Höhlen. Sie sahen uns nicht. Sie sahen nur die Bäume. Und hoben dennoch nicht die Hand. Eine der Seelen wandte den Kopf. Ihre Stimme war kaum hörbar, und doch schnitt sie wie Glas. „Noch immer duftet der Feigenbaum, obwohl ich längst nichts mehr schmecken darf." Ich trat näher. „Warum tut ihr euch das an? Warum bleibt ihr hier stehen?" Die Seele lächelte. Ihre Lippen sprangen dabei fast auf. „Weil wir einst nicht widerstehen konnten. Jetzt müssen wir lernen, zu hungern. Nicht um zu leiden – sondern um zu sehen." Vergil nickte langsam. „Die Bäume hier sind wie Spiegel", sagte er. „Sie zeigen, was du begehrst –

und lassen dich erkennen, wie abhängig du warst. Wer hier lernt, leer zu sein, wird einst ganz sein."

Ein Windstoß fuhr durch die Allee. Und für einen Moment glaubte ich, das Flüstern der Blätter spreche direkt zu mir. Ich konnte die Worte nicht fassen. Aber sie schnitten sich in mich hinein. Wir gingen weiter. Der Pfad schien endlos. Und doch waren es nur Schritte. Zeit verlor ihre Bedeutung hier. Vergil blieb plötzlich stehen. Vor uns hing ein Ast so tief, dass ich ihn hätte greifen können. Ein Apfel, rot und vollkommen, schimmerte im Licht. Ich hob die Hand. „Tu es nicht", sagte Vergil. „Es ist nur ein Apfel", flüsterte ich. „Nein. Es ist deine Sehnsucht, die dich prüfen will. Und sie sieht gerade aus wie ein Apfel." Ich ließ die Hand sinken. Hinter mir hörte ich ein Rascheln. Eine Seele war auf die Knie gefallen. Die Rippen zeichneten sich unter ihrer Haut ab wie Knochen eines erloschenen Vogels. Sie betete. Oder fluchte. Ich konnte den Unterschied nicht erkennen. „Ich war einst ein Bäcker in Siena", keuchte sie. „Die Reichen kamen zu mir, weil ich Zucker in Träume verwandeln konnte. Ich lebte von Verlangen. Jetzt lebe ich vom Verzicht." Ich sah ihr in die Augen. Da war keine Reue. Nur Klarheit. Und Hunger. „Wie lange?" fragte ich. „So lange, bis der Apfel kein Apfel mehr ist", sagte sie. „Sondern nur ein Ding unter Dingen." Vergil legte mir die Hand auf die Schulter. „Komm", sagte er. „Wir haben noch viele Schatten zu sehen." Ich ging weiter. Mit leeren Händen. Und dem Geschmack eines Apfels, den ich nie gegessen hatte, auf der Zunge.

Der Richter hatte eine kurze Pause verkündet. Fünfzehn Minuten. „Dante" stand noch am Platz. Die Luft roch nach Aktenstaub und billigem Parfum. Sein Anwalt ging raus. Holte sich einen Kaffee vom Automaten. Die Staatsanwältin lachte. Laut. Zu laut für einen Gerichtssaal. Sie stand beim Vater. Der, der die Zeugen gekauft hatte. Der, der mit Geld seine eigene Wahrheit gebaut hatte. Sie lachten zusammen. Kein gespieltes Lächeln. Keine höfliche Geste. Richtiges, warmes Lachen. Und dann wusste „Dante" es. Sie kennen sich. Nicht nur flüchtig. Nicht nur vom Prozess. Das war nicht gut. Ganz und gar nicht gut. Er senkte den Blick. Schaute zur Seite. Der eine Justizbeamte war verschwunden. Aufs Klo, hatte er vorher noch genuschelt. Der andere stand in der Ecke. Sprach mit einer jungen Frau. Lächelte. Flirtete. „Dante" war allein. Inmitten von Stimmen, die nicht für ihn sprachen.

Die junge Frau, mit der der Beamte flirtete, kam „Dante" irgendwie bekannt vor. Zu bekannt. Er schaute genauer hin. Unauffällig. Nicht frontal. Nur ein Seitenblick. Da – ein Handzeichen. Kurz. Präzise. Sie strich sich scheinbar beiläufig durchs Haar. Zwei Finger, einmal kurz zur Seite ausgestreckt. Eindeutig. Ein Zeichen. Für ihn. Flucht. Jetzt oder nie. „Dante"'s Herz schlug schneller. Sein Blick kehrte zurück zu ihrem Gesicht. Und dann fiel es ihm wie Schuppen von den Augen. Bea. Sie sah auf dem Foto anders aus. Jünger. Glatter. Aber das war sie. Keine Frage. Sie stand dort. Mitten im Gericht. In einem Kleid, das unscheinbar wirken sollte. Und funkelnden Augen. „Dante" blickte zu den Beamten. Der eine war noch auf dem Klo. Der andere sah nur sie. Hörte nur sie. Er könnte jetzt einfach loslaufen. Die Tür stand offen. Die Flure leer. Zwei Sekunden, und er wäre draußen. Er atmete flach. Überlegte. Fieberhaft. Alles raste durch seinen Kopf. Flucht. Freiheit. Jagd. Wieder Knast. Schüsse. Bea. Mehmet. Audio. Das Mädchen. Sein Name. Dann schüttelte er kaum merklich den Kopf. Ein winziges Zeichen. Nur ein Hauch von Bewegung. Bea erstarrte. Ihre Lippen wurden schmal. Für einen Moment sah sie enttäuscht aus. Dann – langsam – hob sie das Kinn. Und sah ihn an. Nicht wie jemand, der verloren hatte. Sondern wie jemand, der wusste: Er hatte gerade gewonnen.

Als „Dante" zurückkam, war Mehmet sofort bei ihm. „Und? Was war? Was hat sie gesagt? Was hat er gemacht? Ist was passiert?" „Dante" setzte sich. Trank einen Schluck Wasser. Dann erzählte er. Vom Gericht. Vom Vater. Von der Staatsanwältin. Vom Flirt. Und von Bea. Als er von dem Fluchtzeichen sprach, hielt Mehmet die Luft an. „Warte mal – was?! Sie wollte dich rausholen? Und du bist geblieben?" „Dante" nickte nur. Mehmet sprang auf. „Bist du komplett irre?! Jeder hier hungert nach Freiheit, Mann! Jeder! Und du hattest die Chance! Einfach raus! Und lässt es sausen?!" „Dante" sah ihn ruhig an. „Was hätte das gebracht?" Mehmet wirbelte herum. „Was es gebracht hätte? Freiheit!

Draußen sein! Kein Beton, keine Riegel, keine Nummer mehr sein!" „Freiheit?", fragte „Dante" leise. „Du meinst, ständig Angst zu haben, dass sie dich schnappen? Immer rennen? Niemals schlafen? Was ist das für eine Freiheit?" Mehmet schwieg. „Und selbst wenn's juristisch kein Delikt ist", fuhr „Dante" fort, „für die da draußen ist es ein Schuldeingeständnis. Du läufst – also bist du schuldig. So einfach." Er lehnte sich zurück. „Und was wäre dann mit dir, Mehmet? Was wäre mit Audio?" Mehmet sah ihn an. „Ich verschwinde – und du bleibst hier, mit dem Zorn von Leo. Und Audio lernt wieder nicht lesen." Mehmet setzte sich langsam. Kein Wort mehr. Nur Stille. Und irgendwo ganz leise das Knacken der Heizung.

17

„Dante" war nervös. Nicht panisch – aber nervös. Eigentlich hatte er nur einem helfen wollen. Audio. Dem Jungen mit dem Blick, der zu oft ins Leere ging. Dem er Lesen und Schreiben beibringen wollte, weil es sonst keiner tat. Er hatte das über den Seelsorger eingefädelt, ohne großes Tamtam. Keine große Sache. Keine Bühne. Keine Dankbarkeit erwartet. Jetzt saß er hier, in einem Raum mit Whiteboard, Tischen und zu vielen Stühlen. Und da saßen sieben Männer. Sieben. Alle schauten ihn an. Nicht abschätzig. Nicht feindselig. Eher abwartend. Vielleicht sogar hoffnungsvoll. Er wusste nicht, warum er damals „Ja" gesagt hatte. Als die Gefängnisleitung fragte, ob er das auch für ein paar andere machen könne. Er hatte einfach genickt. Ohne Plan. Ohne Ahnung, was das mit ihm machen würde. Jetzt stand er da, ohne Mappe, ohne Konzept. Nur mit dem Gefühl, dass das hier irgendwie größer war, als er gewollt hatte.

Der Seelsorger kam rein und winkte „Dante" zu sich. Kurz raus bitte. „Dante" war dankbar. Noch ein paar Minuten zum Nachdenken. Wie anfangen? Wie nicht völlig planlos wirken? Vor der alten Groß-zelle, die jetzt ein Klassenzimmer war, blieb der Pfarrer stehen. Faltete die Hände. Schaute nicht direkt hin. Dann fing er an zu reden. Leise. Kalt. Er habe mitbekommen, was „Dante" da tue. Lesen, Schreiben, anderen helfen. Eigenverantwortung schön und gut, aber das hier? Das sei Einmischung. Nicht christlich. „Dante" runzelte die Stirn. Als er damals fragte, ob der Seelsorger das bei der Leitung ansprechen könne – kein Wort der Kritik. Kein Zögern. Und jetzt das? Der Pfarrer schob hastig nach, es ginge um Selbstlosigkeit. Hilfe solle nicht dem eigenen Vorteil dienen. Nicht in Hinblick auf ein mögliches Urteil, falls da noch was laufe. „Dante" sah ihn nur an. Ruhig. Lange. Dann sagte er: „Und wie selbstlos ist die Seelsorge hier so – bei 2500 netto?" Ohne eine Antwort abzuwarten, drehte er sich um und ging zurück in den Klassenzimmer-Knast.

„Dante" holte tief Luft. Gerade wollte er anfangen. Da ging die Tür wieder auf. Der Pfarrer kam zurück. Er trat neben ihn, beugte sich vor und flüsterte: „Das war unfair. Auch ein Mann Gottes muss leben. Ich zahle meine Rechnungen wie jeder andere." „Dante" trat einen Schritt zur Seite, drehte sich leicht und sprach laut. So, dass alle es hören konnten. „Wie hoch sind denn die Rechnungen eines Mannes Gottes, wenn er nur zwei Tage die Woche hier ist?" Der Raum wurde still. „Sie haben doch eine Gemeinde, oder? Die zahlt Ihnen auch Gehalt. Der Kirchensold. Und die 2500 hier? Obendrauf." Er machte eine kurze Pause. „Wenn hier jemand nicht aus Selbstlosigkeit handelt, dann sicher nicht ich." Stille. „Die Staatsanwaltschaft weiß nichts davon. Der Richter nicht. Mein eigener Anwalt auch nicht. Ich hab das hier nie erwähnt. Und ich will's auch nicht." Der Pfarrer schluckte. „Also bitte –

gehen Sie jetzt. Die Zeit hier ist knapp. Und wertvoll." Ein kurzes Nicken in Richtung Uhr. „In zwei Stunden wollen Sie ja wieder hier stehen. Ganz selbstlos. Für 2500 im Monat." Der Pfarrer drehte sich um. Sagte nichts mehr. Und ging. Wütend.

Leo kam grinsend aus der Zelle zurück. Die, mit dem Besuchsschild an der Tür. Die, wo nur Ehefrauen rein durften. Pantherchen hob die Braue. Isegrimm sah ihn an wie ein Tier, das Witterung aufgenommen hat. „Bist du verheiratet?", fragte Pantherchen. Leo lachte. Breit. Laut. „Nee. Aber heute schon." Isegrimm kniff die Augen zusammen. Sagte nichts. Leo beugte sich zu ihnen runter, fast verschwörerisch. „Der Pfaffe hat mir 'ne Nutte spendiert. Kein Witz." Kurzes Schweigen. „Dafür soll ich mich um den 'Danten' kümmern. Hat wohl zu viel Meinung, der Typ." Pantherchen starrte ihn an. Isegrimm rührte sich nicht. Leo zuckte mit den Schultern. „Hätte er nicht mal machen müssen. Ich hab mit dem noch 'ne Rechnung offen. Vielleicht sogar zwei." Er sah kurz zur Tür. Dann wieder zu den beiden. „Der Pfaffe meint, es muss schnell gehen. Bevor der 'Dante' hier zu beliebt wird." Ein kurzes, schiefes Grinsen. „Oder stell dir vor – der gewinnt wirklich den Prozess. Und ist dann weg. Einfach so."

Pantherchen grinste. Isegrimm auch. Endlich was los. Leo sah Isegrimm länger an. Von oben bis unten. Die Haltung, der Blick – passte. Er grinste noch breiter. Die Zähne blitzten. „Ich hab da 'ne Idee", sagte er leise. „Gerade du wirst deinen Spaß haben." Isegrimm runzelte die Stirn. Fragender Blick. Leichtes Misstrauen. Leo nickte nur. Langsam. Wie jemand, der weiß, dass der Spaß nicht harmlos wird.

„Dante" hatte mit Mehmet gesprochen. Über das Projekt. Das Lesen. Er hatte ihm erzählt, wie nervös er war. Wie der Pfarrer ihn dumm angefahren hatte. Und dass es trotzdem gut losging. „Ganz klassisch hab ich angefangen", hatte er gesagt. „Mit dem Alphabet. A, B, C – wie in der Grundschule." Mehmet hatte gelächelt. Verständnisvoll. Nicht mitleidig. „War erst komisch", hatte „Dante" zugegeben. „Erwachsene Männer, die das Alphabet aufsagen … fühlt sich schräg an." Jetzt saß er wieder in seiner Zelle. Allein. Das Buch lag auf dem Bett. Er griff danach. Las. Ohne zu wissen, was sich draußen gerade zusammenbraute.

Die Luft war dünn geworden. Nicht kühl, nicht warm – nur trocken, staubfein, als würde sie durch Jahrhunderte alter Bücherseiten streichen. Die Stufen, die ich mit Vergil erklommen hatte, führten uns nun auf ein Band aus glühendem Stein. Kein Feuer brannte sichtbar, und doch vibrierte alles von Hitze. Nicht wie in der Hölle – hier brannte nichts nieder. Hier reinigte sich, was einst gebrannt hatte: das Verlangen. Ich blieb stehen. Die Luft flackerte wie über einem Sommerasphalt. Und ich roch es – nicht Schwefel, nicht Rauch. Nein, es war feiner. Feuchter. Etwas wie blühende Magnolien, vermischt mit der Schärfe frisch entzündeter Glut.

„Hier", sagte Vergil. Seine Stimme klang nüchtern, doch etwas in seinem Blick war wachsam. „Hier sühnen jene, deren Herz zu sehr an der Welt hing. Die in der Liebe nicht Maß hielten – sondern brannten." Ich sah ihn an. „Also Liebende?" „Nein, Sehnsüchtige", erwiderte er. „Die, die das Begehren über das Maß hinaustrugen. Die Körper suchten, statt Seelen. Oder Seelen – und dabei die Ordnung vergaßen."

Ein Licht huschte an mir vorbei. Kein Mensch, keine Gestalt – nur ein Hauch, ein Schatten aus Hitze. Ich drehte mich um. Da kamen sie. Sie liefen. Barfuß, in langen Reihen, die Augen nach vorn gerichtet, als würde ihnen die Zeit im Nacken sitzen. Männer und Frauen – manche nackt, manche in zerschlissenen Gewändern, manche nur aus Licht und Haut und Erinnerung geformt. Sie liefen in einer Furche entlang, wie zwischen zwei Mauern aus unsichtbarer Glut. Aus dieser Furche kam Hitze, die mir das Gesicht austrocknete, die Lippen aufplatzte. Doch die Seelen schienen es nicht zu spüren. Ich trat näher „Berühre das Feuer nicht", warnte Vergil leise. „Es ist kein irdisches Feuer. Es erkennt dich – und es prüft dich."

Eine Seele kam näher. Ein Mann, groß, dürr, die Gesichtszüge verwittert, als hätte Wind an ihnen genagt. Er hielt inne, als sei ich plötzlich nicht Luft, sondern jemand. „Ihr lebt", sagte er tonlos. „Und doch steht ihr an der Schwelle. Seltsam, euch so kühl zu sehen." „Wer seid Ihr?", fragte ich. „Ich war Guido Guinizzelli", sagte der Mann. „Und meine Verse waren voll von Feuer. Ich liebte das Bild der Frau – bis es zur Flamme wurde, die mich verbrannte. Jetzt laufe ich hier. Immer."

„Laufen? Wohin?", fragte ich. „Nirgendwohin", sagte er. „Nur fort vom Gestern." Eine andere Stimme, weiblich, warm trotz der Glut: „Hier brennt nicht die Lust – sondern der Irrtum über sie." Ich drehte mich – eine Frau mit goldenen Haaren, die wie Asche in der Luft tanzten, kam mir entgegen. „Ich war Lia", sagte sie. „Ich sehnte mich nach Augen, nach Berührung, nach Worten in der Nacht. Ich verwechselte Nähe mit Erlösung." Sie trat dicht an die Feuerfurche heran. „Nun heilt mich das Licht. Es züngelt über meine Sehnsucht, bis nur noch das reine Wollen bleibt. Nicht das Besitzen."

Ich spürte Tränen in den Augen – nicht vor Mitleid, sondern, weil das Feuer sie trocknete, bevor sie fallen konnten. Vergil sprach wieder. „Dies ist der Ort, an dem selbst die Schönheit sich reinigen muss. Wer zu sehr geliebt hat – oder zu falsch – muss hier lernen, dass Liebe nicht Besitz ist." Ein Schrei zerschnitt die Luft. Hoch, nicht menschlich, aber voller Erinnerung. Die Seelen zuckten nicht einmal. Sie rannten weiter.

„Was war das?", flüsterte ich. Vergil zeigte auf die Flammen. „Das ist der Klang der Prüfung. In unregelmäßigen Abständen durchzieht ein Strahl göttlichen Lichts das Feuer. Wer noch an irdisches Verlangen gebunden ist, wird von ihm erfasst – und brennt." Ich trat einen halben Schritt zurück. „Und wie endet es?", fragte ich. „Wie kommen sie weiter?"

Vergil zeigte auf einen Spalt in der Wand, eine Eng-
stelle, kaum eine Tür. „Dort. Aber erst, wenn sie das
Feuer selbst durchschreiten." Ich starrte ihn an. „Sie
müssen… hinein?" Er nickte. „Auch du." Mein Herz
zog sich zusammen. „Jetzt?

„Noch nicht. Bald." Eine der Seelen hielt kurz
inne. Es war ein junger Mann, vielleicht einst ein
Dichter, wie ich. Seine Lippen bewegten sich. Ich trat
näher. „Amor che al cor gentil ratto s'apprende…",
murmelte er. Dann sah er mich an, als erkenne er
mich. „Sag Beatrice", flüsterte er. „Sag ihr, ich laufe
nicht mehr ihr nach – sondern dem Licht, das in ihr
war." Ich konnte nicht antworten. Worte wären ver-
brannt. Der Weg vor mir war klar. Feuer. Und der
Sprung hinein.

Lara war erst seit ein paar Wochen im Männer-
trakt. Personalmangel. Sie kannte das Risiko. Isegrimm hatte sie in den hintersten Gang gelotst. Er
sagte, da tropfe es von der Decke. Kaum war sie
dort, ging alles schnell. Er warf sich auf sie. Riss sie
zu Boden. Die Bluse ging auf. Für einen Moment
war sie zu überrascht, um zu reagieren. Dann traf
ihr Knie ihn hart. Er röchelte. Kippte zur Seite. Sie
kam hoch, zog den Schlagstock. Hinter der Ecke
zwei Schatten. Leo und Pantherchen. „Nicht jetzt",
zischte Leo. „Warte." Pantherchen flüsterte etwas,
kaum verständlich. Lara drückte den Alarmknopf.
Der Ton schrillte durch den Gang. Isegrimm lag am
Boden. Krümmte sich. „Jetzt!", zischte Leo. Isegrimm brüllte: „Dante! Schnell weg, die Wärter

kommen! Schnell, Dante!" Dann rannten Leo und Pantherchen los. Richtung Seitengang. Keine zehn Sekunden später waren sie verschwunden. Lara fuhr herum, erschrocken. Suchte mit dem Blick nach der Quelle der Stimme. Da nutzte Isegrimm den Moment. Rappelte sich hoch und verschwand in die andere Richtung. Schritte näherten sich. Zwei Wärter im Laufschritt. Der Plan war aufgegangen. Sie würden jetzt denken, es war „Dante"

Mehmet lag auf seiner Pritsche und zählte Flecken an der Decke. „Ist morgen nicht der nächste Tag im Prozess?", fragte er. „Dante" legte das Buch beiseite. Setzte sich auf. Wollte gerade antworten. Da flog die Tür auf. Vier Wärter stürmten die Zelle. Zwei gingen direkt zu Mehmet. „An die Wand! Hände hoch!" Die anderen packten „Dante". Rissen ihn von der Pritsche. Kein Wort, keine Erklärung. Dann schleiften sie ihn auf den Gang hinaus.

„Was soll das?", keuchte „Dante", als sie ihn hinauszerrten. Ein Schlagstock fuhr ihm in die Magengrube. Lichter flackerten vor seinen Augen. Die Luft blieb weg. Er sackte halb zusammen, rang nach Atem. Da kam Lara den Gang entlang. Schnellen Schrittes. Der Wärter mit dem Stock sah sie und grinste. „Hier ist das Schwein. Sollen wir uns drum kümmern – oder willst du selbst, Liebling?" Er biss sich sofort auf die Lippe. Zu spät. Laras Blick traf ihn hart. Strafend. Eisig. Hinter der Ecke stand das Trio. Sie hatten alles gesehen. Leos Grinsen wurde breiter. „Hat funktioniert", flüsterte Pantherchen. Isegrimm nickte. Zufrieden.

Lara blieb stehen. Schaute „Dante" an. Lange. Dann fauchte sie die beiden Wärter an. „Das ist er nicht! Wie dumm kann man eigentlich sein?" Die Männer zögerten. Einer hob die Hände. „War der einzige einschlägige hier im Trakt. Und sein Name wurde gerufen." „Ich hab 'ne eindeutige Beschreibung abgegeben", fuhr Lara dazwischen. „Glauben Sie, ich seh mich nicht mal an, wer mich fast vergewaltigt?" Die beiden sahen sich an. Unsicher. „Na los", sagte Lara. „Schauen Sie ihn an. Entspricht der Ihrer Meinung nach der Beschreibung?"

Leo merkte es als Erster. Er tippte Pantherchen an. Ein kurzer Blick, ein Nicken. Dann zog er ihn wortlos mit sich. Bevor sie verschwanden, drehte sich Leo noch mal um. Mit einem gezielten Schubs stieß er Isegrimm nach vorn. Der stolperte einen Schritt aus der Deckung. Genau das hatte Leo gewollt. Laras Blick zuckte rüber. „Da!", rief sie. „Da ist der Richtige!" Sie rannte los. Im Vorbeilaufen rief sie „Dante" ein kurzes „Sorry" zu. Ohne zu stoppen.

18

Ich stieg aus dem Schatten. Hinter mir lagen Stufen, in Stein geschlagen, ausgerieben von den Knien derer, die vor mir gebetet hatten. Über mir aber öffnete sich das Blätterdach einer Welt, die wie ein Märchen auf mich wartete. Der Wind war still. Kein Laut. Nur Licht. Grünes, zitterndes Licht, das durch das Laub drang wie durch Kirchenfenster aus lebendigem Glas. „Vergil", flüsterte ich. „Ist das…"

„Ja." Seine Stimme war ruhig, aber ich spürte, wie sie zitterte. „Du hast es erreicht, mein Sohn." Ich trat vorsichtig ins Gras, das unter meinen Füßen nicht wich, sondern sich wie Seide aufrichtete. Ich atmete ein – und es war, als wäre die Luft selbst erfüllt von Erinnerung. Von etwas, das ich nie erlebt hatte, aber dennoch vermisste. „Ist dies Eden?" „Nicht das Eden der ersten Menschen", sagte Vergil leise, „aber das Echo davon. Der Ort, an dem der Mensch sein kann, wie er gedacht war."

Wir gingen nebeneinander durch den Wald. Die Bäume standen weit auseinander, als würden sie uns Platz machen. Ihr Laub flüsterte – nicht vom Wind bewegt, sondern von etwas Eigenem. Ich konnte kein Tier sehen. Kein Vogel sang. Und doch war alles lebendig. „Hörst du das Wasser?" fragte Vergil. Ich nickte. Es war leise. Ein Rauschen wie fernes Flüstern. Dann sah ich sie. Sie stand am Ufer eines Bachs, kaum knietief, das Kleid weiß wie Morgendunst, das Haar offen, golden. Ihre nackten Füße berührten das Wasser, und während sie ein Lied sang, das in keiner Sprache war, bückte sie sich nach einer Blume, betrachtete sie – und ließ sie dann los, als wäre sie zu heilig zum Pflücken. Ich blieb stehen. „Wer ist das?"

„Matelda", sagte Vergil. „Die Hüterin dieses Gartens. Sie kennt den Sinn der Dinge, die du vergessen hast." Ich trat näher. Sie bemerkte mich – und lächelte. Nicht wie ein Mensch lächelt. Es war, als hätte das Licht selbst beschlossen, mir zu vergeben. „Fremder", sagte sie. Ihre Stimme war klar und rein. „Willkommen am Ende des Leidens." Ich wusste nicht, was ich antworten sollte. „Warum ist es so still hier?" fragte ich schließlich. „Weil alles erfüllt ist", sagte sie. „Der Kampf ist vorbei. Was du jetzt hörst, ist nicht Stille. Es ist Frieden." Ich sah zu Vergil. Zum ersten Mal wich er meinem Blick aus.

„Du kommst nicht mit?" fragte ich. Er senkte den Kopf. „Meine Weisheit reicht nur bis hier. Ab hier brauchst du… etwas Höheres." Ich trat einen Schritt auf ihn zu, doch Matelda hob die Hand. „Er hat dich geführt. Aber du musst selbst erkennen. Selbst lieben. Selbst glauben." Ich wollte sprechen. Ich wollte mich bedanken. Doch meine Zunge war schwer. Dann vibrierte der Boden. Ich drehte mich um – und da kam sie. Nicht zu Fuß. Nicht auf einem Tier. Ein Wagen, gezogen von einem mythischen Greifen, umgeben von einer Prozession aus Kerzen, aus Licht, aus alten Seelen mit Bannern in den Händen, aus Stimmen, die Psalmen sangen. Die Gestalten waren nicht klar – sie schimmerten, als würden sie zwischen Zeit und Ewigkeit flackern. Und dann sah ich *sie. Oben auf dem Wagen, im Zentrum aller Blicke, stand Beatrice. Sie trug ein rotes Gewand und einen Schleier, doch ich erkannte sie sofort. Mein Herz stand still. Ihre Augen – diese Augen – waren dieselben, die mich als Kind vor dem Untergang bewahrt hatten. Sie sah mich nicht an. Sie sah durch mich hindurch. Und ich wusste: Jetzt kommt nichts mehr, das ich verstehe. „Vergil", flüsterte ich. „Bleib bei mir. Nur noch ein wenig." Er legte mir eine Hand auf die Schulter. „Du bist bereit. Ich bin stolz auf dich, Dante." Dann drehte er sich um. Ging zurück, den Pfad hinab. Und verschwand zwischen den Bäumen. Ich war allein.*

Die Zeugen hatten ihre Aussagen gemacht. Der ehemalige Wachmann – inzwischen entlassen – räusperte sich, bevor er sprach. Er habe das Mädchen und „Dante" damals beobachtet. Sie wirkten vertraut. Wie ein Liebespaar, sagte er. Und ja – der Vater des Mädchens habe ihn zwei Tage später einbestellt. Ihm eingeschärft, bei Polizei und Staatsanwaltschaft das Gegenteil zu sagen. Dass es keine Einvernehmlichkeit gegeben habe. Jetzt wolle er endlich die Wahrheit sagen. Die anderen beiden Zeugen hielten der neuen Befragung nicht stand. Erst leugneten sie. Dann, nach ein paar Minuten Schweigen, gaben sie es zu: Sie waren bezahlt worden. Für ihre Lügen. Die Staatsanwältin schwieg einen Moment, bevor sie ihr Plädoyer hielt. Ihr Gesicht war eine Maske. Keine Reue. Kein Bedauern. Sie sprach, als würde sie einen Aktenvermerk

verlesen. Beantragte Freispruch. Weil die Zeugen-
aussagen nicht haltbar seien. Dann entschuldigte
sie sich. Mit einem Tonfall wie aus einem Protokoll.
„Ich bedaure die Umstände", sagte sie. Kein Blickkontakt. Keine Wärme. Nur Pflicht. Der Richter und
die Beisitzer zogen sich zurück. Es dauerte keine
zehn Minuten. Dann stand der Richter wieder da.
Mit ernster Miene. Kein Pathos. Kein Zögern. „Im
Namen des Volkes ergeht folgendes Urteil: Der Angeklagte ist freizusprechen." Stille. „Dante" hörte
die Worte. Spürte sie aber nicht.

Mehmet war außer sich vor Freude. Er lachte
laut, umarmte „Dante" mit beiden Armen, fast zu
fest, klopfte ihm auf den Rücken, schüttelte ihn
durch. Dann riss er den Schrank auf, stopfte das
bisschen Kleidung in die Tasche, warf Zahnbürste
und Bücher hinterher. „Du bist raus, Bruder! Raus!
Verstehst du das? Raus!" Er grinste. Nahm das
Päckchen mit den Briefen, hielt es wie einen Schatz.
„Das hier... das nimmst du mit. Kein Wort. Ich pack
das." Dann stockte er. Sah auf „Dante". Und sein
Grinsen verrutschte. „Was ist los mit dir? Warum
guckst du so? Du bist frei, Mann." „Dante" zuckte
mit den Schultern. „Ich freu mich doch." „Das sieht
man aber nicht." „Doch." Er sah zu Boden. Dann
wieder hoch. „Ich freu mich. Aber... ich bin auch
traurig." Mehmet runzelte die Stirn. „Traurig? Warum traurig? Du hast's geschafft." „Weil ich dich
hier lassen muss." Er drehte sich ganz zu Mehmet
um. Sah ihm in die Augen. Fest. Ohne Lächeln. „Es
fällt mir eben auch schwer, meinen ersten und

einzigen echten Freund zu verlassen." Mehmet sagte nichts. Seine Hand blieb in der Luft stehen, mit einem Buch darin, halb in die Tasche gepackt. Dann ließ er es langsam sinken.

Mehmet drückte „Dante" die Tasche in die Hand. „Los jetzt", sagte er. „Quatsch nicht rum." Dann schob er ihn zur Tür hinaus. „Freunde... pfffff", murmelte er. „Die gibt's hier nicht. Nur Zweckgemeinschaften. Und Misstrauen." „Dante" drehte sich noch einmal um. Doch Mehmet winkte ab. „Geh schon. Wird Zeit." Er drängte ihn weiter auf den Flur. Der Gang war leer, die Luft abgestanden. Irgendwo brummte ein Licht. Mehmet blickte zur Seite. Hob kurz den Arm, als wolle er salutieren, ließ ihn dann wieder sinken. Er hielt den Kopf tief, das Kinn fast auf der Brust. Seine Schultern zuckten kaum sichtbar. Die Tränen in seinen Augen verrieten alles, was seine Worte zu verstecken versuchten.

„Dante" blieb doch noch einmal stehen. Er drehte sich um. Sah Mehmet an. Sah die Tränen. Sagte nichts dazu. „Ich bin die nächsten drei Monate noch einmal pro Woche hier", sagte er ruhig. „Der Schreib- und Lesekurs. Ich bring das zu Ende." Mehmet sah überrascht auf. „Hab ich den sieben versprochen", fügte „Dante" hinzu. „Und mit der Leitung ist das abgeklärt." Mehmet nickte nur. Ganz langsam. „Dante" drehte sich um. Hob die Tasche. Ging los. Der Flur war lang. Kalt. Schritt für Schritt entfernte er sich. Am Ende standen zwei

Wärter. Wortlos öffneten sie die Tür. Und ließen ihn hinaus.

Langsam – viel zu langsam für „Dante" – begann sich das Tor zu öffnen. Das riesige, eiserne Tor, das ihn jahrelang verschluckt hatte. Es ächzte, als hätte es selbst Mühe loszulassen. Der Wärter neben ihm nickte. „Viel Glück." „Dante" antwortete nicht. Nur ein kurzes Nicken zurück. Dann trat er hinaus. Die Luft war anders. Frisch. Hart. Echt. Freiheit. Und dann sah er sie. Sie rannte auf ihn zu, die Tasche schlug gegen ihre Hüfte, das Haar flog hinter ihr her. Ohne zu bremsen warf sie sich ihm um den Hals. „Dante" taumelte einen Schritt zurück, fing sich gerade noch. Sie trat zurück, stand vor ihm, ein bisschen außer Atem, grinste wie ein Kind. „Ich bin Bea", sagte sie. „Also... Beatrice." „Dante" blinzelte. Dann musste er lachen. Laut. Befreiend. Bea sah ihn irritiert an. „Was ist?" „Nichts, alles gut", sagte er schnell. „Ich hab nur gerade kapiert, wofür dein Name steht. Da drinnen..." – er zeigte mit dem Daumen über die Schulter auf das Tor – „...haben sie mich alle ‚Dante' genannt." Bea lachte jetzt auch. „Na dann", sagte sie. „Behalten wir das bei." Sie grinste. „Wie passend."

Ich stand vor ihr wie ein Kind, das die Hand eines Vaters sucht – und nur den Schatten findet. Vergil war fort. Ich hatte mich nicht einmal verabschieden können. Als ich mich umdrehte, war da nur noch der Nebel zwischen den Bäumen. Und das Gefühl, dass jemand einen Teil von mir mitgenommen hatte, den ich nie wieder zurückbekommen würde. Vor mir: Beatrice. Sie war nicht mehr die junge Frau, die ich als Knabe geliebt hatte. Sie war jetzt Licht. Sie war Feuer. Und sie war furchterregend in ihrer Klarheit. Ihr Blick ging durch mich hindurch wie das Schwert eines Engels, das trennt, was Lüge ist und was Wahrheit.

Ich wollte zu ihr sprechen, wollte etwas sagen – irgendetwas – doch meine Stimme blieb in der Kehle stecken. Sie sprach zuerst. „Dante, Dante…" Mein Name in ihrem Mund war keine Liebkosung. Es war ein Urteil. „Was hat dich vom Pfad abgebracht? Als ich nicht mehr auf Erden wandelte – was war es, das dich so schnell vom Guten ablenkte?" Ich senkte den Blick. Hatte kein Wort. Hatte keine Entschuldigung. „Du hattest mein Bild, mein Beispiel, mein Versprechen. Und doch…" – ihre Stimme wurde kälter – „…hast du dich verloren in den Spiegeln der Welt." Ich fühlte, wie meine Knie nachgaben. Ich sank auf den Boden. Nicht aus Ehrfurcht. Aus Scham.

„Ich habe versagt", flüsterte ich. „Ich dachte, ich könnte stark sein ohne dich. Ich habe geglaubt, dass der Schmerz vergeht, wenn man nur lange genug wegläuft." Beatrice schwieg. Dann wandte sie sich um – und sprach zu den himmlischen Gestalten, die den Wagen umgaben. „Hört sein Schuldbekenntnis. Erkennt, was er war. Und was er sein kann." Wieder zu mir: „Du hast nicht nur dich enttäuscht, Dante. Du hast auch mich vergessen. Und damit dich selbst." Ich begann zu weinen. Die Tränen kamen wie von selbst. Ohne Schluchzen. Sie tropften einfach, lautlos, aus meinen Augen, als müsste mein Inneres gereinigt werden – nicht durch Wasser, sondern durch Wahrheit.

Beatrice trat nicht näher. Sie blieb stehen, ein paar Schritte entfernt. Dann kam Matelda. „Steh auf", sagte sie sanft. „Der Lethe wartet." Ich erhob mich. Meine Beine zitterten. Matelda führte mich zum Ufer des Flusses. Das Wasser war klar, aber in der Tiefe pulsierte es wie eine Erinnerung, die man nicht mehr greifen kann. „Trink", sagte sie. „Vergiss." Ich beugte mich vor. Tauchte die Hände hinein. Führte das Wasser zum Mund. Es schmeckte... nach nichts. Und doch war es süß. Und bitter. Und als ich die Augen schloss, wusste ich plötzlich nicht mehr, warum ich geweint hatte. Die Schuld war fort. Die Namen. Die Bilder. Die Sünde war nicht vergeben – sie war vergessen.

Ich öffnete die Augen – und Beatrice sah mich jetzt anders an. Weicher. Wärmer. Doch noch nicht ganz. „Du hast den ersten Schritt getan", sagte sie. „Doch es fehlt dir noch die Erinnerung an das Gute, das du warst." Sie nickte Matelda zu. Wir gingen weiter – ein schmaler Pfad, mit Blumen gesäumt. Und am Ende: ein zweiter Fluss. Still. Klar. Als flösse darin reines Licht. „Dies ist der Eunoë", sagte Matelda. „Hier kehrt das Wahre zurück." Ich kniete nieder. Trank erneut. Und diesmal war es wie ein Erwachen. Ich erinnerte mich an Lächeln. An Hoffnung. An Gedichte, die ich schrieb, als ich noch glaubte, Worte könnten retten. An ein Gefühl in der Brust, das größer war als Furcht. Ich sah auf. Und Beatrice *lächelte. „Nun bist du bereit", sagte sie. Dann drehte sie sich um. Stieg langsam auf den Wagen. Ich folgte ihr mit den Augen, ohne zu zögern, ohne zu klagen. Denn ich wusste: Dies ist nicht das Ende. Es ist der Anfang von etwas, das jenseits aller Worte liegt.*

„Dante" lag auf dem Bett. Auf dem Rücken. Die Arme hinter dem Kopf verschränkt. Die Decke über ihm war weiß gestrichen, ein bisschen fleckig an den Ecken. Er hatte sie schon auswendig gelernt. Das Zimmer war klein. Gerade mal so groß wie die Zelle, die er sich mit Mehmet geteilt hatte. Ein schmaler Tisch, ein Schrank, ein Fenster, das nach hinten rausging. Kein Gitter davor. Der Unterschied war: Er konnte jederzeit raus. Das Komische war nur – er tat es selten. Meist nur, wenn er Bea traf. Oder einmal in der Woche, wenn er zurück ins Gefängnis ging. Die „glorreichen Sieben" warteten. Sieben Männer, die nie richtig lesen gelernt hatten. Sieben, die sich jetzt Mühe gaben. Ihretwegen kam er. Und es lief gut. Viel besser als gedacht. Noch drei Mal. Dann, schätzte er, konnten sie allein weitermachen. Wenn sie wirklich wollten. Er drehte den Kopf zur Seite. Schaute auf die Tasche mit den Arbeitsblättern. Legte sich dann wieder gerade hin. Die Decke war noch immer weiß. Aber sie wirkte nicht mehr ganz so leer wie früher.

Es klopfte an der Tür. „Dante" fuhr zusammen. Er richtete sich auf, das Herz schlug schneller. Besuch? Um diese Zeit? Er hatte noch nie hier Besuch bekommen. Ein kalter Stich fuhr ihm in die Glieder.

Polizei? Ein Fehler? Wieder zurück? Er schluckte. Zögerte einen Moment. Dann rief er: „Ja?" Die Tür ging auf. Und ein zweiter, kleiner Schock traf ihn. Es war nicht die Polizei. Es war Bea. Sie stand in der Tür, die Fäuste in die Hüften gestemmt, die Augen wanderten prüfend durchs Zimmer. Dann sah sie ihn an. „Na, wohnst du hier oder versteckst du dich nur?"

„Dante" wollte gerade etwas sagen, vielleicht einen witzigen Spruch. Doch Bea war schneller. „Also das muss ja wohl Verstecken sein", fuhr sie los, trat zwei Schritte ins Zimmer, ließ die Tür offen. „Du bist jetzt zwei Monate draußen und hast dich noch um gar nichts gekümmert! Keine Wohnung. Kein Job. Nichts." Sie stemmte die Hände noch fester in die Hüften. Ihr Blick war nicht böse. Aber enttäuscht. „Du hast doch gesagt, du willst neu anfangen. Hier, draußen. Stattdessen hockst du in diesem Zimmer wie ein Schatten deiner selbst." „Dante" öffnete den Mund. Schloß ihn wieder. Bea schnaubte. „Und ehrlich gesagt, ich würd dich auch gern öfter sehen. Einmal die Woche? Das ist ja wie Briefe schreiben – nur in 3D!" Sie hielt inne, atmete tief durch. Der Zorn war noch da, aber weicher geworden. „Dante" sah sie an. Die ganze Zeit. Kein Wort. Kein Zucken. Dann, ganz leise, in einer Pause zwischen zwei Sätzen: „Ich kann nicht." Bea blinzelte. Ihre Haltung veränderte sich. Nur ein wenig. „Hilf mir bitte", sagte er. Und da standen Tränen in seinen Augen. Keine Flut. Nur ein leiser Glanz. Bea sagte nichts. Aber sie trat einen Schritt näher.

Bea griff die Wasserflasche vom Tisch und hielt sie ihm hin. „Trink einen Schluck", sagte sie ruhig. „Dante" nahm sie, schraubte sie auf, trank tief. „Natürlich helfe ich dir", sagte sie dann. „Warum hast du nichts gesagt?" „Dante" sah sie an, wollte etwas sagen, aber sie hob die Hand. „Ich helf dir. Aber kümmern musst du dich selbst. Ich helf dir dabei, klar. Aber den Weg musst du gehen." Er nickte. Trank noch einmal. „Bitte hilf mir", sagte er leise. „Ich hab so viel vergessen. Ich war... na ja... ich war halt ein kleiner Krimineller, der sich irgendwie durchgewurschtelt hat." Ein zweiter Schluck. Tiefer. Stiller. Bea sah ihn eine Weile an. Dann stand sie auf. „Komm", sagte sie. „Wir gehen ein bisschen spazieren." Sie ging zur Tür, drehte sich nicht um. „Dante" sah ihr nach. Sah, wie ihr Gang leicht wogte, wie sie im Gegenlicht des Flurs stand – die Silhouette, der Schatten, das Licht. Er spürte etwas in sich aufbrechen. Kein Schmerz. Etwas anderes. Etwas Warmes. Er stand auf. Ging ihr nach. Und in dem Moment wusste er es. Ganz sicher. Die Zeit des Versteckens war vorbei. Ab morgen würde er sich reinknien. Nicht für Ruhm. Nicht für Gnade. Allein, um diesen Engel nicht zu verlieren.

Teil 3 – Paradiso (Paradis)

19

„Dante" hebt das Glas. Dunkler Rotwein. Ein italienisches Lokal, kleiner Tisch, weiße Tischdecke. Eine flackernde Kerze. Er prostet Bea zu. Sie lächelt. Es gibt etwas zu feiern. Einen Job. „Dante" wird in einer Schreinerei anfangen. Kein Abschluss, keine Ausbildung – aber der Inhaber gibt ihm eine Chance. Der Meister auch. Bea legt den Kopf leicht schräg. „Siehst du", sagt sie, „es geht doch." Das Licht der Kerze spiegelt sich in ihren Augen. Und „Dante" sieht diesen Glanz. Was er nicht weiß: Der kommt nicht von der Kerze.

Seit ein paar Wochen arbeitet „Dante" nun in der Schreinerei. Er mag es. Holz riecht gut. Die Arbeit ist ehrlich. Keine Angst mehr, erwischt zu werden. Kein ständiges Lügen. Einmal im Monat kommt Geld aufs Konto. Nicht viel, aber es reicht. Manchmal bleibt etwas übrig. Eine Blume für Beatrice. Oder ein Essen. Und er hat sogar eine kleine Wohnung gefunden. Zwei Zimmer. Altbau. Besser als das winzige Pensionszimmer mit den dünnen Wänden.

Sie gehen im Stadtpark spazieren. Bea trägt ein helles Kleid, das sich leicht im Wind bewegt. Es ist Frühling. Sonne, Vogelstimmen, Kinderlachen. Alles zieht nach draußen. Auch sie. Aber „Dante" ist still. Sein Blick bleibt oft an irgendetwas hängen – Bäume, Wolken, eine Parkbank. Bea merkt es. Nach einer Weile bleibt sie stehen. „Was ist los?" Er schüttelt den Kopf. „Ach, nichts." Sie zieht eine Augenbraue hoch. „Dante", sagt sie. „Ich kenn dich."

„Dante" holt tief Luft. Dann sagt er es. Die Schreinerei steht kurz vor der Pleite. Der Chef hat ihn ins Büro gerufen. Tür zu. Leise Stimme. Er hat gefragt, ob „Dante" sich auskennt. Von früher. Versicherungen, hat er gesagt. Die hätten doch Geld. Wenn man's klug anstellt. Ein Schaden. Ein Feuer vielleicht. Nur klein. Nur so viel, dass es reicht, um die Firma zu retten. Bea reißt die Augen auf. „Du hast doch nicht zugesagt?" „Dante" schüttelt den Kopf. „Noch nicht", sagt er. Dann sieht er sie an. „Was soll ich tun, Bea? Wenn der Laden dichtmacht, bin ich wieder draußen."

Bea sagt eine Weile nichts. Sie schaut auf den Kiesweg, dann auf ihre Schuhe. Was „Dante" da sagt, stimmt. Wenn die Firma schließt, verliert er alles. Und wer stellt schon einen ein, der mal im Gefängnis saß? Auch wenn er im Wiederaufnahmeverfahren freigesprochen wurde – der Makel bleibt. Einmal Knast, immer Knast. Schließlich hebt sie den Kopf. „Ich kann dir da nicht helfen", sagt sie leise. „Es ist deine Entscheidung." Sie zögert. Dann: „Aber ich würde mir wünschen, du sagst ab."

„Dante" nickt, aber sagt nichts. Sie sieht ihn an. „Ich liebe dich auch, wenn du keinen Job hast." Dann beißt sie sich auf die Lippe. Jetzt hat sie's laut gesagt. Aber „Dante" ist woanders. Er hat es nicht gehört.

Bea sagt eine Weile nichts. Sie schaut auf den Kiesweg, dann auf ihre Schuhe. Was „Dante" da sagt, stimmt. Wenn die Firma schließt, verliert er alles. Und wer stellt schon einen ein, der mal im Gefängnis saß? Auch wenn er im Wiederaufnahmeverfahren freigesprochen wurde – der Makel bleibt. Einmal Knast, immer Knast. Schließlich hebt sie den Kopf. „Ich kann dir da nicht helfen", sagt sie leise. „Es ist deine Entscheidung." Sie zögert. Dann: „Aber ich würde mir wünschen, du sagst ab." „Dante" nickt, aber sagt nichts. Sie sieht ihn an. „Ich liebe dich auch, wenn du keinen Job hast." Dann beißt sie sich auf die Lippe. Jetzt hat sie's laut gesagt. Aber „Dante" ist woanders. Er hat es nicht gehört. Doch dann hebt „Dante" den Kopf. Sein Blick trifft sie. Direkt, fest. Eine Braue geht leicht nach oben. „Entschuldige bitte", sagt er. „Was hast du da gerade gesagt?" Bea runzelt die Stirn. „Ich hab gesagt, dass ich dir keinen Rat geben kann. Aber mir wünsche, du tust es nicht." „Dante" schüttelt leicht den Kopf. „Ja, schon ... Nein. Ich meine das danach." Bea schaut zur Seite. „Da war nichts weiter." Er legt den Kopf schief, sieht ihr tief in die Augen. „Schade", sagt er. „Ich dachte, du hättest gesagt, du liebst mich. Auch wenn ich arbeitslos bin." Eine Pause. „Ich wollte dich gerade küssen

... und sagen, dass ich dich auch liebe. Aber ich hab's mich nicht getraut." Bea antwortet nicht. Stattdessen tritt sie einen Schritt näher. Dann küsst sie ihn. Langsam. Fest. Und „Dante" küsst zurück.

Bea lehnt sich noch ein Stück näher zu ihm. Flüstert. Ganz leise. „Traust du dich jetzt?" „Dante" nickt nur. Dann küsst er sie. Langsam. Ohne Eile. Als sie sich lösen, schaut Bea ihn fragend an. „Was?", fragt „Dante". Sie lächelt. „Ich warte." „Worauf?" „Dass du dich traust." Er atmet einmal tief durch. Dann sagt er: „Ich liebe dich." Bea legt eine Hand an seine Wange. Küsst ihn sanft. Dann, um das Zittern aus der Luft zu nehmen, fragt sie: „Und was hast du bei Dante zuletzt gelesen?"

Es war kein Aufstieg, wie ich ihn kannte. Kein Wind trug mich, keine Flamme, kein Flügelschlag. Es war, als würde mich etwas erinnern – an das, was ich einmal war, bevor ich wusste, dass ich es vergessen hatte. Ich wurde leichter. Nicht wie ein Körper, der sich von der Erde löst – sondern wie ein Gedanke, der endlich denkt, was er immer gedacht hätte. Und als sich das Licht um mich wandelte – nicht greller wurde, sondern reiner – verstand ich: Ich war eingetreten. Nicht in den Mond, wie ihn Sterngucker malen. Sondern in seinen Wesenskern.

Beatrice stand neben mir. Oder vielmehr: über mir. Nicht durch Größe – sondern durch Gewissheit. Ihr Licht war nicht grell. Es war kein Sonnenlicht. Es war das Licht, mit dem Wahrheit spricht, wenn sie flüstert. „Dies ist der erste Himmel, Dante", sagte sie. „Der Mond – nicht wie du ihn sahst, sondern wie er im göttlichen Denken ist: eine Sphäre aus Unvollständigkeit, getragen von Sehnsucht." Ich blickte mich um. Kein Land, keine Berge, kein Horizont. Nur Schichten aus Licht – wie durchscheinendes Wasser, das über sich selbst hinaus fließt. Und darin: Gestalten.

Zuerst dachte ich, es seien Spiegelungen. Dann verstand ich: Dies waren Seelen. Nicht aus Fleisch, nicht aus Rauch – sondern aus Wollen gemacht. Sie flackerten wie Kerzen in Wind, doch ohne zu verlöschen. Ich trat näher zu einer, und sie wandte sich mir zu, als hätte sie mich schon lange erwartet. Ihr Leuchten war silbrig, sanft, wie der erste Schein eines Morgens, der nie zum Tag wird. „Willst du wissen, wer ich bin?" fragte sie. Ihre Stimme war ein Hauch – aber ich hörte sie klarer als mein eigenes Denken. Ich nickte. Beatrice stand schweigend hinter mir – wie ein Stern, der nie untergeht.

„Ich war Piccarda", sagte die Seele. „Im Leben wählte ich das Kloster, das Schweigen, die Hingabe. Ich versprach Gott mein Herz – und mehr noch: mein ganzes Leben." Ein Leuchten ging durch sie hindurch, wie eine Welle aus Erinnerung. „Aber mein Bruder – ein Mann der Welt, zog mich fort. Weg aus der Stille, hinein in das Sprechen, das glänzt. Eine Ehe. Ein Haus. Ein anderer Wille." Ich wollte fragen, warum sie sich nicht widersetzt hatte. Doch noch bevor mein Atem sich zu einem Wort formte, hob sie leicht die Hand. „Ich widersprach nicht. Aus Angst.

Aus Blut. Aus der Liebe, die den falschen Weg wählt, weil sie nicht mehr sehen kann."

Beatrice trat nun neben mich. „Und doch", sagte sie, „war ihr innerer Wille treu. Gott sieht nicht nur die Handlung, Dante – er sieht die Kette, die um das Herz lag, als es sprachlos blieb." Piccarda lächelte. Nicht traurig. Nicht bitter. Ein Lächeln, das nur in einer Seele wohnen kann, die weiß, was es heißt, nicht ganz zu dürfen. „Hier bin ich glücklich", sagte sie. „Nicht weil ich vergaß – sondern weil ich verstanden habe."

„Und du leidest nicht?" fragte ich. „Es gibt kein Leid in Gottes Nähe. Nur Abstufungen von Licht. Ich bin fern vom Zentrum – aber nicht fern von Ihm. Denn mein Wille ruht in Seinem." Ich senkte den Blick. Denn in mir stieg etwas auf. Nicht Scham. Aber das Wissen, dass ich selbst so oft nicht durch Zwang, sondern durch Bequemlichkeit mein eigenes Versprechen verließ. Beatrice spürte es. „Nicht jeder Bruch ist Schuld. Aber jeder Bruch ist Frage. Und nun weißt du, dass auch gebrochene Lichter noch strahlen können."

Piccarda neigte sich mir zu, wie Wind, der eine Stirn berührt. „Nimm mich nicht als Warnung", sagte sie. „Nimm mich als Spiegel. Und dann geh weiter." Sie trat zurück. Ihr Licht verflachte nicht – es wurde nur weiter. Ein Klang, der langsam in Gottes größere Melodie überging. Ich stand still. Und Beatrice wartete. Nicht auf meinen Schritt – sondern auf meine Entscheidung. Denn wer weiter aufsteigt, muss wissen, dass auch das Licht eine Prüfung ist.

„Dante" steht vor seinem Chef. Sein Herz schlägt zu schnell. Er weiß nicht, wie der Mann reagieren wird. Er hat Angst. Der Chef sieht ihn an. „Na los", sagt er. „Raus mit der Sprache." „Dante" atmet tief ein. Dann sagt er: „Ich kann es nicht. Sorry, Chef. Ich war im Knast." Der Chef runzelt die Stirn, sagt nichts. „Dante" fährt fort. „Unschuldig, was die Tat angeht. Aber nicht ohne Schuld. Du weißt es selbst. Ich will da nicht wieder hin." Der Chef schaut ihn lange an. Dann nickt er langsam. „Dante" zögert. Dann sagt er weiter: „Und wenn ich dir einen Rat geben darf: Lass es sein. Ein Versicherungsding... das wird eine Spirale. Du verlierst die Kontrolle, und am Ende landest du genau da, wo ich nicht mehr hin will." Er macht eine Pause. „Und deine Kinder?" Sein Blick bleibt ruhig. „Denen ist es sicher lieber, sie haben dich – statt dich im Gefängnis besuchen zu müssen." Der Chef sagt nichts. Aber etwas in seinem Gesicht verändert sich.

20

Ich spürte es nicht, wie man Hitze oder Kälte spürt. Es war eine andere Art des Empfindens, jenseits aller Sinne, und doch vollkommen real: die Ankunft in einem Himmel, der nicht Himmel war im herkömmlichen Sinn, sondern Licht – pulsierend, vibrierend, lebendig. Der Raum um mich war nicht leer, aber auch nicht erfüllt im stofflichen Sinn. Es war, als würde ich mich in einem Gedanken bewegen, in einem leuchtenden Willen, der mich empfing wie ein Lied, das man schon vor seiner Geburt kannte.

„Du hast es gespürt, nicht wahr?" fragte Beatrice, und ihre Stimme war sanft wie fallender Tau. „Der zweite Himmel… Merkur. Die Seelen, die Gutes taten – aber mit dem Wunsch, gesehen zu werden." Ich nickte. Oder glaubte es zu tun. Vielleicht war es auch mein Wille, der zustimmte – hier, wo Körper nur Erinnerung waren. „Warum erscheinen sie als Licht?" fragte ich. „Warum nicht in Gestalt, wie im Leben?" Beatrice lächelte – nicht mit Lippen, sondern mit Licht. „Weil der Glanz ihres Willens größer ist als die Form, die sie einst trugen. Sieh hin, Dante – dort."

Und ich sah. Um uns herum erhoben sich zahllose Lichtfunken aus dem Äther, tanzten wie Glühwürmchen im Wind. Doch sie folgten keiner chaotischen Bahn – es war ein Tanz der Ordnung, geführt von einem Rhythmus, den ich nicht hörte, aber fühlte wie ein Pulsschlag. Aus der Mitte der tanzenden Lichter löste sich einer – größer, klarer, funkelnd wie geschliffenes Silber. Er näherte sich uns, und als er sprach, vibrierte die Wirklichkeit selbst. „Ich war Justinian", sagte das Licht, „Kaiser des Römischen Reiches und Vollender des Gesetzes. Ich tat, was recht war – und sehnte mich doch nach dem Lob der Menschen." Seine Stimme war kein Klang. Sie war Gewissheit. Bild. Glanz. Ich sah ihn – nicht als alten Mann auf einem Thron, sondern als Idee von Ordnung, als Gestalt aus Gerechtigkeit, gehüllt in goldene Schriftzeichen, die in der Luft schwebten wie die Paragraphen eines ewigen Kodex. „Ich führte die Gesetze zusammen", fuhr er fort, „und ich glaubte, es sei um der Gerechtigkeit willen. Doch in Wahrheit..." Ein kurzes, fast trauriges Aufflackern durchzuckte sein Licht. „...wollte ich gesehen werden. In Erinnerung bleiben. Mein Name sollte ewig sein."

Ich trat näher. Ich wusste nicht wie, doch mein Wille streckte sich ihm entgegen wie eine offene Hand. „Wirst du dafür gerichtet?" Justinians Licht flackerte nicht. Es blieb klar. Ruhig. „Nein. Denn der Wille zum Guten war echt. Nur vermischt. Ein Tropfen Stolz in einem Becher aus Klarheit. Hier..." – er breitete seine Lichtarme aus – „...wird erkannt, was rein war – und was nicht." Beatrice legte eine Lichtspur an meine Seite. „Sie haben den Himmel erreicht, aber nicht den höchsten Glanz. Ihre Liebe zum Guten war echt – doch nicht vollkommen. Deshalb wohnen sie hier, in Merkur, wo Licht auch Schatten kennt."

„Und sie bereuen?" „Nein, Dante", sagte Beatrice sanft. „Hier gibt es keine Reue, nur Erkenntnis.

Klarheit, ohne Bitterkeit. Sie wissen – und lieben."
Justinian zog sich zurück, doch ein anderer Funke
trat hervor, ein Chor gleichsam – viele Stimmen in ei-
nem einzigen Licht. „Wir waren Herrscher, Dichter,
Gesetzgeber", sprachen sie. „Wir errichteten Tempel,
führten Kriege, stifteten Frieden. Immer aber blieb
ein Echo zurück: Sage meinen Namen, erinnere dich
an mich."

„Und nun?" fragte ich. „Nun kennen wir uns
selbst. Und das genügt. Unser Ruhm auf Erden war
Staub. Doch unser Wille, das Gute zu tun – das war
Gold. Und dieses Gold haben wir mitgebracht." Ich
wandte mich Beatrice zu. „Und ich...? Bin ich auch
hier, weil ich gesehen werden will?" Sie antwortete
nicht sofort. Stattdessen legte sich ihre Hand – oder
ihr Wille – sanft an meine Brust. „Vielleicht", sagte
sie. „Doch der Weg, den du gehst, ist Erkenntnis.
Und Erkenntnis... führt durch alle Himmel." Dann
neigte sich alles, als würde das Licht selbst sich ver-
beugen, und ich wusste: es war Zeit weiterzugehen.

„Dante" lag auf dem Rücken. Das Sofa war
durchgelegen, aber gerade weich genug, um nicht
aufzustehen. Beatrice lag in seinem Arm, den Kopf
auf seiner Brust. Ihr Atem war ruhig. Seine Gedanken nicht. „Was grübelt dein Kopf schon wieder?"
fragte sie leise. Er zögerte einen Moment. Dann das
Übliche: „Nichts." „Dante..." Ihre Stimme hatte diesen Ton. Kein Vorwurf. Nur: Jetzt sag's halt. Er
schnaubte leise. „Du merkst das, oder? Immer."
„Natürlich merk ich das. Wenn was mit dir ist, dann

ist was mit dir." Stille. Dann er: „Wegen der Jungs."
Bea hob leicht den Kopf, sah ihn an. „Welche
Jungs?" „Na, die Fußballmannschaft. Jugendknast." „Ach ja", sagte sie. „Wo du das Training
übernommen hast." Er nickte. „Genau."

„Ich frag mich, warum ich das überhaupt mache", sagte „Dante". „Was meinst du?", fragte Bea.
„Na, was mich antreibt." Er drehte den Kopf leicht
zur Seite, sah an die Decke. „Ob ich das nur mache,
um mich reinzuwaschen. Damit ich besser dastehe
vor den anderen. Vor mir selbst." Bea richtete sich
ein Stück auf, stützte sich auf den Ellbogen. „Aber
ist doch egal, warum du's machst. Den Jungs hilft's
doch." Er schüttelte den Kopf. „Nein. Eben nicht.
Es hilft ihnen nicht, wenn ich's nur für mich mach.
Wenn's nur darum geht, wie ich ausseh." Bea
schwieg kurz. Dann sah sie ihn an. Direkt. Keine
Ausrede kam durch diesen Blick. „Allein dass du
dir diese Frage stellst, zeigt doch, dass du's nicht
aus den falschen Gründen machst."

Sechzehn Jungs rannten über den Sportplatz des
Jugendknasts. Mehr oder weniger. Einige schlepp-
ten sich eher. Einer prustete so laut, dass es über
den ganzen Platz hallte. „Dante" pfiff sie zu sich.
Kein echter Pfiff, nur ein Ruf. Reichte trotzdem. Er
ließ den Blick über die Gruppe schweifen. Schweiß.
Seitenstechen. Genervte Gesichter. „Falls ihr einen
Beweis gebraucht habt, dass Rauchen Scheiße ist –
bitte. Hier habt ihr ihn." Ein paar Augen wurden
verdreht. Einer murmelte was von „Hör auf mit der
Moral". „Dante" grinste schmal. „Und falls ihr

wirklich den JSA-Pokal holen wollt, wär's gut, wenn eure Lungen nicht nach Asche klingen würden." Ein paar Jungs maulten. Zwei, drei machten sehr deutlich, dass sie nur dabei waren, weil's im Bericht gut aussieht. Für die nächste Anhörung. Vielleicht 'ne Woche weniger. Vielleicht. „Dante" seufzte leise. Aber laut genug, dass sie's hören konnten.

„Dante" trat einen Schritt nach vorn. Die Jungs standen vor ihm, manche mit verschränkten Armen, andere mit gesenktem Blick. Der Wind zog flach über den Platz. Es war still. „Bis nächste Woche denkt ihr drüber nach", sagte er. Die Stimme war ruhig. Aber kein bisschen weich. „Wollt ihr den JSA-Pokal – oder wollt ihr nur 'nen guten Punkt im Bericht?" Keiner sagte etwas. „Wenn ich das Gefühl hab, dass es euch nur um die Akte geht..." Er ließ den Satz kurz hängen. „...dann seid ihr raus. Ich schmeiß jeden aus dem Team, der nicht wirklich spielen will." Ein paar Augen wurden groß. Andere wichen seinem Blick aus. „Ist unfair", sagte er. „Den Jungs gegenüber, die sich wirklich reinhängen. Die das hier ernst meinen." Er schwieg. Ließ die Worte sacken. Dann drehte er sich um und ging langsam zur Seitenlinie.

Die Jungs wurden abgeholt. Zwei Wärter vorne, zwei hinten. Einer maulte noch, die anderen schwiegen. „Dante" sah ihnen kurz nach. Dann ging er duschen. Umziehen. Wieder in Zivil. Am Tor wartete er. Ein Gitter. Dahinter zwei Knöpfe. Die Wärter drückten sie, wenn's Zeit war zu gehen. Noch war keiner gedrückt. Chantalle kam den Gang entlang. Schneller Schritt, Zettel in der Hand, Kugelschreiber im Haar. „Hey, hast du noch kurz Zeit für 'nen Kaffee?" fragte sie. „Ich würd mich gern mal mit dir unterhalten." „Dante" nickte. „Klar." Wenig später saßen sie in ihrem Büro. Zwei Becher, noch dampfend. Der Geruch von Filterkaffee und Akten. Sie legte den Zettel beiseite, sah ihn an.

„Also erstmal", sagte Chantalle und nahm einen Schluck, „ich find das echt stark, was du da machst. Das Training. Dass du's ehrenamtlich machst. Und dass du sogar die Aufwandsentschädigung spendest, damit Trikots und so gekauft werden können." „Dante" nickte. „Ich mach's gern. Hätt mir früher gewünscht, es hätte jemanden gegeben, der mich zurück auf'n Weg bringt." Chantalle schüttelte den Kopf. „Nee, echt jetzt. Das ist nicht selbstverständlich. Tu mal nicht so, als wär das nix Besonderes. Du solltest dein Licht nicht unter den Scheffel stellen." „Dante" hob die Augenbraue. „Unter was?" Sie winkte lachend ab. „Ist 'n Sprichwort. Frag nicht."

„Was willst du eigentlich wirklich von mir?" fragte „Dante". „Hättest du mir auch am Tor sagen können." Chantalle lehnte sich zurück. Atmete kurz durch. „Direkt. Aber ehrlich. Das wird den Jungs helfen." „Dante" hob die Augenbraue. Dieses kleine Zucken, das längst sein Markenzeichen geworden war. „Das mit dem Pokal..." sagte sie. „Ist nicht gut." Er sagte nichts. Sah sie nur an. „Fünfzehn von den Sechzehn sind nur im Team, weil's in ihrer Akte gut aussieht. Es geht nicht wirklich um Fußball."

„Dante" verzog keine Miene. „Wenn du ihnen helfen willst", fuhr sie fort, „dann musst du rausfinden, wie du sie dazu bringst, wegen des Spiels da zu sein. Nicht wegen dem Bericht." Er sah in seinen Becher. Der Kaffee war fast kalt. „Das geht vielleicht, wenn du ihnen zuhörst. Wenn du Interesse zeigst. Frag sie, warum sie hier sind. Was sie beschäftigt. Aber subtil. Nicht mit dem Holzhammer." Sie legte den Kopf leicht schräg. „Wenn sie merken, dass du wirklich zuhörst... dann fangen sie vielleicht an, wirklich zu spielen."

„Dante" stellte den Becher ab. Halbvoll. Kalt. Er sah Chantalle an. Nachdenklich. Nicht abwehrend, aber auch nicht sofort überzeugt. „Danke für den Hinweis", sagte er leise. „Aber ich muss erst selbst drüber nachdenken." Chantalle nickte nur. „Bis nächste Woche", sagte er und stand auf. Sie blieb sitzen, sah ihm nach. Dann griff sie zum Telefon. „Tor zwei", sagte sie. „,Dante' geht jetzt."

Draußen vor dem Tor wartete Bea. Die Arme verschränkt, die Augen auf das schwere Metallgitter gerichtet. „Warum kommst du so spät?" fragte sie, kaum dass er draußen war. „Dante" grinste. „Chantalle wollte unbedingt noch mit mir reden." Er sah sie an, legte den Kopf leicht schief. „Sie hat aber auch 'ne gute Figur... Und die Haare!" Er schwärmte völlig übertrieben. Bea boxte ihm auf den Arm. „Ey! Du gehörst mir. Ich bin Einzelkind und ich teile nicht!" Sie mussten beide lachen. Laut, herzlich, echt. „Aber mal im Ernst", sagte Bea, als sich das Lachen gelegt hatte. „Was war los?"

„Dante" wurde wieder ruhiger. Er erzählte ihr, was Chantalle gesagt hatte. Von den Jungs. Vom Pokal. Vom Zuhören. Bea nickte langsam. „Kluge Frau. Damit hat sie mit hoher Wahrscheinlichkeit recht." „Dante" schwieg. Dachte nach. Dann boxte er Bea sanft zurück und grinst frech. „Ich bin Einzelkind. Ich teile nicht."

„Dante" stand im Mittelkreis und wartete. Die Luft war frisch, die Wolken grau. Typischer Anstaltsmorgen. Die Wärter kamen mit der Gruppe. Er zählte sofort durch. Dreizehn. Er verzog das Gesicht. „Dreizehn geht wirklich nicht." Er trat zu einem der Wärter. „Die drei fehlen." Der Wärter nickte. „Wollten nicht." „Dann holt sie", sagte „Dante". „Zur Not auch mit Zwang. Auch wenn's mir selbst weh tut." Die Männer nickten und gingen zurück. „Dante" drehte sich zur Gruppe. „Fangt schon mal mit dem Aufwärmen an", sagte er. „Ich erklär's euch, wenn die anderen da sind." Die Jungs sahen sich kurz an, dann bewegten sich langsam los. Schulterkreisen, leichtes Traben. Niemand redete. „Dante" blieb im Kreis stehen. Wartete.

Die Wärter kamen zurück. Drei Jungs zwischen ihnen. Schlurfender Gang. Verschlossene Gesichter. „Dante" nickte den Wärtern knapp zum Dank. Dann drehte er sich zur Gruppe. „Kommt mal her." Die Sechzehn versammelten sich. Ein loser Halbkreis. Manche mit hängenden Schultern, andere mit verschränkten Armen. Einer gähnte demonstrativ. „Dante" trat einen Schritt vor. Die Hände in den Taschen. „Erstmal – sorry für das, was ich am Ende vom letzten Training gesagt hab." Ein paar Blicke hoben sich. Neugierig. „Mir geht's nicht um den Pokal. Nicht, wenn ihr selbst sagt, dass ihr ihn nicht wollt." Sein Blick wanderte. Von einem Gesicht zum nächsten. Langsam. Ohne Hast. Ohne Urteil. „Mir ist heute egal, warum ihr hier seid. Hauptsache, ihr seid da. Aber... denkt mal drüber nach. Nicht für mich. Für euch selbst." Dann zeigte er auf einen der Jungs. „Mach mit den anderen ein bisschen lockeres Lauftraining, ja?" Der Junge zuckte zusammen. Nicht, weil er gerufen wurde – sondern weil man ihn gebeten hatte. „Dante" wandte sich einem der drei zu, die eben noch geholt worden waren. „Du. Komm mal kurz mit." Der Junge trottete hinter ihm her. Langsam. Ausdruckslos. Eine Standpauke, dachte er. Bla bla. Dann war's wieder vorbei. Aber „Dante" blieb stehen. Draußen am Rand des Platzes. Und fragte leise: „Warum bist du hier?" Der Junge runzelte die Stirn. „Was meinst du? Welche Straftat oder was?" „Nein", sagte „Dante". „Das steht in der Akte. Ich mein: Was glaubst du, warum du hier bist? Was hat dich hergebracht?" Der Junge schwieg erst. Dann kamen die Worte. Bruchstückhaft. Hart. Abgehackt. Mit Wut. Mit Trotz. Er sprach von Zuhause, von Scheißlehrern, von Schlägen, von Kälte. Von Nächten draußen, von Leuten, die einen nur sehen, wenn man Mist baut. Irgendwann wurden die Worte langsamer. Unsicherer. Scham mischte sich rein. Die Stimme wurde leiser. Dann ganz still. Die

Tränen kamen plötzlich. Erst eine, dann zwei. Dann ein leises Zittern in der Brust. „Dante" sagte nichts. Er hörte einfach zu.

„Dante" war immer noch arbeitslos. Aber jetzt ging er zweimal die Woche in den Jugendknast. Immer dienstags und donnerstags. Zum Training. Und jedes Mal nahm er sich einen von den Jungs zur Seite. Einer pro Woche. Setzte sich mit ihm hin. Hörte zu. Er fragte nie nach der Tat. Sondern nach dem Warum. Was der Junge glaubte, was ihn hergebracht hatte. Nicht das Urteil. Sondern der Weg dorthin. Und langsam änderte sich was. Je mehr er mit ihnen sprach, desto ernster nahmen sie das Training. Es ging Hand in Hand. Weniger Ausreden. Mehr Einsatz. Alle Sechzehn hörten auf zu rauchen. Einfach so. Keiner sagte warum. Es passierte einfach. Und irgendwann begriffen sie alle – „Dante" eingeschlossen –, dass hier zwei Trainings liefen. Gleichzeitig. Eins für Fußball. Und eins, um sich selbst zu hinterfragen.

21

„Dante" und Bea gingen schweigend nebeneinander her. Ihre Lieblingsroute, durch den Park, am Wasser entlang. Es war warm. Ein lauer Frühlingsabend. Bea hatte sich bei ihm eingehakt. Ihre Hand lag ruhig in seiner Armbeuge. Alles fühlte sich leicht an. Auf der Grillwiese standen die ersten tragbaren Grills. Rauch stieg auf. Es roch nach angebrannten Würstchen, kaltem Bier, Sommer. Junge Leute saßen auf Decken, lachten. Studenten vielleicht. „Dante" sog die Luft tief ein. Das hier war einer dieser Momente, von denen man im Knast träumt, kurz bevor der Schlaf einen holt. Er hatte auch davon geträumt. Und jetzt war er da. Er blieb stehen. Bea musste mit anhalten, weil sie bei ihm eingehakt war. Sie sah ihn fragend an. Er beugte sich zu ihr. Küsste sie. Kurz, aber echt. Dann gingen sie weiter. Kein Wort. Nur Nähe.

Sie kamen an dem kleinen Eisstand vorbei. Direkt an der Anlegestelle für die Ausflugsdampfer. Der Eismann war schon dabei, die Klappe runterzulassen. „Dante" trat näher. „Haben Sie noch was da?" fragte er freundlich. Der Mann schüttelte den Kopf. „Tut mir leid. Alles weg." „Schönen Feierabend", sagte „Dante". Dann, leise, mehr zu sich selbst: „Schade." Bea lächelte. „Ist doch nicht schlimm. Vielleicht sogar ganz gut. Du musst doch sowieso mit deinem Geld haushalten." „Dante" blieb stehen. Er sah sie an. Dann sagte er mit feierlicher Stimme: „Ich hab ab Montag einen Job."

Bea zog die Augenbrauen hoch. „Wo?" „Mein alter Chef ist pleite. Aber sein Cousin hat einen Laden und ist dort untergekommen. Und als der jemanden suchte, hat mein Chef mich empfohlen." „Dante" lächelte schief. „Ab Montag fang ich an. Drei Monate Probezeit."

Bea boxte ihn leicht gegen den Oberarm. „Schuft. Wann wolltest du mir das sagen?" „Dante" grinste. „Na jetzt." Sie mussten beide lachen. Dann gingen sie weiter. Arm in Arm. Langsam. Wortlos. Aber nah. Sie genossen die Stille. Das Zusammensein. Die Hoffnung, dass es besser wird. Vor allem „Dante". Er liebte Bea. War froh, dass sie da war. Dass sie zu ihm stand. Aber dass sie ihn auch mit Geld unterstützte, nagte an ihm. Das konnte doch nicht sein. Ein Mann muss sich selbst versorgen können. So hatte er das gelernt. So wollte er leben. Ohne die Jungs im Jugendknast, die er trainiert hatte, wäre er vielleicht wieder abgerutscht. Die haben ihn gebraucht. Und irgendwie hat er das gebraucht.

„Dante" sah Bea von der Seite an. „Was würdest du sagen, wenn ich – auch wenn's spät ist – noch 'ne Lehre mache?" Bea blieb stehen. Schaute ihn fragend an. Dann stemmte sie die Fäuste in die Hüften. „Dante" grinste. Diese Geste kannte er. Bea machte sie immer, wenn sie ihm die Meinung sagte. Was in letzter Zeit kaum noch nötig war. „Was gibt's da zu überlegen?", sagte sie. „Das ist doch toll. Du sollst das auf jeden Fall machen." „Dante" lachte leise. „Ich hab nur gefragt, weil ich's herrlich finde, wenn du so dastehst. Wie 'ne Lehrerin." Bea runzelte die Stirn. „Ich hab schon zugesagt", sagte er. „Wenn ich die Probezeit schaffe, krieg ich den Lehrvertrag. Ich freu mich drauf. Endlich was Richtiges lernen."

Sie gingen weiter. Wieder ein gutes Stück. Sagten nichts. Brauchten keine Worte. Einfach nur gehen. Einfach nur beieinander sein. Dann fragte Bea: „Liest du eigentlich immer noch dieses Buch von dem… Dante?" „Dante" nickte. „Klar. Das zieh ich durch. Wird mein erstes Projekt, das ich wirklich bis zum Ende mache." Bea sah ihn von der Seite an. Sagte nichts. „Weißt du, was im letzten Kapitel passiert ist?" fragte er dann …

Ich merkte es zuerst nicht an den Augen, sondern an meinem Herzen. Ein feines, goldenes Vibrieren hatte sich in meine Brust geschlichen – so leicht wie das Flirren warmer Luft über Wasser. Und dann, plötzlich, war sie da: die Venus. Nicht als Stern. Nicht als Göttin. Sondern als ein lebender Himmel aus Licht. Es war, als würde die Luft selbst zu Gesang. Als wären die Farben weich geworden, zu Stimmen, zu Händen, die mich umschlossen und hielten. Kein Dröhnen, kein Donnerschlag. Nur diese stille, alles durchdringende Wärme.

„Hier also wohnen jene," sagte Beatrice, „deren Liebe einst noch unvollständig war – auf Erden geteilt zwischen Menschlichem und Himmlischem. Nun aber ist sie vollkommen. Wie eine Flamme, die endlich ohne Rauch brennt." Ich blickte sie an. Ihr

Gesicht – schöner als Worte. Unverändert, und doch neu. Licht fiel auf ihre Wangen, als würde der Himmel selbst sich ihrer Schönheit bedienen, um zu leuchten. „Ist das Liebe?" fragte ich. „Dieses Licht, diese Ruhe?" „Es ist die Antwort auf jede Frage, die du jemals gestellt hast, Dante", sagte sie. „Aber du musst sie nicht begreifen. Du musst sie erleben." Und noch ehe ich weiter fragen konnte, erschienen sie. Zuerst als Punkte im Licht. Dann als Gestalten, jede strahlend wie eine Flamme, aber jede verschieden – wie Stimmen in einem Chor, einander ergänzend. Ihre Gesichter trugen kein Leid mehr, keine Zeit, kein Wollen. Und doch waren sie voll Erinnerung.

Einer von ihnen trat näher. Er war schlank, jugendlich, sein Licht golden mit einem Hauch von Rot, als trüge er noch das Echo königlicher Würde in sich. „Willkommen, Pilger. Du trägst viele Fragen im Herzen." Seine Stimme war hell wie eine Harfe. Und doch fest. „Ich bin Karl, Sohn des Karl von Anjou. König, wenn du willst. Doch hier zählt das nicht mehr." Ich verneigte mich leicht. Nicht aus Zwang – aus Ehrfurcht. „Wie seid ihr hierher gelangt?" fragte ich. „Durch Gnade", sagte Karl. „Wie alle hier. Doch die Gnade ist nicht blind. Sie erwählt den, der liebt – nicht sich selbst, sondern das Höhere." Ich wollte sprechen, doch Karl hob die Hand. „Du fragst dich, warum einige zur Liebe geboren scheinen, andere zur Macht, wieder andere zur Einsamkeit." Ich nickte. „Die Seele, Dante, ist wie eine Saat. Jede trägt anderes in sich. Manche wachsen zu Bäumen *der Weisheit. Andere blühen nur einmal, dafür hell. Und wieder andere – nun, die sind wie du." „Wie ich?" fragte ich. Karl lächelte. „Unruhig. Fragend. Voller Feuer. Aber nicht willens, dich mit einfachen Antworten zufrieden zu geben. Darum bist du hier." Ich sah zu Beatrice. Sie nickte nur – wissend, ruhig. „Lerne von ihnen, Dante", sagte sie. „Aber sprich auch mit deinem Herzen." Die anderen Seelen bildeten nun einen Kreis. Kein Zwang, kein Befehl – nur Einladung. Und ich trat hinein.*

„Klingt interessant", sagte Bea nachdenklich. „Ist es auch", sagte „Dante". „Sehr sogar." Sie gingen ein paar Schritte weiter. „Aber es ist schwer zu lesen", fuhr er fort. „Mittelalterlicher Text. Über vierzehntausend Verse. Alles in Reimen. Alles ein einziges Gedicht." Bea blieb einen Moment stehen. Sah ihn an. „Respekt", sagte sie. „Ehrlich. Ich mein, du müsstest das ja nicht mehr lesen. Damals – im Knast, wo du ja zu Unrecht gesessen hast – war's 'ne Ablenkung. Aber jetzt?" „Dante" schaute sie lange an. „Ich hab die Tat nicht begangen, für die man mich verurteilt hat", sagte er leise. „Das weißt du." Bea nickte. Ohne ein Wort. „Aber ich war nicht schuldlos", sagte er dann. „Nicht wirklich. Ich hab genug Scheiße gebaut davor. Also war ich nicht zu Unrecht da drin. Nicht ganz." Bea nahm seine Hand. Und sie gingen weiter.

Ihnen kam eine junge Frau entgegen. „Dante" warf nur einen kurzen Blick. Irgendwas kam ihm bekannt vor. Das Gesicht vielleicht. Aber er dachte nicht weiter darüber nach. Wichtiger war Bea. Der Moment. Die Ruhe. Die Frau war schon an ihnen vorbei, da drehte sie sich plötzlich um. „Du bist doch...", rief sie ihm hinterher. „Dante" und Bea blieben stehen. Drehten sich um. Die junge Frau trat näher. Langsam. Prüfend. „Ja. Du bist es", sagte sie. In dem Moment wusste „Dante", wer sie war.

Aber sie war verändert. Nichts mehr von dem Glanz, den sie früher hatte. Kein Reichen-Püppchen mit teuren Klamotten. Keine Wimpern wie Schmetterlingsflügel. Keine Figur, die auffiel, ohne sich zu bewegen. Der Charme – weg. Die Anziehung – fast verschwunden. Sie wirkte müde. Verbraucht. Ihre Haut war fahl. Die Haare stumpf. Die Bewegungen fahrig, als würde sie ständig gegen etwas Unsichtbares ankämpfen. Und doch stand sie jetzt vor ihm. Ganz real.

„Was willst du?" fragte „Dante". Die Frau senkte den Blick. Fing an zu reden. „Meine Eltern haben mich verstoßen. Nach dem Wiederaufnahmeverfahren. Als sie erfahren haben, dass ich damals... dass ich freiwillig mit dir zusammen war." „Dante" zuckte mit den Schultern. „Und? Was willst du?" Sie sah ihn an. Unruhig. Rastlos. Dann sagte sie: „Ich entschuldige mich. Dass ich damals gelogen hab. Vor Gericht. Dass ich gesagt hab, du hättest... dabei war's nicht so. Ich war dabei. Freiwillig. Aber du musst verstehen... Siehst ja, wie's mir jetzt geht. Wie sie reagiert haben." „Dante" schwieg. „Ich hab dich geliebt", fuhr sie fort. „Wirklich. Aber meine

Eltern... Ich konnte doch nicht anders. Vielleicht könnten wir es... nochmal versuchen?" Durch Bea ging ein Ruck. Ihre Schultern spannten sich. Aber „Dante" hob ruhig die Hand. Nur eine kleine Geste – kaum sichtbar. Und Bea blieb still. Dann sah er die junge Frau an. Direkt. „Erstens", sagte er, „bittet man um Entschuldigung. Man entschuldigt sich nicht selbst. Die Schuld nimmt dir nur der, dem du sie angetan hast." Er hielt kurz inne. „Und das werde ich nicht tun." Die Frau wollte etwas sagen, doch „Dante" fuhr fort. „Weil du nicht aus Reue sprichst. Sondern aus Mitleid mit dir selbst. Weil du etwas verloren hast. Weil du jetzt was suchst." Er sah ihr in die Augen. „Du willst keine Liebe. Du willst Sicherheit." Dann wandte er sich leicht zur Seite. Blickte zu Bea. Sah sie nur kurz an. „Und ich hab meine Liebe längst gefunden." Die Frau fluchte leise. Drehte sich um. Ging schnellen Schrittes davon. „Dante" sah ihr nach. Er bemerkte, wohin sie ging. Richtung Hauptstraße. Richtung Straßenecke. Dorthin, wo rote Lichter flackerten. Nicht zufällig. Und ganz sicher nicht als Kundin. Und „Dante" küsst seine Bea.

22

„Dante" starrte auf die Uhr. Dann sprang er auf. Hastig griff er nach seiner Hose. Zog das Shirt über den Kopf. Bea blinzelte verschlafen. „Was ist los?" „Training. Heute. Mit den Jungs." Sie streckte sich. Die Decke rutschte ein Stück nach unten. Ihre Schultern lagen frei. „Ist wichtig, klar", sagte sie. „Aber du hast jetzt den Job. Und die Lehre. Pass auf, dass du dich nicht übernimmst." Er hielt kurz inne. Blickte auf ihren Körper. Atmete tief durch. Dann schüttelte er den Kopf. „Die Jungs brauchen mich. So wie ich dich brauche, Liebling." Er küsste sie flüchtig und war zur Tür hinaus. Bea sah ihm nach. In ihren Augen lag Stolz. Sie bereute es keine Sekunde, damals aus Langeweile diesen einen Brief geschrieben zu haben. Manchmal hat man Glück. Manchmal findet man sogar etwas.

Auf dem Tisch lag das Buch. „Dantes" Buch. Beas Blick blieb daran hängen. Sie griff danach, schlug es auf. Das Lesezeichen steckte weit hinten. Mal sehen, dachte sie. Was da so drin steht. Was er erzählt hatte, klang spannend. Aber auch ein bisschen verrückt. Sie begann zu lesen. Langsam. Jede Zeile zweimal. Manchmal dreimal. Es war nicht leicht. Aber irgendetwas darin zog sie weiter.

Ich spürte die Veränderung, noch bevor ich sie sah. Nicht wie Wind. Nicht wie Hitze. Es war, als hätte mir jemand eine neue Haut geschenkt. Eine, die hören konnte, was nie gesprochen wurde. Eine, die sehen konnte, was nicht aus Licht bestand. „Öffne dein Herz", sagte Beatrice leise. Ihre Stimme war nicht mehr aus Klang gemacht. Sie war ein Gedanke in meinem Innern. Warm. Lichtdurchzogen. Ewig.

Vor uns spannte sich ein Himmel auf, der kein Himmel war. Kein Firmament, keine Wolken. Nur Licht. Unermesslich. Nicht grell, nicht brennend – sondern voll von einer inneren Ruhe. Wie die Stille in einer Bibliothek, bevor ein Kind zu lesen beginnt. Goldenes Licht, das sich nicht auf Dinge legte, sondern durch sie hindurchging. Und aus diesem Licht – nein, in diesem Licht – tanzten Kreise. Kreise aus Seelen. Sie waren wie Sonnen. Und doch waren sie nicht das Licht. Sie sangen. Nicht mit Stimmen, sondern mit Erkenntnis. Ich konnte es hören. Fühlen. Ein Gesang, der aus Formeln bestand, aus Fragen und Antworten, aus Zweifeln und Lösungen. Ein Lied aus Gedanken.

„Das ist der Himmel der Sonne", sagte Beatrice. „Hier wohnt die Weisheit der Seligen." „Sie tanzen?" fragte ich. Sie nickte. „Nicht aus Freude allein, sondern aus Verstehen. Erkenntnis ist Bewegung. Wer begreift, bleibt nicht stehen." Die Kreise kamen näher. Kein Wind, kein Geräusch. Nur Annäherung. Wie Gedanken, die sich langsam klären. Ein Licht hob sich ab, kam auf mich zu. In ihm: ein Antlitz. Weise. Nicht alt. Nicht jung. Zeitlos.

„Du bist Dante", sprach es. Und obwohl sein Mund sich nicht bewegte, hörte ich jedes Wort. „Ich war

Thomas von Aquin. In meinem Leben suchte ich Worte für das Unsagbare. Doch hier genügt ein einziger Ton, um das Herz zu öffnen." Ich wollte sprechen. Doch mein Mund war trocken. Meine Gedanken zerfielen, ehe ich sie formen konnte. „Du suchst Weisheit", sagte er. „Aber Weisheit ist kein Besitz. Sie ist eine Richtung." „Warum tanzt ihr im Kreis?" „Weil jedes Wissen um sich selbst kreist, bis es sich in Liebe auflöst." „Liebe?" „Die höchste Form der Erkenntnis ist Hingabe. Nicht Kontrolle. Wer wirklich weiß, liebt das, was er erkannt hat." Er schwebte zurück, löste sich auf im Licht.

Ein zweites Licht trat näher. Wärmer. Weicher. „Ich bin Bonaventura. In der Welt war ich ein Mann der Kirche. Doch hier bin ich ein Fragment im Spiegel Gottes." „Was habt ihr erkannt?" fragte ich. „Dass jedes Wissen ein Teilstück ist. Dass wir nur als Ganzes verstehen." „Ihr alle zusammen?" Er lächelte. „Wie die Saiten einer Harfe. Getrennt sind wir nur Klang. Gemeinsam: Musik."

Ich drehte mich zu Beatrice. Sie sah mich nicht an. Ihr Blick ging nach innen. Oder in eine Ferne, die mir noch verborgen war. „Warum zeigt ihr mir das?" „Weil du suchst. Weil du zweifelst. Weil du glaubst, du seist allein mit deinen Fragen." Die Kreise der Seelen begannen, sich schneller zu drehen. Doch es war keine Unruhe. Es war ein Tanz. „Siehst du, Dante", sagte Beatrice, „die Weisheit der Welt ist niemals still. Sie bewegt sich, weil Gott sich bewegt." „Aber Gott ist doch das Unbewegte?" Sie legte den Kopf leicht schräg. „Gott ist das Ziel. Aber jede

Erkenntnis ist ein Schritt. Der Tanz ist der Weg. Und jeder Gedanke ist ein Schritt näher." Ich trat einen Schritt vor. Das Licht wurde heller. Ich sah Namen – geschrieben aus Licht: Albertus Magnus. Isidor. Beda. Petrus Lombardus. Und in mir öffnete sich ein Raum, von dem ich nicht wusste, dass ich ihn hatte. Ein Ort, in dem Worte keine Grenze mehr waren. Nur Brücken. Nur Wege. Beatrice legte ihre Hand auf meine Schulter. „Jetzt weißt du, was es heißt, zu erkennen." Ich nickte. Und in mir sang es leise.

„Dante" kam abgehetzt am Tor an. Aber gerade noch rechtzeitig. Der Wärter nickte ihm freundlich zu. „Dante" erwiderte das Nicken und trat ein. Da kam die Stimme. „Auf ein Wort. Kurz, bitte." „Dante" erstarrte. Er kannte die Stimme. Nicht den Namen. Nur den Klang. Diese falsche Freundlichkeit. Diese Höflichkeit, die keinen Ausweg lässt. Langsam drehte er sich um. Und da war er. Der Pfarrer. Nicht irgendeiner. Der Pfarrer aus seinem alten Knast.

„Was wollen Sie?" fragte „Dante". „Bitte schnell. Die Jungs warten. Das geht alles von ihrer Zeit ab." Der Pfarrer lächelte. Ruhig. Langsam. Zu langsam. „Es geht doch gerade um die Jungen. Gewiss, ein gesunder Geist wohnt in einem gesunden Körper. Aber…" „Dante" ließ den Blick kurz über den mächtigen Bauch des Geistlichen gleiten. Dann sah er ihm wieder in die Augen. Der Pfarrer sprach weiter. „Es kann doch nicht gut sein, wenn die Jungen so viel Sport treiben. Wenn das auf Kosten der geistigen Erziehung geht. Für die Resozialisierung ist doch der innere Aufbau wichtiger." „Dante" schwieg einen Moment. Dann sagte er leise: „Sie sind so unwissend." Er drehte sich um. Und ging. Schnellen Schrittes. Seine Jungs warteten.

Auf dem Platz standen sie schon. Zwei dribbelten sich warm. Einer saß auf dem Ball. Alle schauten auf, als „Dante" kam. „Tut mir leid, Jungs", sagte er. „Der Pfarrer hat mich aufgehalten." Ein paar verdrehten die Augen. Einer grinste. „Der Typ ist einfach nur nervig." „Dante" sah ihn an. Dann sprach er ruhig. „Ich versteh das. Ehrlich. Ich glaub auch, dass er sich selbst ein bisschen zu wichtig nimmt. Aber..." Er machte eine Pause. Sah nun alle an. „Aber manches, was er sagt, hat Gewicht. Nicht nur wegen seiner Figur." Die Jungs lachten. Einer prustete los. „Gewicht – sehr passend!" Auch „Dante" musste lachen. Dann hob er die Hand. „Okay, das war ein gutes Wortspiel, ja. Aber im Ernst – wenn ihr euch wirklich ändern wollt, dann hört genau hin. Nicht alles, aber manches hat Tiefe. Mehr als man denkt." Sie nickten. Ein bisschen ruhiger jetzt. „Und jetzt los. Heute kein Drill. Keine Übungen. Wir spielen einfach nur. Fußball. Spaß." Ein Juchzen. Einer warf die Jacke weg. Der Ball flog. Der Nachmittag konnte beginnen.

„Dante" schloss leise die Tür. Er hatte nicht erwartet, dass sie noch da war. „Wolltest du nicht...?" Bea sah ihn nur an. Ein Blick. Dann sagte sie: „Ich wollte." Sie richtet sich auf, zog ihn zu sich herab. „Dante" spürte ihren Körper. Warm. Nackt. Noch immer? Er hatte keine Worte dafür. Bea küsste ihn. Lang. Tief. Und für einen Moment vergaß „Dante" alles. Den Pfarrer. Die Jungs. Den Tag. Sich selbst.

Sie lagen nebeneinander. Arm in Arm. Still. Zufrieden. Dann sagte „Dante": „Du... also... ich..." Bea drehte leicht den Kopf. „Klingt, als würdest du gleich ein Geständnis ablegen." „Dante" schüttelte den Kopf. „Nein. Also... nichts Schlimmes." „Dann sag's." „Mich bedrückt nichts." „Wieso stotterst du dann so rum?" Er seufzte. „Weil's vielleicht nicht der richtige Moment ist." „Du meinst: zu schön, um ernst zu sein?" Er schwieg kurz. Dann: „Ich denk schon länger drüber nach. Nicht erst seit eben." Bea hob die Augenbrauen. „Worüber denn, verdammt? Jetzt mach's nicht spannend." Er setzte sich etwas auf. Sah sie an. Die Stirn ernst. „Ich möchte... dass wir heiraten." Bea riss die Augen auf. Dann sprang sie aus dem Bett. „Dante" zuckte zusammen. Sein Herz rutschte ihm in die Knie. Und obwohl ihr Körper wunderschön war, nackt, offen, sah er nur ihren Blick. Ihre Bewegung. Ihre Reaktion. „Okay... okay", sagte er schnell. „Vergiss es. War nur so ein Gedanke."

„Nein", sagte Bea. „Ich vergesse das nicht." „Dante" runzelte die Stirn. Verwirrt. „Wieso sollte ich so etwas Schönes vergessen?" Er hob die Augenbraue. Wie so oft, wenn er nicht weiter wusste. Sollte das heißen... War das gerade... Bea stemmte die Hände in die Hüften. Wieder mal. „Was?" fragte sie. „Hast du gerade Ja gesagt?" fragte „Dante". Jetzt laut. Nicht nur im Kopf. Bea grinste. „Wenn das ein Antrag war – und nicht bloß ein Gedanke – dann hab ich Ja geschrien." Die Anspannung fiel von ihm ab. Mit einem Mal. Als hätte jemand einen Knoten gelöst. Und jetzt erst sah er es. Bea. So schön, dass ihm der Atem stockte. So sinnlich, dass alles andere verblasste. Er zog sie zu sich. Und in dieser Nacht fanden sie wenig Schlaf.

23

„Dante" war unterwegs. Wie jeden Dienstag. Jugendknast. Training mit „seinen Jungs", wie er immer sagte. Bea war stolz auf ihn. Und verwundert. Vormittags stand er als Hilfsarbeiter auf der Baustelle. Danach lernte er in der Werkstatt den Umgang mit Holz. Abends dann Fußballtraining hinter Gittern. Und nächste Woche würde er anfangen, im alten Knast zu lesen. Aus dem Buch, das alles verändert hatte. Diskussionsrunden mit Gefangenen. Ein Vollzeitleben ohne Pause. Und trotzdem hatte er Zeit für sie. Bea fragte sich oft, wann er eigentlich schlief. Was sie nicht wusste – oder nicht ganz glauben konnte – war, dass genau das seine Auszeit war. Die Jungs. Der Ball. Die Gespräche mit Menschen, die ihn kannten, wie er war. Für andere war das Arbeit. Für ihn war es Luft zum Atmen. Und so dringend, wie sie ihn brauchte – so dringend brauchte er all das.

Eigentlich wollte Bea nach Hause. Aber jetzt sitzt sie doch wieder in „Dantes" Wohnung. Nicht, weil es hier so schön ist. Wenn er nicht da ist, wirkt alles ein bisschen leer. Aber zu Hause ist es schlimmer. Hier spürt sie ihn wenigstens. Seinen Geruch. Seine Ordnung. Die Jacke über dem Stuhl. Und das hilft gerade. Auf Arbeit gibt es Ärger. Ein Kollege – wobei das Wort zu freundlich ist – macht ihr das Leben schwer. Er hat herausgefunden, dass „Dante" im Gefängnis war. Dass er früher Scheiße gebaut hat. Dass er unschuldig saß, interessiert ihn nicht. Dass „Dante" sich ändert, bemüht, kämpft – interessiert ihn auch nicht. Er will Bea. Nicht lieben. Nur haben. Und weil sie „Dante" liebt, erzählt er Lügen. Jetzt tuscheln sie alle. Manche weichen ihr aus. Manche lächeln falsch. Es fängt an, weh zu tun. Aber hier, in „Dantes" Wohnung, ist es ein bisschen leichter. Warum, weiß sie nicht. Vielleicht, weil er irgendwie da ist, auch wenn er fehlt.

Bea wusste, dass das Buch etwas mit seiner Veränderung zu tun hatte. Dass es ihm geholfen hatte, klarer zu sehen. Was sie sich nicht eingestand: Dass auch sie etwas in ihm bewegt hatte. Vielleicht mehr, als jede Zeile auf Papier. Aber jetzt war sie einfach neugierig. Wie ging es weiter? Neulich hatte sie schon ein Stück gelesen. Nur ein paar Seiten. Jetzt lag das Buch wieder da. Sie streckte die Hand aus, ganz vorsichtig. Sie achtete darauf, das Lesezeichen nicht zu verrücken. Es lag genau an der Stelle, an der „Dante" zuletzt gewesen war. Sie hielt den Atem an. Schlug auf. Und begann zu lesen.

Es war ein Licht, das nicht blendete, sondern durchdrang. Rot wie glühendes Eisen, aber ohne Hitze. Der Himmel des Mars – eine Flamme ohne Flammen, ein Brand im Geist. Ich stand nicht mehr. Ich schwebte, getragen von Musik, die wie von innen kam. Kein Laut, sondern ein Erzittern der Seele. Um mich herum: Dunkel, das nicht leer war. Es war Erwartung, wie das Atemanhalten der Schöpfung. Dann brach das Kreuz hervor. Nicht gebaut, nicht erschaffen, sondern erstanden – wie eine göttliche Antwort auf eine Frage, die ich nie zu stellen gewagt hätte. Ein Kreuz aus Seelen, aus Lichtern. Jede Bewegung war Gesang. Jede Linie war Wille.

„Sieh", sagte Beatrice. Ihre Stimme klang nicht mehr wie Stimme, sondern wie Erkenntnis selbst. „Dies ist der Mars. Hier wohnen die Gerechten, die ihr Blut gaben im Namen des Glaubens. Nicht aus Fanatismus. Nicht aus Wut. Sondern weil ihnen das Ewige näher war als das Eigene." Ich versuchte zu sprechen, doch meine Zunge war schwer. Schließlich brachte ich hervor: „Beatrice... ist das... ihr?" Sie nickte nur, und in ihrem Blick war Stolz. Kein menschlicher Stolz, sondern einer, der die eigene Person längst vergessen hat.

Dann löste sich ein Licht aus dem Kreuz. Es glitt wie ein Komet durch den roten Äther. Und wurde klarer, fester – bis es Gesicht annahm. Ein Gesicht, das mir vertraut war und doch aus der Ferne rief. „Dante." Nur mein Name. Aber gesprochen wie ein Gebet. Ich erkannte ihn. Cacciaguida. Mein Ahn. Mein Blut. Er trug Rüstung aus Licht und sprach in Sätzen, die nicht klangen, sondern in mir erwachten. „Du bist gekommen. Und du wirst zurückkehren."

„Wohin?" fragte ich. „Dorthin, wo dein Wort gebraucht wird." Er zeigte auf mich – nein, durch mich hindurch. „Was ich hier erfahren habe", sagte ich, „wie kann ich es weitergeben? Es ist zu groß." Er trat näher. Berührte mich nicht – doch ich spürte es. „Dein Schmerz wird dein Werkzeug sein. Dein Zorn dein Schwert. Aber es wird der Glaube sein, der dich *führt." Ich wollte weinen. Aber Tränen gehörten nicht hierher. Nur Licht. Und Stille. Und das Wissen, dass alles, was ich einst für Stärke hielt, nur Vorbereitung war auf diese Begegnung. Dann schwieg er. Und mit ihm das Kreuz. Nur Beatrice sprach noch, ganz leise: „Halte stand, Geliebter. Denn noch ist der Weg nicht zu Ende."*

Bea klappte das Buch zu. Langsam. Fast ehr-fürchtig. Das Kapitel war noch nicht zu Ende. Aber sie konnte nicht weiterlesen. Noch nicht. Wie beim letzten Mal achtete sie peinlich genau darauf, dass das Lesezeichen an seinem Platz blieb. Es durfte nichts verrutschen. Nicht jetzt. In ihren Augen standen Tränen. Wegen dem, was sie gelesen hatte – diese Welt, die sie nur ahnte, aber nun ein wenig verstand. Und wegen allem, was draußen war. Auf der Arbeit. In den Gesichtern, die früher gelächelt hatten. Jetzt flüsterten sie. Und sahen weg. Bea wischte sich die Tränen aus dem Gesicht. Schnell. Entschlossen. Hier war nicht der Ort zum Weinen. Hier war der Ort, wo sie atmen konnte. Der Ort, an dem sie sich sicher fühlte. Dann hörte sie Schritte im Flur. Die Tür öffnete sich.

„Dante" trat zur Tür herein, sah Bea auf dem Sofa, mit dem Buch auf dem Schoß. Er beugte sich runter, wollte sie küssen – – stoppte. „Hey… du hast geweint?" Sein Blick wurde ernst. „Warum? Hab ich was falsch gemacht?" Bea schüttelte den Kopf. „Nein." „Ich seh's doch", sagte er. „Du hast ge-weint." „Ja", flüsterte sie. „Aber nein. Du hast nichts falsch gemacht." Er ließ sich nicht abspeisen. „Was ist los?" „Ich will nicht darüber sprechen." Da stellte er sich hin. Stemmt die Fäuste in die Hüften. „Ich sehe, dass etwas mit dir ist, also sag mir sofort, was." Er sagte es mit gespielter Strenge. Bea lachte. Konnte nicht anders. Genau das war es. Deshalb liebte sie ihn. Egal wie beschissen alles gerade war – er brachte sie zum Lachen. „So sieht das also aus", sagte sie grinsend. „Jupp", erwiderte „Dante". Dann wurde er wieder weich. „Aber jetzt mal im Ernst – was ist los, mein Liebes?"

Bea holte tief Luft. Dann erzählte sie alles. Von der Arbeit. Von diesem Kerl. Von dem, was er über „Dante" sagte. Und von dem, was er über sie schwieg. „Dante" saß still. Er hörte zu. Ohne ein Wort. Seine Hände lagen ruhig auf den Oberschenkeln. Aber sein Kiefer war angespannt. Es fiel ihm schwer, nichts zu sagen. Kein „Ich rede mit ihm." Kein „Ich ruf da morgen an." Nicht mal ein Fluch. Denn das war jetzt nicht das, was Bea brauchte. Sie brauchte kein Urteil. Keine Lösung. Nur ein Ohr. Und eine Schulter. „Dante" setzte sich neben sie. Zog sie in den Arm. Sie lehnte den Kopf an seine Brust. Sag nichts, dachte sie. Und er tat es nicht. Nur sein Atem. Und seine Nähe. Mehr musste es gerade nicht sein.

Ein paar Tage später. „Dante" hatte sich freigenommen. Zumindest den Nachmittag. Er wollte Bea überraschen. Ein Eis, ein bisschen Sonne, ein paar Minuten nur für sie. Er wartete vor dem Bürogebäude. Noch 15 Minuten bis sie rauskam. Da sah er ihn. Den Kerl. Das Schwein. „Dante" wusste nicht warum. Es war einfach da. Ein Zwang. Bevor er nachdenken konnte, ging er los. Fünf Schritte dahinter. Dann zehn. Der Typ bog in eine kleine Gasse ab. „Dante" folgte ihm. Als er nah genug war, packte er ihn am Kragen. Drückte ihn gegen die Wand. Mit dem Finger in der Jackentasche – so, dass es wie eine Waffe wirkte – presste er sich an ihn. „Noch ein Wort über Bea..." Seine Stimme war leise. Hart. „Noch ein Wort über mich..." Er roch den Schweiß. Sah die Panik. „Ich bekomme es mit. Immer. Und dann... gnade dir Gott." Der Mann nickte. Kein Ton. Nur Angst im Blick. „Dante" ließ los. Drehte sich um. Ging. Dass der feine Herr sich in die Hose gemacht hatte – das bemerkte er gar nicht.

Er kam gerade zurück vor das Bürogebäude, als Bea herauskam. Sie lächelte, lief auf ihn zu. „Hey! Was für eine schöne Überraschung!" „Dante" lächelte zurück. Aber nur mit dem Mund. Etwas in ihm war noch woanders. Bea merkte es sofort. Noch bevor sie fragen konnte, hob er die Hand. „Ich... muss dir was gestehen." Sie hielt inne. „Ich... hab was Dummes getan. Gerade eben." Er schluckte. Dann erzählte er es. Alles. Von der Gasse. Vom Griff. Vom Finger in der Tasche. Von der Wut. Und von der Scham. „Ich konnte nicht anders", sagte er. „Es ging einfach los. Ich hab's nicht kontrolliert. Ich hab's getan, weil er dich verletzt. Aber... so will ich nicht mehr sein." Bea sah ihn an. Lange. Dann küsste sie ihn. Ein stiller Kuss. Ohne Eile. Ohne

Drama. „Das war nicht richtig", sagte sie. „Aber dass du's mir sagst – jetzt, gleich – und dich schämst... Das zeigt, dass du nicht mehr der bist, der du mal warst." Sie nahm seine Hand. „Und mal ehrlich: Wer hat nicht schon mal was Dummes getan? Vor allem aus Liebe."

Bea nahm „Dantes" Hand. „Komm", sagte sie. „Genug Drama für heute." Sie zog ihn mit sich. Richtung Eisdiele. „Ich will Erdbeer. Schoko. Und Vanille." Sie grinste. „Und während wir schlecken, erzählst du mir, wie's in diesem komischen Buch weitergeht." „Dante" sah sie an. „Ich hab nur ein halbes Kapitel gelesen", sagte sie. „Jetzt will ich wissen, wie's weitergeht."

Die Linien des Kreuzes lebten. Kein Stern blieb still, kein Licht stand fest – sie tanzten, sangen, flackerten in einer Ordnung, die mein Verstand nicht greifen konnte. Doch mein Herz – mein Herz verstand. Dies waren Seelen, die ihr Leben nicht verteidigt, sondern hingegeben hatten. Nicht aus Hass. Nicht für Ruhm. Sondern aus Liebe. „Siehst du, Dante?" Beatrices Stimme war ein Lichtstrahl zwischen all dem Rotgold. „Hier ist das Blut nicht Symbol. Es ist Erinnerung. An Mut. An Treue. An Hingabe."

Ein weiteres Licht löste sich aus dem Kreuz. Es war leiser als Cacciaguida. Zarter. Aber in seinem Blick war nichts Weiches. „Ich war ein Soldat", sagte die Seele, „aber meine Waffe war das Wort." Er schwebte näher, wie ein Gedanke, der sich zu einem

Menschen formt. „Man schnitt mir die Zunge ab. Aber mein Glaube sprach weiter – durch die, die hörten." „Wie konntest du das ertragen?" fragte ich. Meine Stimme zitterte. „Weil ich nicht allein war", sagte er. „Du bist auch nicht allein. Auch dann nicht, wenn du es glaubst." Ich wollte etwas erwidern, aber da kam das nächste Licht.

Eine Frau, leuchtend wie eine Morgensonne auf frischem Schnee. „Ich starb an einem Pfahl", sagte sie. „Nicht wegen meiner Schuld. Sondern weil ich nicht schwieg." „Und du hast keine Angst gehabt?" Sie lächelte. „Doch. Aber ich ging trotzdem. Heldentum beginnt nicht da, wo die Angst aufhört – sondern da, wo man sich ihr stellt.

Die Seelen kehrten zurück in das Kreuz, jede auf ihren Platz. Und als sie eins wurden, entstand aus ihrem Licht ein Wort. CREDO. Nicht gesprochen. Nicht geschrieben. Ein einziges, leuchtendes Bekenntnis im Kosmos. Ich sah zu Beatrice. Sie lächelte. „Es ist kein Schild, Dante. Es ist ein Feuer. Und es wird dich prüfen." Ich nickte. Zum ersten Mal, ohne zu zögern. „Ich bin bereit."

„Dante" ließ den Blick über die Gruppe schweifen. Alle da. Fast. „Wo ist Jens?" fragte er. Die Jungs zögerten kurz. Dann sagte einer: „Der Pfarrer hat ihn rausgenommen." „Wie – rausgenommen?" „Der meint, Jens hätte ihm 'nen Flachmann geklaut. Mit Schnaps." „Dante" runzelte die Stirn. „Schnaps?" Ein anderer nickte. „Ja. Hat gesagt, so lange er nicht gesteht und bereut macht Jens nicht mit beim Training." „Dante" sagte nichts. Noch nicht. Aber in ihm arbeitete es. Die Jungs hier – keine Engel. Manchmal reicht ein falscher Blick, und sie explodieren. Aber Jens? Schnaps? Nein. Nicht mit seiner Geschichte. Nicht bei dem, was er erlebt hat. Das passte nicht. Er glaubte es einfach nicht.

„Dante" blickte in die Runde. Dann zeigte er auf Luca. „Du übernimmst für die nächsten zwanzig Minuten. Okay?" Luca nickte sofort. Die anderen Jungs auch. Kein Murren. Kein Getuschel. Das Training war ihnen wichtig geworden. Wichtiger als Pause. Wichtiger als Unsinn. Sie wollten den Pokal. Aber fair. Keine Tricks. Keine Fouls. Nur Leistung. „Ich muss mit dem Pfarrer reden", sagte „Dante". Die Jungs schauten sich an. Sie wussten, warum. „Ich brauch jemanden, der kurz ein Auge auf sie hat", sagte er dann zu einem Wärter am Rand. Der Mann verzog das Gesicht. „Ich bin nicht für Sport zuständig." „Geht schnell", sagte „Dante". „Ich will dem Pfarrer den Kopf waschen." Der Wärter grinste. „Na dann – viel Erfolg. Ich schau auf die Jungs." „Dante" nickte. Dann machte er sich auf den Weg.

Der Pfarrer sah „Dante" schon von weitem. Ein Lächeln aufgesetzt. Die Stimme süßlich wie schaler Wein. „Ah, der Herr Trainer. Wie geht es Ihnen? Ich weiß schon, weshalb Sie kommen." Er breitete die Arme aus wie ein Kaufmann in der Kirchenbank. „Aber ich habe es Ihnen ja schon einmal gesagt: Diese Jungs… die ändern sich nicht durch ein bisschen Sport. Schnaps ist ihnen lieber." „Dante" blieb stehen. Sah ihn an. Ohne Mimik. Ohne Spiel. Dann sprach er. Scharf. Klar. Unverrückbar. „Sie armes Würstchen." Der Pfarrer blinzelte. „Sie haben ein Problem mit mir, das ist offensichtlich. Aber was Sie gerade tun, ist eine Schweinerei. Sie benutzen die Jungs, um mir eins auszuwischen. Und das ist nicht nur unchristlich – es ist armselig." Der Pfarrer öffnete den Mund, doch „Dante" ließ ihn nicht zu Wort kommen. „Sie sind zu kurzsichtig, um über die Wölbung Ihres Wanstes hinauszusehen. Hätten Sie Jens' Akte gelesen – wirklich gelesen – dann wüssten Sie, welchen Fehler Sie gemacht haben." Seine Stimme war jetzt leise. Aber messerscharf. „Jens ist hier, weil seine Eltern Alkoholiker sind. Weil sie alles versoffen haben. Weil sie ihn geschlagen haben. Und seine kleine Schwester gleich mit." Der Pfarrer wich einen Schritt zurück. „Jens hat gestohlen, ja. Um seiner Schwester etwas zu essen zu kaufen. Oder eine Puppe. Ein Stück Normalität. Er ist in die falschen Kreise geraten. Aber eines würde er niemals tun. Niemals." „Dante" trat näher. „Er würde keinen Schnaps klauen. Nicht für sich. Nicht für andere. Nicht bei dem, was er erlebt hat." Ein letzter Blick. Ohne Wut. Nur Enttäuschung. „Und jetzt bringen Sie das in Ordnung. Sonst lernen Sie mich noch von einer Seite kennen, die ich lange hinter mir lassen wollte." Dann drehte er sich um. Ließ den Pfarrer wortlos zurück. Kaum war er wieder auf dem Sportplatz, sah er Jens kommen. Joggend. Grinsend. „Danke, Dante!", rief er. „Dante" hob nur kurz die Hand. Mehr brauchte es nicht.

24

Ich weiß nicht, ob meine Augen noch sahen oder ob es mein Geist war, der mir das Licht brachte – aber ich war dort. Und dort war alles Weiß. Kein Weiß, wie wir es auf Erden kennen. Kein Schnee, kein Nebel, kein Marmor. Sondern ein Weiß, das atmete, pulsierte, sang. Es war Licht, das sich selbst sah, ohne zu blenden. Ich schwebte in dieser Leere – oder Fülle – und merkte, dass ich nicht mehr dachte wie ein Mensch. Ich spürte nicht Kälte oder Wärme. Ich spürte Gerechtigkeit. Und sie hatte kein Gesicht. „Beatrice …", flüsterte ich, ohne Lippen, ohne Stimme, „wo sind wir?" Ihre Antwort kam wie das Echo eines Sterns, nicht wie ein Laut: „Im Himmel Jupiters, Dante. Dort, wo die Seelen wohnen, die auf Erden mit Gerechtigkeit herrschten."

Noch während sie sprach, begannen Punkte im Licht aufzuleuchten – kleine, glühende Samen, die sich formten, bewegten, ordneten. Einer nach dem anderen. Ich erkannte: Es waren Seelen. Jede einzelne ein Wesen aus Licht. Doch sie standen nicht für sich. Sie kreisten umeinander, schwärmten aus, kamen zusammen – und plötzlich bildeten sie Buchstaben. Buchstaben. Worte. Worte aus Seelen. DILIGITE IUSTITIAM QUI IUDICATIS TERRAM – Liebet die Gerechtigkeit, ihr Richter der Erde. Ich verstand, ohne zu lesen. Denn jede Seele sprach in Licht. Und das Licht sprach direkt zu meinem Inneren.

„Sieh genau hin", sagte Beatrice. „Sie formen eine Schrift. Nicht für das Auge. Für den Geist." Ich blickte *hin. Und als ich dachte, mehr könne nicht geschehen – veränderten sie sich erneut. Die Seelen lösten sich aus den Worten, flogen wie Schwalben durch das Himmelslicht, und formten dann … einen Adler. Nicht einen Adler wie auf Wappen. Nein. Dieser Adler war lebendig. Riesig. Majestätisch. Und zugleich durchscheinend. Er bestand aus Tausenden von Seelen, die sich freiwillig diesem einen Wesen unterordneten – als wären sie Organe eines Körpers, Federn eines Flügels, Gedanken eines Geistes. Ich fühlte mich klein. Nein – gerecht beurteilt. Denn was sich mir offenbarte, war ein Wesen, das mich durchschaute bis zum innersten Winkel meiner Seele. Und es sprach. Nicht mit einem Schnabel. Nicht mit Laut. Sondern mit der Macht seiner Form.*

„Dante, Sohn von Florenz. Warum staunst du?“ Ich zitterte. Und antwortete, obwohl ich nicht wusste wie: „Weil ich glaube zu sehen, was ich nicht sehen darf.“ „Du siehst nicht mit deinen Augen. Du siehst mit deiner Würde. Und deine Würde ist gewachsen.“ Ich wollte fragen. Tausend Fragen. Aber es war nicht der Ort für Fragen. Nicht jetzt. Noch nicht. Beatrice trat näher, ihre Gestalt noch strahlender als das Licht um sie. „Die Seelen, die hier wohnen“, sagte sie, „waren auf Erden Herrscher. Könige. Fürsten. Doch sie suchten nicht Ruhm, nicht Macht. Sondern Gerechtigkeit. Deshalb wohnen sie nun gemeinsam im Adler – dem Sinnbild göttlicher Ordnung.“ „Wer sind sie?“, fragte ich leise. Die Antwort kam von innen – vom Adler selbst.

„David, König von Israel. Trajan, der heidnische Kaiser. Konstantin. Wilhelm von Nassau. Und viele mehr, deren Namen du vergessen würdest – doch deren Taten im Himmel nicht verblassen." Ich schwieg. Dann fragte ich: „Wie kann ein Heide wie Trajan hier sein?" Ein anderer Teil des Adlers leuchtete auf. Eine andere Stimme – oder war es dieselbe? „Gerechtigkeit fragt nicht nach dem Namen deiner Religion. Sie fragt nach dem Maß deines Herzens. Er wurde durch Gnade erhoben – so wie du durch Gnade hierherblicken darfst." Ich wollte niederknien, doch mein Körper war nur Gedanke. Also neigte ich mein Wesen – so tief ich konnte. Beatrice lächelte. Doch es war kein menschliches Lächeln. Es war ein Leuchten aus der Wahrheit selbst. „Du wirst noch mehr sehen, Dante. Du wirst noch lernen. Doch erinnere dich: Wahre Gerechtigkeit ist keine Rechenschaft. Sie ist das Licht, das in den Schatten sieht."

„Dante" klappte das Buch zu. Vorsichtig. Aber mit Nachdruck. Dann sah er auf. Von seinem Podium aus blickte er in die Runde. Ein paar Gesichter kannte er. Alte Gesichter. Männer, mit denen er früher im selben Trakt gesessen hatte. Andere sahen ihn verwundert an. Fragend. Manche sogar leicht irritiert. Mit einer Lesung aus Dantes Göttlicher Komödie hatte wohl keiner gerechnet. Nicht hier. Nicht heute. Er ließ den Blick wandern. Schweigend. Dann holte er Luft.

„Dante" lächelte. Leicht. Fast amüsiert. Dann sagte er, in einem Ton, bei dem selbst der Letzte im

Raum merkte, dass er es nicht böse meinte: „Was habt ihr erwartet? Schneewittchen?" Ein paar lachten. Unsicher. Einer schüttelte den Kopf. „Ihr habt mich doch so genannt. Dante. Damals, im Trakt. Na, da ist es doch nur recht, dass ich euch jetzt was vom echten Dante vorlese." Er grinste. Kurz. Dann war es wieder still.

„Dante" schaute in die Runde. Sein Blick war offen. Wach. Nicht prüfend – eher suchend. Dann sagte er ruhig: „Ich weiß, das war kein leichter Text. Aber nicht wegen dem Inhalt. Der ist eigentlich ziemlich klar." Er zuckte leicht mit den Schultern. „Schwer ist er, weil er halt … naja, komisch geschrieben ist. Mittelalter eben. Der echte Dante hat halt noch anders geredet als wir." Ein paar nickten. Einer grinste. „Okay", sagte „Dante" dann und sah wieder in die Runde, „wer hat verstanden, worum's grad ging? Kann das mal einer in einfachen Worten sagen? So, dass ein Kollege draußen im Hof's auch schnallt?" Er wartete. Ohne Druck. Ohne Erwartungen. Einfach offen.

Ein paar Sekunden lang blieb es still. Dann hob einer die Hand. Großer Kerl. Rasierter Schädel. Drei Tränen unter dem Auge. „Yo, Bruder", sagte er, „ich probier's mal." Er stand nicht auf, lehnte nur den Rücken gegen die Wand. Redete laut genug, dass alle's hörten. „Also, ich glaub, der Text sagt so was wie: Wenn du Macht hast, dann nutz sie richtig. Sei kein Bastard, nur weil du kannst. Die oben im Himmel – das sind die, die's gecheckt haben. Die haben durchgezogen, aber fair. Gerecht halt." Ein paar

nickten. Einer murmelte: „Klingt nach Wunschden-
ken." Der Kerl zuckte mit den Schultern. „Mag sein.
Aber darum geht's, oder nicht, Dante?" „Dante"
sagte nichts. Aber er lächelte.

Nachdem sich das Gemurmel gelegt hatte, trat
„Dante" einen Schritt nach vorn. „Kann man so sagen", meinte er und nickte dem Kerl mit den Tränen
unter dem Auge zu. „Mal auf die Schnelle. Guter
Anfang." Dann ließ er den Blick erneut durch den
Raum wandern. „Und jetzt ihr. Redet drüber. Haut
raus, was euch dazu einfällt. Gibt kein Falsch oder
Richtig. Gibt nur Denken oder Nichtdenken." Einen
Moment lang tat sich nichts. Dann räusperte sich
jemand. „Also ich sag mal so …" Der Sprecher war
dünn, drahtig, hatte die Arme voller Tattoos. „Das
mit der Gerechtigkeit klingt schön. Aber wer ent-
scheidet denn, was gerecht ist? Der Staat? Der
Richter? Der Gott von dem Buch?" Ein anderer
schnaubte. „Gerechtigkeit, Bruder? Die hab ich das
letzte Mal gesehen, als ich zwölf war und meine
Oma mir den Arsch gerettet hat vorm Jugendamt."
Lachen. Kurz. Bitter. „Ey, aber Moment", mischte
sich jemand von hinten ein. „Der Dante da oben
meint doch was anderes. Nicht Gerichtssaal und
Paragraphen. Ich glaub, der redet von … weiß nicht
… innerer Gerechtigkeit. So von wegen: Was du
tust, zieht Kreise. Karma und so, weißt du?"
„Karma?" Ein junger Typ mit Basecap schüttelte
den Kopf. „Ich hab Karma auf'm Arm tätowiert, und
trotzdem sitzen meine zwei Brüder wegen nix ein.
Wenn das Gerechtigkeit ist, dann fick ich drauf."

Unruhe. Stimmen. „Ey, aber vielleicht", warf der erste wieder ein, „vielleicht geht's ja nicht drum, dass du kriegst, was du verdienst. Sondern drum, dass du gibst, was du kannst. Ich mein ... vielleicht ist das schon gerecht. Wenn du das Beste gibst. Auch wenn's keiner sieht." Jetzt wurde es stiller. „Dante" sagte nichts. Beobachtete nur. Der Typ mit den Tränen sprach leiser, fast nachdenklich: „Und wenn man scheiße gebaut hat? Und's weiß? Aber zurück kannste halt nicht mehr?" Einer in der ersten Reihe antwortete. „Dann bleibst du eben stehen. Und gibst zu. Vielleicht ist das dann Gerechtigkeit." „Und wenn dich keiner hört?" Der Tätowierte grinste schief. „Dann schreist du halt. Oder schreibst. Oder wartest. Irgendwer hört dich schon. Irgendwann." Ein Seufzen ging durch den Raum. Keine Erleuchtung. Kein Frieden. Aber Bewegung. „Dante" trat ans Rednerpult zurück. Legte die Hand auf das geschlossene Buch. „Ihr redet grad besser über den Text als viele da draußen, die Bücherregale voller Philosophie haben." Ein kurzer Moment des Stolzes flackerte durch den Raum. Nur für einen Atemzug. Aber er war echt.

Die Stühle wurden zurückgeschoben. Einer hustete. Ein anderer sagte noch was zu seinem Nachbarn. Dann war es vorbei. Die Lesung. Die Diskussion. Alles war gesagt. „Dante" spürte, wie sich etwas in ihm löste. Eine kleine Spannung, die er gar nicht richtig bemerkt hatte. Es hatte funktioniert. Ein paar von den Jungs hatten nach der Runde zu ihm genickt. Manche leise, manche deutlich. Einer klopfte ihm auf die Schulter. Er würde wiederkommen. Ganz sicher. Und nicht allein. „Dante" schnappte sich einen von früher. Einer aus seinem alten Trakt. Die Tattoos kannte "Dante" noch. „Sag mal", fragte er, „was ist eigentlich aus Leo geworden? Und Pantherchen? Und Isegrimm?" Der andere verzog das Gesicht. „Weg. Alle drei. Nach der Nummer mit der kleinen Wärterin. Als sie Isegrimm drauf angesetzt haben. Dich reinzureiten." „Dante" schwieg. Zack, verlegt. Andere Anstalten. Seitdem is's ruhiger bei uns." Ein Nicken. Dann Stille. Aber eine Frage brannte noch. „Und Mehmet?" Der andere zögerte. „Warum war der heut nicht da?" Ein kurzer Blick. Dann der Satz. Leise. „Vor 'ner Woche. Früh. Haben ihn gefunden. Zelle. Laken um den Hals." Keine Reaktion. Kein Laut. Dann sackte „Dante" in sich zusammen. Einfach so. Als hätte man ihm die Luft abgeschnitten. Der andere fing ihn nicht auf. Niemand tat das. Es war zu plötzlich. Zu schwer. Zu echt. „Dante" kniete. Nicht aus Ehrfurcht. Nicht aus Gebet. Aus Schmerz.

25

Der Tod von Mehmet hat „Dante" aus der Bahn geworfen. Bea hat vieles versucht. Aber sie kommt nicht mehr an ihn heran. Er geht zur Arbeit. Zur Lehre. Trainiert die Jungs. Auch eine Lesung in seinem alten Knast hat er gehalten. Doch er tut es nicht mehr aus freien Stücken. Nicht mit dieser Freude, die ihn sonst getragen hat. Diese kindliche Freude, wie beim Spielen. Jetzt ist da nur noch Pflichtgefühl. Nachts hört sie ihn weinen. Leise, aber nicht leise genug. Es bricht ihr das Herz.

Dann hat Bea von diesem Kloster gelesen. Ein Ort, an dem man Seminare anbietet. Oder sollte man das überhaupt so nennen? Es geht eher darum, in völliger Stille wieder zu sich selbst zu finden. Sie hat „Dante" dort angemeldet. Vorher hat sie mit seinem Chef gesprochen. Der ist genauso besorgt wie sie. Er hat zugestimmt. Zwei Wochen frei. Kein Problem. Bea war auch im Jugend-Knast. Hat mit der Leitung gesprochen. Und durfte sogar mit einem der Jungs reden. Auch die haben es gemerkt. Dass sich „Dante" verändert hat. Sie finden es nicht toll, dass zwei Trainings ausfallen. Aber sie verstehen es. Und sie machen mit. Jetzt sitzt „Dante" neben ihr. Auf dem Beifahrersitz. Und liest in dem Buch. Bea schaut nicht zu ihm hinüber. Aber sie hofft. Dass auch dieses Buch helfen kann, ihn zurückzuholen.

Ich sah nichts. Keine Kugel. Kein Glanz. Nur Stille. Nicht jene Stille, die der Nacht gehört. Sondern die Stille nach allem, wenn selbst das letzte Wort gesprochen, das letzte Lied verklungen ist. Eine Stille, die sich nicht auferlegt, sondern geboren wird. Dann – langsam – kam Bewegung in das Schweigen. Es war Licht. Kein Licht, das Schatten warf. Auch keines, das blendete. Dieses Licht hatte keine Richtung. Es war überall. Und in mir. „Wo sind wir?", flüsterte ich. „Im Himmel des Saturn", sagte Beatrice. Ihre Stimme klang wie das Glitzern von Eis im Sonnenaufgang. „Hier wohnen die Seelen, die auf Erden verzichtet haben. Nicht aus Zwang. Aus Sehnsucht."

Ich drehte mich um, wollte sie ansehen. Doch sie war kaum mehr Gestalt. „Du leuchtest heller als zuvor." „Je weiter wir steigen, desto mehr verlieren wir, was ihr Form nennt. Und desto mehr gewinnen wir, was ihr Wahrheit nennt." Ich sah hinauf – oder war es hinab? Ein goldener Stab zog sich durch das Licht. Wie eine Jakobsleiter. Aber nicht aus Holz. Sondern aus reiner Erkenntnis. Und dann – wie aus dem Nichts – erschien eine Flamme. Keine Flamme, die brennt. Eine Flamme, die denkt. „O Bruder", sagte sie, und ihre Stimme kam nicht aus dem Raum, sondern direkt in mich hinein. „Was suchst du in dieser Höhe?" Ich wusste nicht, ob ich antworten durfte. Ich sah zu Beatrice. Sie nickte kaum merklich. „Ich suche das Verständnis. Die Ordnung. Das Maß."

„Dann hör mich an", sprach die Flamme. Sie begann sich zu drehen – nicht wie Wind, sondern wie

Wille. „Ich war Petrus Damiani. Ich lebte in der As-
kese. In der Höhle. Im Gebet. Der Lärm der Welt war
mir Bitterkeit. Nur das Schweigen war süß." „War es
schwer?", fragte ich. Ein leises Knistern – wie von
trockenem Laub unter Wasser – war seine Antwort.
„Ja. Alles, was einen Wert hat, ist schwer. Doch
sieh: Nun ist es leicht." Weitere Flammen stiegen die
leuchtende Leiter empor. Jede wie ein Gedanke, der
sich befreit. „Warum sprechen sie nicht?", fragte ich.
„Weil das Schweigen ihre Sprache ist", sagte
Beatrice. „Und du wirst verstehen, wenn du es
wagst, still zu bleiben."

Ich versuchte zu lauschen – doch es war kein Ton.
Nur die Ahnung eines Gedankens, der mir fremd und
doch vertraut war. Dann – plötzlich – donnerte eine
Stimme durch den Raum. Kein Schrei, kein Zorn.
Eher ein Riss in der Ewigkeit. „Was ist aus euch geworden?" Die Leiter erbebte. Die Flammen standen
still. Ich fühlte mich kleiner als je zuvor. Die Stimme
sprach weiter – ruhig, aber wie ein Richter: „Ich bin
Benedikt. Ich bin der, der Ordnung gab, wo Unord-
nung war. Ich stieg die Leiter des Geistes. Und was
habt ihr daraus gemacht? Pracht. Macht. Prunk. Das
ist nicht Gott. Das ist Gold." Ich zitterte. Nicht vor
Angst. Sondern vor der Erkenntnis, dass er recht
hatte. „Der wahre Aufstieg", sagte Benedikt, „geschieht im Verzicht. Nicht im Besitz." Beatrice legte
eine Hand – aus Licht – auf meine Schulter. „Dein
Weg führt weiter. Doch vergiss nicht, was du hier gesehen hast. Die höchste Stille spricht lauter als das
lauteste Wort." Ich sah noch einmal auf die

Flammen. Eine von ihnen blickte – wenn man es so
nennen kann – direkt in mich hinein. Und ich wusste:
Ich werde diesen Blick nicht vergessen.

Seit einer Woche ist „Dante" im Kloster. Er hat
kein einziges Wort gesprochen. Jeden Tag folgt dem
gleichen Rhythmus. Morgens steht er auf, mit dem
ersten Hahnenschrei. Er ist kein Christ. Aber er
nimmt am Gebet teil. Dann Frühstück. Als Gast
dürfte er in den Nebenraum. Dort sitzen die anderen. Männer in Anzügen, die sie gegen Jogginho-
sen getauscht haben. Die reden nicht, aber sie
strahlen Unruhe aus. „Dante" sieht ihre Blicke. Ihre
Uhren. Ihre Körper, die nicht wissen, wie man still-
sitzt. Sie sind hier, um zwei Wochen lang Kraft zu
tanken. Und dann weiterzujagen. Warum nur ver-
schwenden sie ihre Zeit? „Dante" frühstückt mit
den Mönchen. Ein Brei aus Getreide. Ein Becher
Wasser. Dann Meditation. Mittagessen. Wieder Meditation. Abendessen. Nachtgebet. Schlaf. Immer
derselbe Ablauf. Seine Zelle ist klein. Ein Bett, ein
Schrank, ein Stuhl, ein Tisch. Mehr nicht. Und
doch ist es anders als im Gefängnis. Er fragt sich,
warum man diesen Raum auch Zelle nennt. Er atmet Freiheit.

Die zweite Woche beginnt. Ganz langsam reift etwas in „Dante". Er weiß noch nicht, was es ist. Aber
es ist da. Er fühlt sich einsam. Mehmet ist gegangen. Bea ist da. Und ja – er liebt sie. Mit allem, was
er hat. Aber sie kann diese Lücke nicht füllen. Und
es wäre falsch, das von ihr zu erwarten. Falsch,

überhaupt zu glauben, sie könne das. Wer das glaubt, beginnt zu zerstören. Dann müsste sie sich selbst aufgeben, nur um ihn zu halten. Und das darf nicht passieren. Nicht ihretwegen. Und nicht seinetwegen.

Am vorletzten Tag. „Dante" sieht, wie ein Bruder eine lange Leiter an die Wand lehnt. Die Glühlampe dort oben ist defekt. Gut zweieinhalb Meter hoch. Der Bruder wirkt unsicher. Zögert. Schaut nach oben. Dann wieder zur Leiter. „Dante" sagt nichts. Er geht einfach hin. Legt ihm die Hand auf die Schulter. Sein Gedanke ist klar: Lass Bruder, ich helfe dir. Ich mach das für dich. Halte nur die Leiter fest. Der Bruder sieht ihn an. Kurz. Und versteht. Er nickt. Dankbar. Dann hält er die Leiter fest. „Dante" beginnt zu steigen. Sprosse für Sprosse. Die neue Glühlampe steckt in seiner Jackentasche.

Und das Wunder geschieht. Mit jeder Sprosse, die „Dante" emporsteigt, fällt ein Stück Last von seiner Seele. Er spürt es nicht im Kopf. Sondern im Körper. Leichter. Mit der Last kommen Erinnerungen. Die Jungs im Jugendknast. Sie brauchen ihn. Aber auch er braucht sie. Es reicht nicht, einfach nur zu erscheinen. Aus Pflicht. Er muss da sein. Echt. Nächste Sprossen. Die Männer im Knast. Am Anfang misstrauisch. Jetzt reden sie. Denken. Nicht alles, was sie sagen, ist richtig. Aber es ist ein Anfang. Auch sie brauchen ihn. Und er sie. Aber das geht nur, wenn er frei ist. Frei im Denken. Letzte Sprossen. Bea. Der Mensch, der ihm am meisten bedeutet. Sie hat es nicht verdient, dass er zur Last wird. Sie verdient, dass er sie trägt. Auf Händen. In Gedanken. Im Alltag. In den besonderen Stunden. Sie soll sich fallen lassen dürfen – ohne Angst vor dem Aufprall. Oben angekommen. „Dante" schraubt die kaputte Lampe heraus. Schraubt die neue hinein. Und sie geht an. Licht. Viel Licht. Weil es direkt vor seinen Augen ist. In diesem Moment – sind „Dante" und Dante eins.

Bea wartet vor dem Kloster. Vor dem großen Tor. Es ist still. Ein Teil von ihr erinnert sich. An den Tag, als sie ihn aus dem Knast abgeholt hat. Auch damals dieses Tor. Auch damals diese Ungewissheit. Dann öffnet es sich. Langsam. „Dante" tritt heraus. Hinter ihm der Mönch. Sie reden nicht. Aber Bea sieht es. Zwei Menschen, die sich schweigend verstehen. „Dante" verbeugt sich leicht. Der Mönch nickt. Dann geht „Dante" zu ihr. Er nimmt sie in den Arm. Ein fester Griff. Lang. Als er spricht, ist seine Stimme brüchig. Nicht nur, weil er zwei Wochen geschwiegen hat. Sondern weil etwas in ihm sich gelöst hat. Etwas Schweres. Er sagt: „Liebes, ich liebe dich mit jeder Faser meines Herzens. Du bist mein Licht. Meine Beatrice. Ich gebe dich nie wieder her."

26

Bea wusste, dass er sie liebte. Sie spürte es. Nicht nur nachts, wenn sie nebeneinander lagen. Auch tagsüber. In seinen Blicken. In seiner Stille. Bei dem Gedanken wurde ihr warm. Ihre Wangen färbten sich, obwohl niemand da war. Doch dann kam die Frage. Warum? War es echte Liebe? Oder nur Angst, wieder allein zu sein? Brauchtest du jemanden, der dich hält? Oder warst du einfach nur dankbar, dass ich dich vom Abgrund fernhielt? Bea schüttelte den Kopf. Wie sollte sie das herausfinden?

Einfach fragen? Nein. Viel zu direkt. „Dante" war klug. Früher schon. Aber jetzt war er gereift. Sein Verstand – geschärft wie ein Skalpell. Er würde eine Antwort finden, elegant, schlüssig, unantastbar. Doch würde er das überhaupt noch tun? Sich rauswinden? Sie wusste es nicht. Aber es war auch egal. Jetzt nicht. Sie musste los. Ihr Treffen mit ihm. Sie hatte zugesagt, ihn zu begleiten – in den Jugendknast. Seine Jungs wollten sie endlich kennenlernen.

Bea wartete an der Straßenecke. Der Wind spielte mit einer Haarsträhne. Sie war ein paar Minuten zu früh. Und sie dachte nach. Ich hoffe, dass es bleibt, dachte sie. Dass dieser Mensch, der er geworden ist, nicht wieder verblasst. Dann sah sie ihn. „Dante". Im Licht der Straßenlampe. Aufrecht, wach, klar. Vielleicht, dachte sie, ist Hoffnung genau das: nicht zu wissen, ob es hält – aber trotzdem einen Schritt weiterzugehen.

Sie trafen sich vor dem Tor. „Dante" küsste sie zur Begrüßung. Zart. Kurz. „Danke, dass du das machst", sagte er. Schon wieder. Bea lächelte. Aber er meinte es ernst. „Die Jungs sollen sehen, dass es sich lohnt. Nicht falsch abzubiegen. Wiederzukommen. Sich etwas aufzubauen." Er sah sie an. „Du bist das Wertvollste, was ich mir vorstellen kann." Er hatte fast Besitz gesagt. Aber das war falsch. Einen Menschen konnte man nicht besitzen. Man konnte ihn höchstens kontrollieren. Beherrschen. Kurzzeitig. Und es hinterließ nichts. Nein – Respekt. Zuneigung. Liebe. Das war es. Dafür musste man arbeiten. Bea küsste ihn flüchtig auf die Wange. „Du übertreibst schon wieder." „Nein", sagte er leise. „Ich bin dankbar, dass du mich in deiner Nähe lässt. Mehr ist das nicht. Und genau deshalb ist es alles."

Auf dem Sportplatz standen sechzehn junge Männer. Oder besser: sechzehn Jungs, die dachten, sie wären welche. Aber sie waren nah dran. Verdammt nah. Bea und „Dante" gingen vom Rand zum Mittelkreis. Ein paar der Jungs pfiffen leise durch die Zähne. Zwei, drei andere schüttelten den Kopf. „Lass das. Das ist Dantes Hase." Sofort war Ruhe. Am Kreis angekommen blieb „Dante" stehen. Er grinste. „Na, Jungs. Alles klar bei euch?"

„Das ist Beatrice", sagte „Dante". „Also Bea." „Ich hab euch oft von ihr erzählt." Ein paar der Jungs nickten. „Ihr habt ihr zu verdanken, dass ich hier bei euch bin." Ein kurzer Moment Stille. Dann: „Ihr dürft ruhig mit ihr reden." Er grinste. „Anfassen darf aber nur ich." Die Jungs gröhlten. Einer schlug dem anderen auf die Schulter. Aber dann wurden sie still. Ihre Blicke wanderten zu Bea. Fast ehrfürchtig. Keiner sagte ein Wort.

Nach ein paar Sekunden hob „Dante" wieder die Stimme. „Dieses wunderschöne Lebewesen hier – ist mehr als nur 'ne Frau." Er sah zu Bea. Dann zurück zu den Jungs. „Sie ist 'ne Diebin." Stille. Verwirrte Blicke. Keiner hatte je gehört, dass seine Schnalle mal kriminell war. „Ja, guckt nicht so", sagte „Dante" und lachte. „Aber nicht so, wie ihr jetzt denkt." Er wartete kurz. Dann wurde seine Stimme ruhiger. „Sie hat mein Herz gestohlen. Nicht um's zu besitzen. Nicht für sich. Sondern um's zu schützen. Um's zu pflegen. Und mit mir zu teilen." Ein paar Jungs senkten den Blick. „Sie ist einer der Hauptgründe, warum ich nicht mehr falsch abbiege. Wenn ich's doch mal tu – sie merkt's. Und sie schimpft nicht. Sie zeigt mir einfach den Weg zurück." „Dante" atmete tief durch. „Sie gibt mir das Wertvollste, was man kriegen kann. Liebe." Dann wurde seine Stimme ganz ruhig. „Sie ist mein Herz. Meine Seele. Mein Atem. Mein Gewissen." „Ohne sie wär ich nichts. Und ohne sie könnte ich hier auch nicht euer Trainer sein."

Bea schüttelte leicht den Kopf. „Du übertreibst schon wieder, Dante." Er grinste nur. Da räusperte sich einer der Jungs. Alle schauten zu ihm. „Frau

Beatrice", sagte er vorsichtig. „Dante spricht manchmal ein bisschen geschwollen, ja ..." Er zögerte. „... aber ich glaub nicht, dass er übertreibt."

Das Eis war gebrochen. Jetzt wollten alle mit Bea reden. „Dante" trat einen Schritt zurück. Lehnte sich an den Zaun. Schaute zu. Und hörte zu. „Sie sind echt ... voll hübsch", sagte einer der Jungs. „Ey, nicht so!", raunte ihm ein anderer zu. „Mit Respekt, Mann!" Bea lachte leise. „Schon okay. Ich hör das nicht zum ersten Mal." Ein Dritter meldete sich: „Dante redet oft von Ihnen. Dass Sie ihm helfen, sich zu kontrollieren." „Ja", sagte ein anderer. „Er bringt uns das auch bei. Nicht einfach explodieren. Erst denken. Dann handeln." „Und so Sachen wie: Rückgrat ist besser als Faust", warf ein weiterer ein. „Hat er auch von Ihnen, oder?" Bea schüttelte den Kopf, aber lächelte dabei. „Ein bisschen vielleicht. Aber er lernt auch selbst. Aus einem Buch." „Ein Buch? Was für'n Buch?", fragte einer misstrauisch. „Von einem Schriftsteller", sagte Bea. „Der hieß Dante. Hat vor hunderten Jahren gelebt. Im Mittelalter." Die Jungs guckten sich an. „Verarschen Sie uns?" „Nein. Wirklich. Ein Buch über Himmel und Hölle. Über Schuld. Und Läuterung." „Krass", murmelte einer. „Also so'n richtig alter Typ?" Bea nickte. „Und euer Dante hat das gelesen. Immer wieder. Und irgendwann ... hat er sich entschieden, den Namen anzunehmen." „Er hieß vorher anders?", fragte ein junger Mann mit rasiertem Kopf. „Ja", sagte Bea. „Aber der alte Name hat ihn nur runtergezogen. Der neue erinnert ihn daran, wer er sein will." Die Jungs nickten. Einer sagte leise: „Respekt." Ein anderer: „Jetzt versteh ich auch, warum er so ist, wie er ist." „Er ist unser Dante", sagte einer. Und keiner widersprach.

Nach dem Training, als die anderen Jungs schon Richtung Zellen trotteten, blieb einer zurück.

Still. Die Hände tief in den Taschen. „Dante", sagte er. Leise. „Glaubst du echt, dass einer wie ich noch was reißen kann? Ich mein ... ehrlich jetzt." „Dante" sah ihn an. Kein Lächeln. Nur Ruhe. „Ich hab's geglaubt, bevor ich's gesehen hab", sagte er. „Das war der Anfang." Der Junge nickte kaum merklich. Dann ging er. Ohne ein Wort mehr. Aber sein Gang war ein anderer.

Sie gingen nebeneinander. Still. Bis zur Kreuzung. Rechts ging es zu Bea nach Hause. Links zu „Dante". Sie blieben stehen. Schauten sich an. Wollten sich verabschieden. Doch dann hakte sie sich bei ihm ein. „Ich komm mit dir", sagte sie leise. „Dante" nickte nur. Er merkte, dass sie nachdachte. Aber er fragte nicht. Denn er spürte: Es waren keine trüben Gedanken. Bea lächelte. Der Schuft, dachte sie. Er hatte die Prüfung bestanden. Ohne dass sie sie ihm gestellt hatte. Und nicht mal selbst – seine Jungs hatten es für sie getan. Aber sie konnten das nur, weil „Dante" ihnen gezeigt hatte, wie es geht. Wie man an sich arbeitet. Wie man kämpft, ohne zu schlagen. Und was Liebe ist. Nicht Mann plus Frau gleich Sex. Sondern Respekt. Vor allem. Ganz viel Respekt.

Und „Dante"? Er ging neben Bea her. Und dachte an das, was er gestern Abend gelesen hatte. In dem Buch, von dem Bea den Jungs erzählt hatte. Er dachte an die Worte. An das, was zwischen den Zeilen stand. Und daran, dass der Weg vielleicht noch lang war. Aber nicht mehr dunkel.

Der Himmel veränderte sich. Ich sah es nicht – ich fühlte es. Als hätte jemand das Firmament geöffnet wie einen Vorhang. Dahinter: das Ewige. Das Unverrückbare. Keine kreisenden Sphären mehr, keine wogenden Harmonien. Nur noch Stille. Und Licht. Licht, das nicht blendete, sondern durchdrang. Ich drehte mich um. Beatrice stand neben mir, in jenem Glanz, der nicht von außen kam, sondern aus ihr selbst hervorbrach. „Du hast nun den achten Himmel erreicht", sagte sie leise. „Den Himmel der Fixsterne." Ich spürte, wie mein Herz langsamer schlug. Oder schneller – ich konnte es nicht sagen. Über uns: ein schwarzer Himmel, übersät mit Sternen, funkelnd wie vergossenes Quecksilber. Doch das Licht dort oben war anders. Jeder Stern schien Bewusstsein zu haben. Jede Bewegung war Absicht.

„Hier wirst du geprüft werden", sagte Beatrice. „Drei Prüfungen, drei Tugenden. Als erstes: der Glaube." Ich wollte antworten, doch meine Stimme versagte. Ein Stern löste sich aus dem Geflecht. Wurde größer. Kam näher. Und als er vor mir stand, war er kein Stern mehr – sondern Flamme. Und aus der Flamme trat ein Gesicht. Er war alt – und jung zugleich. Weißes Haar, Augen wie geschmolzenes

Erz. Die Präsenz des Mannes traf mich wie ein Sturm.

„Ich bin Petrus", sagte er. Keine Begrüßung. Keine Geste. Nur Stimme. Beatrice verneigte sich. Ich auch – reflexhaft. Petrus' Blick war unnachgiebig. „Was ist der Glaube?" Ich schluckte. „Der Glaube … ist die Gewissheit der Dinge, die man hofft. Und der Beweis der Dinge, die man nicht sieht." Petrus schien nicht zu nicken, doch ich spürte Zustimmung. „Und warum glaubst du?" Ich rang mit den Worten. Alles, was ich sagen wollte, schien zu klein, zu schwach. „Weil ich … weil ich die Welt gesehen habe", sagte ich. „Und weil ich weiß, dass sie nicht genügt." Die Flamme flackerte. „Und woher weißt du, dass das, was du glaubst, wahr ist?" Ich blickte zu Beatrice. Sie sah mich nicht an. Sie ließ mich allein. Ich atmete ein. „Ich weiß es nicht. Ich glaube es." Ein Moment lang war nichts. Dann sprach Petrus erneut. „Du sprichst nicht wie ein Lehrer. Sondern wie ein Mensch." Und in diesem Satz – lag kein Tadel. Sondern Segen.

Plötzlich erschien eine zweite Gestalt. Sanfter. Eine Frau, in Licht gehüllt. Sie sprach mit Petrus, doch ich verstand nichts. Ihre Stimme war wie Gesang, wie Erinnerung, wie Schlaf. „Sie ist Lucia", sagte Beatrice plötzlich. „Sie hat dich in Bewegung gesetzt, als du gefallen bist." Ich wollte danken. Doch Lucia winkte nur ab – und verschwand. Petrus trat einen Schritt zurück. „Du hast gesprochen. Und du hast gezögert. Und gerade deshalb … bist du würdig." Ich fühlte, wie etwas in mir zitterte. Nicht aus Angst. Aus Erkenntnis. Beatrice sah mich nun wieder an. Ihre Augen waren warm, aber ernst. „Der Glaube ist kein Besitz", sagte sie. „Er ist ein Weg. Du hast begonnen, ihn zu gehen. Das genügt."

Über uns bebte der Himmel. Die Fixsterne flackerten wie Augenlider. Dann öffnete sich etwas über mir – kein Tor, kein Riss – eher wie eine Einladung. Beatrice legte ihre Hand auf meine. „Noch bist du nicht am Ende. Zwei Prüfungen folgen. Doch du hast dich heute nicht verborgen. Und das zählt mehr als jedes Wort." Und ich ging weiter. Nicht erhoben. Nicht gestärkt. Sondern wach. Wir gingen weiter. Und der Himmel schien mit uns zu gehen. Die Fixsterne über mir waren nicht mehr nur Lichtpunkte. Sie waren Stimmen. Erinnerungen. Hoffnungen. Eine davon senkte sich nun herab. Langsam. Wie eine Feder im Wind. Beatrice stand still. Ich blieb neben ihr stehen. Aus dem Licht formte sich ein Mann – aufrecht, klar, mit einem Blick, der zugleich freundlich und fordernd war.

„Ich bin Jakobus", sagte er. „Und ich frage dich: Was ist Hoffnung?" Ich wollte sofort antworten. Doch meine Zunge war schwer. Nicht weil ich keine Worte fand – sondern weil ich plötzlich fühlte, was Hoffnung war. „Hoffnung ist …" – ich suchte – „… der Blick nach vorn. Auch wenn man den Weg nicht sieht." Jakobus lächelte. „Und worauf richtest du deinen Blick?" Ich dachte an Beatrice. An meine Reise. An die Schatten, die ich durchquert hatte. „Ich richte ihn auf das, was mich überdauert", sagte ich leise. „Auf das, was noch kommen darf – selbst wenn ich es nicht erlebe." Jakobus trat näher.

„Hoffst du für dich – oder für andere?" Ich senkte den Blick. „Beides. Ich hoffe ... dass ich meinen Weg vollenden darf. Aber auch, dass andere ihn finden. Ich hoffe, dass das, was ich gelernt habe, nicht nur mir dient." Ein sanftes Leuchten ging von Jakobus aus. Er streckte die Hand aus – berührte meine Stirn. Keine Hitze. Kein Schmerz. Nur Licht. „Du hoffst nicht, um zu fliehen", sagte er. „Du hoffst, um zu bleiben. Das ist gut." Ich wollte ihn etwas fragen – etwas über die Zukunft, über das Ziel. Doch er schüttelte den Kopf, bevor ich die Worte fand. „Hoffnung ist keine Landkarte. Sie ist das Herz, das weitergeht, auch wenn es zittert." Ich verstand nicht alles. Aber ich fühlte es. „Ich war schwach", sagte ich. „In vielen Dingen." „Und doch bist du gegangen", antwortete Jakobus. „Die Hoffnung ist nicht der Schild der Starken. Sie ist der Atem der Verletzlichen." Beatrice trat neben mich. „Du hast gehört, was du hören solltest", sagte sie. Ich blickte zu Jakobus. Er lächelte noch immer. Und begann, sich wieder in Licht aufzulösen. „Vergiss nicht, Dante", sagte er zum Abschied. „Die Hoffnung fragt nicht, was war. Sie fragt nur: Wohin willst du gehen?" Dann war er verschwunden. Doch etwas blieb. Eine Wärme im Inneren. Nicht wie Feuer. Eher wie Erinnerung. Wir standen still. Und ich wusste: Jetzt kommt es darauf an. Nicht weil ich Angst hatte. Sondern weil mein Herz zu laut schlug.

Ich sah zu Beatrice. Sie lächelte nicht. Aber sie war da. So tief da, wie nur Liebe es sein kann. Dann wurde der Himmel erneut heller. Nicht blendend – sondern sanft. Wie der Moment, wenn ein Kind die

Augen öffnet. Aus dem Licht trat ein Mann. Kein Flammenwesen. Keine große Erscheinung. Ein Mensch. Er war schön. Aber nicht äußerlich. Sein Blick war still. Und in dieser Stille lag alles: Schmerz, Freude, Erinnerung, Vergebung. „Ich bin Johannes", sagte er. „Und ich frage dich: Wen liebst du?" Ich antwortete sofort. Nicht mit dem Mund. Mit allem, was ich war. „Beatrice", flüsterte ich. Er nickte. „Warum?" Ich suchte nach Worten. „Weil sie mich sieht. Weil sie bleibt. Weil sie mich kennt – und trotzdem liebt." „Und liebst du Gott?", fragte er. Ich schwieg. Nicht, weil ich es nicht wusste. Sondern weil ich Angst hatte, falsch zu antworten. Beatrice trat näher. Ich spürte ihre Wärme an meiner Seite. Und in ihrem Blick lag keine Erwartung. Nur Vertrauen. „Ich … ich weiß nicht, ob ich es richtig tue", sagte ich leise. „Aber ich will ihn lieben. Nicht aus Furcht. Nicht aus Pflicht. Sondern weil ich spüre, dass alles, was wahr ist, von ihm kommt." Johannes schloss kurz die Augen. Als würde er prüfen, nicht meine Antwort, sondern mein Herz. Dann sagte er: „Liebe beginnt nicht bei Gott. Sie beginnt im Menschen. Und wenn sie wächst, dann wächst sie zu ihm hin." Ich sah zu Beatrice. „Durch sie habe ich gelernt zu lieben", sagte ich. „Und durch sie habe ich gelernt, dass Liebe nicht besitzen will. Sondern dass sie frei macht. Dass sie nicht fordert, sondern schenkt. Und dass sie nicht vergeht – selbst wenn man fällt." Johannes trat näher. „Und liebst du dich selbst?" Die Frage traf mich. Ich zögerte. Dann sagte ich: „Ich lerne es." Er nickte. Nicht zustimmend – sondern verstehend. „Das genügt", sagte er. „Denn wer sich selbst liebt in Wahrheit, der wird nie aufhören, andere zu lieben." Er sah zu Beatrice. „Du warst seine Lehrerin", sagte er. „Aber er hat verstanden, was du nie ausgesprochen hast." Dann sah er wieder zu mir. „Du bist bereit." Die Luft um uns begann zu vibrieren. Nicht laut. Aber tief. Wie ein Lied, das man mehr fühlt als hört. Beatrice legte ihre Hand in meine. Und ich sah, dass sie lächelte. „Jetzt", sagte sie, „darfst du den Himmel betreten, in dem die Engel nicht mehr kreisen – sondern warten." Und ich ging weiter. Nicht erhoben. Nicht geprüft. Geliebt.

27

Es war der große Tag. Das Fußballturnier. Drei Mannschaften nur. Aus Sicherheitsgründen. Und weil das Geld nicht reichte für mehr. „Dantes" Jungs standen am Rand des Platzes. Still. Nervös. Die Trikots saßen nicht richtig. Manche hatten ihre Schuhe doppelt geschnürt, als hinge alles davon ab. Einer übergab sich leise hinter der Bande. Sie hatten lange trainiert. Hart. Diszipliniert. Jeder gegen jeden – das war die Regel. Zwei Spiele, dann würde die Tabelle entscheiden. „Dante" stand bei ihnen. Er sagte nicht viel. Nur: „Erinnert euch, was wir geübt haben." Einer der Jungs nickte. Der Älteste. Dann begann das erste Spiel.

Die blauen Laibchen glänzten in der Sonne. „Dantes" Jungs gegen Gelb. Das erste Spiel. Spannend. Hart, aber fair. Zur Halbzeit stand es 0:0. Bea war da. Sie hatte eine Sondergenehmigung bekommen. Sie reichte Wasserflaschen und Bananenstücke. Sprach leise. Lächelte. Gab Mut. „Dante" versammelte die Jungs im Kreis. Zeichnete mit dem Finger in den Sand. Zeigte Laufwege. Wechsel. Räume. Der Kapitän nickte. Die anderen hörten still zu. Dann ging's zurück aufs Feld. Alle klatschten „Dante" ab. Und auch Bea. Sie war heute ihr Glücksbringer. Ihr Maskottchen. Kurz vor dem Abpfiff fiel das Tor. 1:0 für Blau. Die erste Station war geschafft.

Das zweite Spiel. Gelb gegen Rot. „Dantes" Jungs saßen am Spielfeldrand. Tranken Wasser.

Schauten. „Dante" kniete sich zu ihnen. „Schaut genau hin. Wenn wir gegen die Roten gewinnen, gehört der Pokal uns." Sie nickten. Er stand auf. Suchte Bea. „Bleib bei ihnen, ja?" Sie verstand sofort. Ein Nicken. Ein Lächeln. Ein Wärter blieb in der Nähe. „Dante" ging ein paar Schritte zur Seite. Hinter die Tribüne. Wo ihn niemand sah. Er atmete tief ein. Und wieder aus. Die Nervosität saß tief in seinem Brustkorb. Er hatte es kaum vor den Jungs verbergen können. Und dann überkam ihn die Erinnerung an das was er noch letzte Nacht gelesen hat.

Ich spürte keine Schwelle, als ich ihn betrat. Kein Rauschen. Kein Wind. Nur plötzlich: Bewegung. Nicht um mich. In mir. Wie ein Zittern, das nicht durch den Körper läuft, sondern durch das, was ich wirklich war – jenseits von Knochen, Haut und Zeit. „Wo bin ich?" flüsterte ich. Meine Stimme zitterte – oder war es der Raum, der bebte? Beatrice stand an meiner Seite. Nicht wie zuvor, in strahlender Klarheit, sondern in einem Licht, das sich nicht sehen ließ. Es war da – aber nicht sichtbar. Spürbar – aber nicht greifbar. Ihr Gesicht war still. Ihre Augen sahen durch mich hindurch, und ich wusste: Sie sah gerade das, wovon selbst Engel nur flüstern. „Dies ist der Neunte Himmel," sagte sie leise. „Das Erste Bewegt-Werdende. Der Ursprung aller Zeit."

Ich sah mich um. Und sah – nichts. Keine Sterne. Keine Farben. Kein Laut. Nur Weite. Und doch wusste ich: Alles, was sich je bewegt hat, hat hier begonnen. „Ich sehe nichts", flüsterte ich. „Und doch fühlst du es", antwortete sie. Da war kein Zorn in ihrer Stimme. Kein Mitleid. Nur Wahrheit. „Was ist es, das sich hier bewegt?", fragte ich. Beatrice hob die Hand. Zeigte nicht – sondern ließ ihre Finger leicht kreisen, wie ein stiller Tanz. „Hier beginnt alles, was Bewegung kennt. Die Zeit. Die Bahnen der Sterne. Die Sehnsucht der Seelen." Sie trat näher. Ihre Stirn fast an meiner. „Du begreifst es nicht mit den Augen. Sondern mit dem Innersten. Hör hin." Ich schloss die Augen. Und da war es. Ein Laut, der keiner war. Ein Pulsschlag jenseits des Körpers. Wie das Zittern vor einem Gebet. Wie das Beben, bevor man sich verliebt. Wie die Stille, die ein Kind umfängt, bevor es seinen ersten Schrei ausstößt.

„Was du jetzt spürst", sagte sie, „ist die Liebe. Die Liebe, die bewegt. Die Liebe, die den Himmel dreht." Ich öffnete die Augen. Und plötzlich verstand ich. Nicht mit dem Kopf. Nicht mit Worten. Sondern mit etwas, das so alt war wie die Welt. Ich sah Bewegung. Aber nicht als Form. Ich sah sie, weil ich in ihr war. Ich war Bewegung. Ich war Teil dieses ersten Impulses. Ich war nicht länger Zuschauer – sondern Klang im Lied der Schöpfung. Da näherte sich eine Gestalt. Sie war weder Mann noch Frau. Weder alt noch jung. Sie war aus Licht gebaut – aber kein Licht, das Schatten wirft. Ein Kreis. Ein Sog. Eine Seele. „Wer bist du?", fragte ich.

Die Gestalt antwortete ohne Lippen, ohne Stimme: „Ich war eine Mutter. Und ich war eine Tochter. Ich war eine, die liebte. Und das war genug." Beatrice sagte: „Im Primum Mobile erscheinen dir Seelen nicht in ihrer Geschichte, sondern in ihrer Bewegung. In dem, was sie ins Rollen gebracht hat." „Und was bewegt dich?", fragte ich. Die Gestalt antwortete: „Ein Lächeln. Das mir einst geschenkt wurde. Ein Augenblick, in dem ich erkannte, dass ich gesehen wurde." Sie verschwand. „So wenig?", fragte ich. „So viel", sagte Beatrice. „Ein einziger Tropfen kann das Meer bewegen – wenn er fällt, wo er soll." Ich spürte Tränen. Aber ich wusste nicht, ob sie wirklich über mein Gesicht liefen – oder ob sie in mir fielen, dort, wo mein Sein keine Form mehr hatte. Beatrice nahm meine Hand. „Du bist bereit. Der Ursprung hat dich erkannt. Nun darfst du das Ziel betreten." Ich sah in ihre Augen. Und zum ersten Mal verstand ich, was dort brannte: Nicht Wissen. Nicht Güte. Sondern ein Licht, das mich selbst suchte. Ein Licht, das ich werden konnte. Wenn ich es wagte, weiterzugehen. Dann bewegte sich alles. Und ich mit ihm.

„Dante" kehrte zurück. Setzte sich neben die Jungs. Sie sahen die zweite Halbzeit. Gelb gegen Rot. Die Roten führten. 2:1. Und schnell wurde klar, warum. Sie spielten hart. Und vor allem: unfair. Rempler, Haken, kleine Schubser, Tritte. Aber so geschickt, dass der Schiri vieles übersah. Ein Drittel der Fouls? Mindestens. Aber hier waren eben alle nur Laien. Kein Profi. Kein Videoschiri. Nur ein junger Mann mit Pfeife und guten Absichten. „Dante" biss sich auf die Lippe. Seine Jungs flüsterten. Einer schüttelte den Kopf. Doch keiner sagte laut etwas. Noch nicht.

Das dritte Spiel stand an. Das Letzte. Blau gegen Rot. Beide Teams hatten einen Sieg. Jetzt ging es um alles. Um den Pokal. Die Jungs standen im Kreis. „Dante" in der Mitte. Er sah sie an. Einen nach dem anderen. „Ihr habt's gesehen. Die spielen hart." Ein Nicken. „Und unfair." Ein zweites Nicken. „Aber wir lassen uns nicht provozieren." Er sprach leise. Er bat – nicht wie ein Trainer, sondern wie ein Bruder. „Wir bleiben fair. Wir bleiben bei uns. Kein Revanchefoul. Kein Theater. Keine Ausrede." Die Jungs schauten ihn an. Einer schluckte. Ein anderer ballte kurz die Faust – ließ sie dann locker. „Ihr habt das hier in der Hand. Nicht die. Nicht der Schiri. Ihr." Er sah zu Bea. Sie stand am Rand. Lächelte. Dann klatschte einer. Und noch einer. Sie legten die Hände übereinander. Wie immer. Wie eine Bewegung, die sich nicht stoppen ließ. Dann ging's hinaus. Zum Anstoß.

Schon in der ersten Halbzeit wurde es ruppig. Die Roten gingen hart rein. Sehr hart. Zweikämpfe mit gestrecktem Bein. Ellenbogen auf Rippenhöhe. Verbissene Gesichter. Sie wollten den Pokal. Um jeden Preis. Wirklich jeden. „Dante" stand am Rand. Die Fäuste in den Taschen. Er sagte nichts. Nur sein Kiefer arbeitete. Und trotzdem: Kurz vor dem Pausenpfiff fiel das 0:1. Für Rot. Ein sauberer Konter. Keine Diskussion. „Dante" war trotzdem stolz. Seine Jungs blieben fair. Kein Ausraster. Kein Nachtreten. Sie spielten ihr Spiel. Für ihn war das

Ergebnis gut. Sehr gut. Aber die Jungs sahen das anders. In der Kabine herrschte Frust. „Immer das Gleiche." „Die treten uns zusammen – und wir halten auch noch die andere Wange hin." „Wozu das Ganze überhaupt?" „Dante" hörte zu. Noch sagte er nichts.

Die Pause war fast vorbei. Bea war gerade fertig. Sie hatte Kratzer versorgt. Schürfwunden gereinigt. Ein Pflaster hier, ein kühles Wort da. Mehr brauchte es oft nicht. „Dante" trat in die Mitte. Die Jungs saßen auf Bänken. Keuchend. Schwitzend. Wütend. Er wartete, bis alle schauten. Dann sprach er. Ruhig. Klar. „Ich bin stolz auf euch." Ein Raunen. „Ihr haltet euch wacker. Ohne Schmutz. Ohne Tricks." Einige schauten weg. „Und ein Tor?" Er zuckte mit den Schultern. „Ein Tor ist schnell gefallen. Die Roten haben's doch gezeigt. In einer Halbzeit eins zu schießen – das ist keine Kunst." Stille. Dann sah er zu zwei seiner Jungs. Beide hingen über den Knien. Verschwitzt. Leer. Kaum Luft, selbst nach zehn Minuten Pause. „Ihr habt alles gegeben. Und jetzt ist Schluss. Ihr habt's verdient." Sie nickten. Wortlos. Keiner protestierte. Sie wussten, es war richtig. „Dante" legte ihnen die Hand auf die Schulter. Ein kurzer Druck. Dann wandte er sich den Ersatzspielern zu. „Zeigt, was in euch steckt."

Die zweite Halbzeit begann, wie die erste geendet hatte. Rot machte Druck. Hart. Dreckig. Kein sauberes Spiel. Aber der Schiri sah wieder viel zu wenig. Kleine Tritte. Ellbogen. Worte, die bohrten.

„Dante" sah es. Alles. Er sah auch seine Jungs. Wie sie schluckten. Wie sie Fäuste ballten. Wie einer dem anderen zuflüsterte: „Bleib ruhig." Er fragte sich, wie lange das noch gut ging. Wie lange sie das aushalten konnten. Und ob er es ihnen verübeln könnte, wenn einer zurückschlug. Er war sich nicht sicher. Dann passierte es. Ein Foul. Im Strafraum. Klar. Deutlich. Endlich gesehen. Der Schiri zeigte auf den Punkt. Elf Meter. Einer seiner Jungs trat an. Kurzer Anlauf. Zack. 1:1. Der Jubel war laut. Seine Jungs schrien, rissen die Arme hoch. Bea klatschte. Rief etwas, das in der Menge unterging. „Dante" stand am Rand. Klatschte langsam. Mit ernster Miene. Zu angespannt, um zu lächeln. Zu wachsam, um sich fallen zu lassen. Noch war nichts entschieden.

Mit dem Ausgleich kam neue Kraft. Seine Jungs wirkten leichter. Nicht das Spiel – das wurde sogar härter. Die Roten spielten jetzt noch dreckiger. Aber irgendetwas hatte sich verschoben. „Dante" merkte es. Sie rannten nicht nur – sie hielten Stand. Nicht mit den Füßen, sondern mit dem Willen. Am gegenüberliegenden Feldrand stand der andere Trainer. Er sah herüber. Mit diesem Blick, der sagt: Ich verliere gerade die Kontrolle. Dann ein Handzeichen. Kurz. Deutlich. Der Kapitän der Roten sah es. Nickte. Kurz darauf das nächste Foul. Hart. Wieder einer seiner Jungs lag. Aber diesmal: Keine Wut in den Gesichtern. Kein Schrei. Kein Fluch. Nur Trotz. Dieser Blick, der sagt: Jetzt erst recht. „Dante" sah das. Und zum ersten Mal in diesem Spiel atmete er wirklich tief ein.

Der Trainer der Gelben trat an „Dantes" Seite. Still. Respektvoll. Dann ein Nicken. „Sie haben da eine richtig starke Truppe. Diszipliniert. Und mutig. Respekt." „Dante" lächelte schwach. „Ich hab wenig gemacht", sagte er. „Die Kraft kommt aus ihnen selbst. Ich hab mehr gespielt als trainiert. Und vor allem: zugehört. Das eigentliche Training war bei ihnen drin. Nicht draußen." Der andere Trainer sah ihn an. Lang. Dann sagte er: „Genau das ist das Schwerste. Den Raum dafür zu schaffen." Er streckte ihm die Hand hin. „Wenn Sie mal Lust auf 'ne Hopfenkaltschale haben – ich würd gern von Ihnen lernen. Ehrlich." „Dante" nahm die Hand. Drückte kurz. „Gern." Dann sagte der Gelbe: „Wussten Sie eigentlich, wer der Trainer der Roten ist?" „Dante" schüttelte den Kopf. „Häftling. Kein Ehrenamt. Kein Ehemaliger. Mehrere Körperverletzungen. Clan-Zugehörigkeit." In dem Moment fiel das Tor. 1:2. Für Rot. Bea sprang auf. „Foul!" rief sie. „Das war doch eindeutig ein Foul vorher!" „Dante" legte ihr die Hand auf die Schulter. Drückte leicht. Ein kaum sichtbares Kopfschütteln. Seine Augen waren ruhig. Aber darin lag: Hundert Prozent Dankbarkeit.

Dann war das Spiel aus. Abpfiff. Rot hatte gewonnen. Und damit auch den Pokal. Die Siegerehrung war kurz. Hastig fast. Die Roten nahmen den Pokal. Stellten sich für ein Foto auf. Dann zogen sie ab. Ohne ein Wort. Ohne Blick zurück. Die Gelben blieben noch. Ein paar Minuten. Und dann geschah das Unerwartete. Die Laibchen mischten sich. Rot und Gelb. Einzelne Spieler gingen aufeinander zu. Ein Nicken hier. Ein Schulterklopfen dort. Ein kurzer Handschlag. Kein Spott. Keine Häme. Keine Schuldzuweisungen. „Dante" stand neben dem Trainer der Gelben. Sie sagten nichts. Aber sie sahen es. Und verstanden. Sie verstanden nicht die Worte – aber die Haltung. Die Art, wie die Jungs zueinander standen. Wie Gegner zu Menschen wurden. Für einen Moment. Für einen Blick. Nach fünfzehn Minuten kam der Bus. Der, der die Gelben zurückbrachte. Jugendknast irgendwo im Westen. Sie stiegen ein. Einer drehte sich noch einmal um. Hob die Hand. Dann fuhren sie ab.

Und dann kam Bea herein. Die Tür quietschte leicht, aber alle hörten es. Alle schauten auf sie. Was würde sie sagen? Sie – ihre Glücksbringerin. Sie – die ja irgendwie der Grund war, warum „Dante" überhaupt ihr Trainer geworden war. Sie – die immer einfach da war. Bea trug ihren Korb. Stellte ihn auf die Bank. Holte Cola heraus. Und Schokoriegel. „Die anderen haben einen Blechtopf gewonnen..." Sie hob die Cola-Flaschen. „Aber wir haben das hier." Ein kurzes, verlegenes Lächeln huschte über ihr Gesicht. „Okay... vielleicht ein bisschen kindisch." Doch da kam schon der erste Jubel. Und dann ein zweiter. Jemand riss ihr eine Cola aus der Hand. Ein anderer rief: „Schoki ist besser als Blech!" Bea lachte. Dann wurde sie wieder ernst. Nicht streng – nur still. „Ich bin stolz auf euch." Ihre Stimme war leise. „Ich hab heute nicht einen ‚Dante' gesehen. Ich hab siebzehn gesehen. Siebzehn Menschen, die nicht den einfachen Weg gehen. Die Rückschläge aushalten. Die fair bleiben, obwohl es weh tut. Und das... das ist mehr wert als jedes Stück Metall, das Gold nur vorgaukelt." Sie sah in die Runde. „Der Pokal geht nächstes Jahr woanders hin. Vielleicht sogar hierher. Aber das, was ihr heute gewonnen habt – das bleibt euch. Für immer." Dann, fast nur gehaucht: „Ich hoffe das wirklich. Ich wünsch es mir sehr." Stille. Nur Cola-Schlürfen. Dann eine Stimme. Einer der Jungs. „Wir versprechen, es zu versuchen! Dass dein Wunsch wahr wird!" „Dante" hob den Kopf. Er hatte das auch gehört. Und spürte, wie ihn etwas durch-fuhr. Wie weit sie gekommen waren. In so kurzer Zeit. Sie wussten, dass sie es nicht garantieren konnten. Dass sie nicht immer sauber bleiben wür-den. Aber sie wollten es versuchen. Immer wieder. „Dante" trat einen Schritt vor. „Und wisst ihr was?" Er grinste. „Ihr habt heute noch jemanden über-zeugt. Den Pfarrer. Der hat doch immer gesagt, Sport bringt nix. Das Gegenteil habt ihr ihm ge-zeigt." Lachen. Jubel. Dann ein Rufen von hinten. „Ey, alter... heulst du?" Ein anderer boxt ihn leicht. „Das sind Freudentränen, du Honk." Der erste grinst. „Weiß ich doch."

28

„Dante" klappt das Buch zu. Er hat lange daran gelesen. Manchmal, vor allem am Anfang, hat er sich durchgequält. Aber jetzt hat er das letzte Kapitel geschafft. Oder wie die Gebildeten sagen würden: die letzten Gesänge. Der Zeitpunkt könnte nicht besser sein. In ein paar Minuten wird er Beatrice heiraten. „Dante" muss schmunzeln. Manchmal spielt das Leben seltsame Spiele. Sein Spitzname war ein Witz unter Mithäftlingen. Gehässig. Ein bisschen dumm auch. Und nun heiratet er eine Beatrice. Er merkt, dass es nicht nur der Name ist. Da ist mehr. Er schlägt das Buch noch einmal auf. Liest die letzten Zeilen. Langsam. Wie ein stiller Abschied.

Ich sah kein Licht mehr. Ich war Licht. Kein Strahl traf mein Auge, keine Farbe mein Denken – alles war erfüllt von einem reinen, klaren Brennen, das nicht brannte. Ein Leuchten, das nicht von außen kam, sondern mich von innen her durchglühte. Ich schwebte nicht. Ich war kein Körper mehr, nicht in dem Sinn, wie man ihn früher kannte. Und doch hatte ich Form. „Beatrice?" Meine Stimme war ein Gedanke. Mein Gedanke war Klang. Und der Klang fiel wie ein Tropfen in ein unbewegtes Wasser. „Ich bin bei dir", sagte sie. Nicht laut. Nicht leise. Einfach da. Neben mir – oder in mir – war sie, schön wie eh und je, aber anders. Sie war durchscheinend, aber nicht blass. Mehr als ein Licht, weniger als eine Gestalt.

„Wo sind wir?" fragte ich. „Du bist dort, wo das Sein sich erfüllt. Wo Zeit aufhört, Ort beginnt und dann auch vergeht. Du bist im Empyreum, Dante." Ich drehte mich – oder dachte mich drehend – und sah nichts als Licht. Und doch war da eine Ordnung. In der Weite ringsum glommen tausend, tausend Lichtpunkte, wie Sterne, die nicht fern waren, sondern nah. Sie kreisten nicht. Sie ruhten. Und doch war jede dieser ruhenden Lichter in sich voller Bewegung – wie Herzen, die atmen.

„Wer... wer sind sie?" Beatrice lächelte. „Sie sind die Seligen. Die Vollendeten. Die, die Gott schauen dürfen." Ich trat – oder dachte mich tretend – auf einen dieser Punkte zu, und je näher ich kam, desto mehr erkannte ich: Es war ein Gesicht. Kein Gesicht, das aus Fleisch gemacht war – sondern eines aus Erinnerung, Liebe, Klarheit. Ein alter Mann sah mich an. Nicht mit Augen, sondern mit Gegenwart. „Du bist Dante", sagte er. Ich kannte ihn nicht. Aber ich wusste, wer er war: Cato, der Gerechte. „Du bist weit gereist", fuhr er fort. „Hast gezweifelt, geschrien, geschwiegen. Du bist gefallen und gegangen. Das genügt." Ich wollte sprechen, aber meine Worte wurden Gedanken, meine Gedanken wurden Bilder. Cato nickte – als hätte er alles verstanden, noch ehe ich begriff, was ich sagen wollte. „Du wirst noch weiter gehen", sagte er. „Bis zum Anfang." Ich wandte mich um. Beatrice stand nicht mehr neben *mir. Sie war jetzt heller als zuvor. Ihre Züge begannen, sich im Licht zu verlieren.*

„Ich kann dich kaum noch sehen." „Du brauchst mich nicht mehr zu sehen", sagte sie. „Du siehst nun selbst." „Beatrice … ich …" „Was du gelernt hast, bleibt. Was du geliebt hast, bleibt. Und ich bleibe. Aber anders." Ihre Stimme war jetzt nicht mehr eine Stimme. Sie war Teil des Lichts. Ich stand im Zentrum eines Seins, das keins war – und doch alles enthielt. Vor mir – oder über mir – oder in mir – öffnete sich ein Kreis. Kein Kreis aus Linien. Kein Kreis aus Raum. Ein Kreis aus Sinn. Die Lichtpunkte sammelten sich. Sie fügten sich zu einer einzigen Blüte. In ihrem Zentrum: Etwas. Nicht beschreibbar. Nicht sichtbar. Und doch: das Wahre, das Ganze, das Eine. Ich wusste, ohne zu wissen: Ich sah Gott.

Nachdem der Standesbeamte sie zu Mann und Frau erklärt hatte, traten „Dante" und Beatrice auf den Flur des Bürgeramts. Ein typischer Amtsflur. Grauer Boden. Neonlicht. Abgenutzte Türen. Eher abstoßend als einladend. Doch heute war er anders. Das Licht fiel durch die vielen Fenster. Es tanzte. Flirrte in Farben. Wie Glasmalerei auf weißem Stein. „Dante" spürte: Er hatte ein Ziel erreicht. Nicht das Ziel. Sein Weg war noch lang. Vielleicht beschwerlich. Vielleicht sehr. Aber Beatrices Arm hatte sich bei ihm eingehakt. Und in dieser kleinen Geste lag etwas, das er lange nicht gekannt hatte. Er wusste: Er kann es schaffen. Nicht sicher. Nicht garantiert. Aber er hatte etwas bekommen, das ihm helfen würde. Eine Stimme riss ihn aus den Gedanken. „Hey – 'tschuldigung …" Ein Mann stand vor ihnen. „Dante" kannte das Gesicht. Vom Sehen. Ein paar kurze Gespräche. Ein Wärter. Jugendknast. Der Mann lächelte. „Die Jungs vom Fußballteam … haben mich gebeten, euch was zu geben." Er schaute kurz zu Beatrice. Dann zurück zu „Dante". „Hier … ein Brief." Er zögerte kurz, grinste. „Sie wollten mich mit Schokoriegeln bestechen, damit ich ihn wirklich abgebe." Dann drückte er „Dante" einen Umschlag in die Hand. Nickte. Und ging.

„Dante" schaute auf den Briefumschlag. „Für Beatrice und Dante" Die Schrift war krakelig. Unsicher. Als hätte die Hand lange nicht geschrieben. „Dante" musste lächeln. Nur eine Kleinigkeit. Aber sie hatten Beas Namen zuerst genannt. Er öffnete den Umschlag. Zog das Blatt heraus. Er begann zu lesen. Kam nur ein paar Worte weit. Dann verschwammen die Zeilen. Tränen stiegen ihm in die Augen. Er blinzelte. Aber sie gingen nicht weg. Beatrice berührte sanft seine Hand. „Darf ich?" Er nickte und ließ den Brief los. Sie las laut: „Liebe Beatrice, lieber Dante – alles Gute zur Hochzeit. Wir würden uns freuen, wenn unsere Hoffnung in Erfüllung geht: dass du weiter unser Trainer bist." Sie machte eine kurze Pause. Dann las sie weiter: „P.S.: Wenn ihr beide uns trainieren würdet – Fußball und Leben –, wäre das das Größte." Beatrice sah ihn an. „Dante" schwieg. Aber sein Lächeln sagte genug.

„Dante" atmete tief durch. Er hatte sich wieder im Griff. Dann ging er los. Beatrice eingehakt. Langsam. Den Flur entlang, Richtung Ausgang. „Bevor wir zu unserem Italiener gehen, um den Moment zu feiern … muss ich noch etwas tun." Bea nickte. „Ich komme mit. Wir gehören jetzt auch ganz offiziell zusammen." „Dante" sah sie an. Sein Blick war voller Dankbarkeit. So tief, so still – er hätte für die ganze Stadt gereicht.

„Dante" stand am Grab von Mehmet. Beatrice nur einen Schritt hinter ihm. Ihr weißes Kleid leuchtete zwischen den grauen Steinen. Wie Sonne, die durch die Wolken bricht. Und mit ihrem Glanz den Himmel heller macht. „Dante" sagte nichts laut. Aber in seinem Inneren sprach er. Danke, Mehmet. Für alles. Für den Mut. Für die Worte. Für das Schweigen, das geholfen hat. Ich bin jetzt frei. Und ich habe sie geheiratet. Du hast recht gehabt. Sie war mein Weg. Er atmete tief durch. Wollte sich gerade zu Beatrice drehen. Da sah er ihn. Ein Stück entfernt. Den Pfarrer aus dem Knast. Er kam näher. Lächelte. Gratulierte. Beatrice bedankte sich höflich. „Dante" nur knapp. Der Ton des Pfarrers war höflich. Aber falsch. Wie immer. „Sie haben nicht geglaubt, dass Fußball den Jungs hilft", sagte „Dante". „Sie waren auch dagegen, dass ich Kumpels das Lesen beigebracht habe. Sie meinten, das führt zu nichts." Er sah ihn an. Still. Fest. „Ich sage Ihnen etwas." Eine Pause. „Ich habe gerade mit Gott einen Deal gemacht." Der Pfarrer runzelte die Stirn. „Mehmet muss nicht in den siebten Kreis."

Noch eine Pause. „Ich bleibe auf dem richtigen Pfad. Dafür." Dann trat er einen Schritt vor. Seine Stimme war ruhig. „Denn Gott ist nicht das, was Sie hier vertreten." „Gott ist die reinste Form der Liebe." Keine Antwort. Der Pfarrer schwieg. „Dante" nahm Beatrices Hand. Dann gingen sie.

Nachwort

Was die Göttliche Komödie ist – und warum sie hier in einfacher Sprache erscheint

1 · Ein mittelalterlicher „Roman in Versen"

Zwischen etwa 1307 und 1321 schrieb der Florentiner Dichter Dante Alighieri (1265 – 1321) sein Hauptwerk, das er selbst nur Comedia nannte. Erst gut zweihundert Jahre später erhielt es den Ehrenzusatz „göttlich" (Divina), weil Humanisten wie Boccaccio das Gedicht für überirdisch gelungen hielten.

Aufbau

- 100 Gesänge (Canti): 34 für die Hölle (Inferno), je 33 für Läuterung (Purgatorio) und Himmel (Paradiso)
- 14 233 Verse, fast lückenlos in Terzinen verknüpft, einem Kettenreim: aba bcb cdc …

- Versmaß: italienischer Endecasillabo (elf Silben), das flüssigste Metrum der Volkssprache.

Handlung (in einem Satz)

Ein verzweifelter Mittdreißiger durchwandert, geführt von Vergil und später von Beatrice, alle jenseitigen Sphären, um zu begreifen, was Schuld, Reue und Gnade bedeuten.

Kontext

Dante war Politiker und wurde wegen Parteistreitigkeiten (Guelfen ↔ Ghibellinen) aus Florenz verbannt. Im Exil entstand das Gedicht – politisches Abrechnungspapier, theologischer Traktat und spiritueller Selbstversuch in einem.

2 · Warum eine Fassung in einfacher Sprache?

Die Commedia ist kein leichter Stoff:
- hochkodierte Theologie
- unzählige Zeitgenossen-Karakaturen
- ein Reimschema, das im Deutschen kaum nachzubilden ist.

Ziel dieser „Knastlektüre" war deshalb nicht eine philologische 1-zu-1-Übersetzung, sondern ein Erzählfilm in klarer Prosa, der ...

- die Grundidee jedes Gesangs so treu wie möglich wiedergibt,
- auf schweres Theologenlatein verzichtet,
- modernen Leserinnen und Lesern einen Zugang öffnet, ohne dass sie erst 600 Fußnoten konsultieren müssen.

Die kursiven Abschnitte enthalten komprimierte, frei übertragene Auszüge aus Dantes Originaltext; sie mögen zum echten Reinschmökern ermuntern, verraten aber nichts, was im großen Gedicht nicht angelegt wäre.

3 · Warum eine Rahmenhandlung im Gefängnis?

Dantes gotisches Jenseits ist voll von Körpern, Kälte, Hitze, Schmutz, Gewalt und Hoffnung. Ein moderner Ort, der ähnliche Extreme bündelt, ist das Gefängnis – ein Mikrokosmos, in dem Hierarchie, Angst, Gier und Verrat greifbar sind. Die Rahmenhandlung ...

- übersetzt jede Jenseitsetappe in ein realweltliches Gegenstück,
- zeigt, dass sich mittelalterliche Fragen (Wer bin ich? Was schulde ich der Welt? Was ist Vergebung?) auch heute stellen,
- erleichtert das Lesen: Wer sich in Beton und Neonlicht auskennt, findet sich eher in Lavaflüssen und Eisseen zurecht.

4 · Was bleibt vom Original?

- das strenge Dreiteilersystem (Hölle / Läuterung / Himmel),
- die Reihenfolge und Logik der Kreise, Terrassen und Sphären,
- zentrale Figuren und Schlüsselmotive (Vergil als Vernunft, Beatrice als Gnade, Luzifer als eingefrorene Selbstliebe).

Verzichtet wurde auf kleinteilige Scholastik, politisches Namedropping des 14. Jahrhunderts und komplizierte Reimsimulation – zugunsten von Handlung, Atmosphäre und verständlicher Symbolik.

5 · Einladung

Sollte diese episodische Neu-Erzählung bewirken, dass Sie einmal in eine vollständige Übersetzung schauen (es gibt hervorragende zweisprachige Ausgaben) oder sich vielleicht sogar an eine italienische Originalterzine wagen, dann erfüllt sie ihren Zweck. Vielleicht stellt sich dabei heraus, dass Horror-, Fantasy- und Sinnromane zwar ihre Etiketten wechseln, im Kern aber schon seit 700 Jahren ein und dieselbe Frage stellen:

Wie findet ein Mensch – trotz allem – seinen Weg ins Licht?

Danke, dass Sie diese Reise durch Beton, Papier und Terzinen begleitet haben.

Struktur der Göttlichen Komödie

Teil 1 – Inferno (Hölle)

Vorhölle	Dunkler Wald · Tor „Lasst jede Hoffnung fahren"
1. Kreis – Limbus	Tugendhafte Heiden & ungetaufte Kinder
2. Kreis – Wollust	Stürmischer Wirbel -(Francesca & Paolo)
3. Kreis – Völlerei	Regen aus Schlamm, Cerberus
4. Kreis – Habgier / Verschwendung	Goldbrocken schieben, Dämon
5. Kreis – Zorn / Trägheit	Sumpf des Styx, Fährmann Phlegyas
6. Kreis – Häresie	Brennende Sarkophage (Farinata)
7. Kreis – Gewalt	a) gegen Mitmenschen (Phlegethon) b) gegen sich selbst (Suizid-Wald) c) gegen Gott/Natur/Kunst (Feuerregen)

8. Kreis – Betrug (Malebolge)	Zehn Gräben: Verführer, Schmeichler, Simonisten, Wahrsager, Bestecher, Heuchler, Diebe, Falschberater, Schismatiker, Fälscher
9. Kreis – Verrat (Cocytus/Eissee)	Caina – Familienverrat · Antenora – Vaterland · Ptolomea – Gastfreundschaft · Judecca – Wohltätern - Luzifer

Teil 2 – Purgatorio (Berg der Läuterung)

Vorregion – Ankunft & verspätete Reuige	Vorregion – Ankunft & verspätete Reuige
1. Terrasse – Hochmut	Steine auf Rücken, Reliefs der Demut
2. Terrasse – Neid	Zugenähte Augen
3. Terrasse – Zorn	Rauch, Visionen sanfter Liebe
4. Terrasse – Trägheit	Eilende Büßer, Beispiele des Eifers
5. Terrasse – Habsucht	Liegend, festgebunden, Lob der Armut
6. Terrasse – Völlerei	Hungernde vor fruchtbaren Bäumen
7. Terrasse – Wollust	Feuerwand, Beispiele keuscher Liebe

| irdisches Paradies (Gipfel) | Fluss Lethe & Eunoe, Begegnung mit Beatrice |

Teil 3 – Paradiso (Himmel)

1. Sphäre – Mond	Unbeständige Gelübde
2. Merkur	Ruhmsüchtige Fromme
3. Venus	Liebende Seelen
4. Sonne	Weise & Theologen
5. Mars	Kämpfer für Glauben
6. Jupiter	Gerechte Herrscher
7. Saturn	Kontemplative
8. Fixsternhimmel	Triumph Christi & Mariens
9. Erstbeweger (Kristallhimmel)	Engelchöre, kosmische Ordnung
Empyreum	Rosenförmige Schau Gottes – finale Vision

Gesamtumfang: 100 Gesänge, 14 233 Verse in Terzinen – eine Reise vom finstersten Abgrund bis zur strahlenden „Rosenblüte" des Empyreums.

Weiters von Orte der Ewigkeit

13 Geschichten über den Tod - Vier Bände, 52 Grenzgänge

Von den moosbedeckten Stufen eines vergessenen Friedhofs bis zum dampfschwarzen Gleis 0, an dem Uhren für immer „fünf vor dreizehn" schlagen: In diesem vollständigen Zyklus vereint Kay Hanisch alle Geschichten über das größte aller Themen – den Tod, der nicht richtet, sondern mit leisem Lächeln zur Frage lädt: Wohin willst du wirklich?

Band 1 („Sag mir, Tod, wo führst du mich hin") und Band 2 („Du hast mir immer noch nicht gesagt, wo du mich hinführst") bilden den Sammelband 2 mal 13 Geschichten über den Tod – zwei Spiegel, deren Silber hell genug ist, die eigene Seele zu erleuchten.

Band 3 (Die Reise ins Jenseits) lässt eine junge Frau, einen Blues-Gitarristen und eine schweigende Welt erahnen, was geschieht, wenn der Schnitter eine Pause einlegt.

Band 4 (Sag mir, Tod, wie spät es ist) stellt schließlich den Tod selbst ans Rednerpult und macht Zeit zur letzten Währung.

52 Erzählungen voller Bildkraft, leiser Ironie und tröstlicher Philosophie zeigen, dass jedes Ende nur eine schimmernde Tür ist. Wer diese Gesamtausgabe aufschlägt, tauscht Angst gegen Staunen, Trauer gegen Trost – und kehrt mit einem Funken Ewigkeit im Herzen zurück.

Ideal für Leser*innen, die Friedhofsruhe lieben, Melancholie umarmen und sich dem größten Geheimnis mit offenem Blick stellen möchten.

2 mal 13 Geschichten über den Tod

ISBN: 978-3819246326

2 mal 13 Kurzgeschichten über den Tod führt Leserinnen und Leser an jene Schwelle, an der Leben, Erinnerung und Vergänglichkeit ineinander übergehen. In zwei Zyklen zu je 13 Erzählungen („Sag mir Tod, wo führst du mich hin" und „Du hast noch nicht gesagt, wo du mich hinführst") begegnet man sehr unterschiedlichen Figuren: einer jungen Frau, die auf einem herbstlichen Friedhof innere Ruhe findet und plötzlich die Stimmen der Vergangenheit hört; einem Mädchen, das den Tod persönlich trifft und über eine Blumenwiese in das Reich jenseits aller Schmerzen schreitet; einem einsamen Hüttenbewohner, der für die Liebe seiner Frau ein riskantes Geschäft mit dem Schnitter eingeht – und den Preis bezahlt; einem uralten Tor in der Wüste, das nur seelenreine Wanderer passieren dürfen.

Alle Geschichten verbindet ein Grundmotiv: Der Tod ist nicht das Ende, sondern ein Gesprächs-partner – mal gütig, mal spöttisch, immer überraschend. Mit poetischer Bildkraft, schwarzem

Humor und philosophischer Tiefe erkundet der Autor, warum Friedhöfe Kraft spenden, wie Trauer in Hoffnung umschlägt und weshalb jede Seele ihren eigenen Weg aus dem Dämmerlicht finden muss. Entstanden ist das Buch aus dem gleichnamigen Kunst-projekt, das ursprünglich Friedhofs-fotografien und Aphorismen vereinte.

Diese 26 Erzählungen laden ein, die Angst vor dem Unausweichlichen gegen Staunen, Trost und einen Hauch Magie einzutauschen – ein ideales Geschenk für alle, die sich zwischen Melancholie und Lebenslust dem größten aller Themen stellen möchten.

Die Reise ins Jenseits

ISBN: 978-3769356663

Die Reise ins Jenseits – Band 3 schlägt das dritte Kapitel des Projekts „Orte der Ewigkeit" auf: 13 neue Erzählungen, die den Tod zugleich als Grenzgänger, Mentor und Spiegel des Lebens zeigen. Schon die erste Geschichte taucht in einen endlosen Novemberregen, unter dessen grauem Himmel Zeit, Schuld und Sehnsucht ineinanderfließen.

Lilly, eine junge Frau mit mutigem Herzen, trinkt auf Geheiß ihrer energischen Großmutter Rosi einen bitteren Kräutertrank, um bewusst die Schwelle zum Reich des Todes zu überschreiten. Dort lernt sie, dass jede Regel – selbst für den Gevatter – ein Akt der Fürsorge ist.

Ein namenloser Blues-Gitarrist namens Robert entdeckt, dass seine verloren geglaubten Lieder mehr Seelen gerettet haben, als er je zu träumen wagte – und dass ein uralter Dämon deshalb eine Kreuzung stilllegt, an der sonst verzweifelte Musiker ihre Leben verpfänden.

Doch was geschieht, wenn der Tod sich weigert zu ernten? Eine Schlacht gerät ins Stocken, Krankenhäuser staunen über Patienten, die einfach nicht sterben, und die Welt hält den Atem an, weil das Schweigen des Schnitters lauter ist als sein Klappern.

Zwischen Neonfluren, Lava-meeren und himmelhellen Seen fragt jede Geschichte: Wie viel Licht liegt im Dunkel? Wie viel Leben im Loslassen? Mit lyrischer Bildkraft, leiser Ironie und einer Prise Gänsehaut führt Band 3 die Leser dorthin, wo Angst in Staunen umschlägt und Trost wie ein leiser Akkord nachklingt. Ein Muss für alle, die schon immer wissen wollten, warum ausgerechnet Enden die schönsten Anfänge schreiben.

Sag mir, Tod, wie spät es ist

ISBN: 9978-3819298769

Im vierten Zyklus des Projekts „Orte der Ewigkeit" stellt sich der Tod selbst an das Rednerpult – als „Sohn von Zeit und Leben" und leiser Chronist unserer letzten Minute. 13 neue Geschichten kreisen um die Frage: Wie spät ist es wirklich, wenn die Uhr zu schlagen aufhört?

Auf einem verwilderten Gartengrundstück trotzt Michi einem Paragraphen-Nachbarn und entdeckt im Bungalow ihres Großvaters ein Manuskript, das bereits ihre eigene Zukunft protokolliert. Im Schatten eines Friedhofs hütet Floristin Susanne einen Laden, in dem Blumen nur jenen verkauft werden, die bereit sind, den Fährmann zu erkennen – jede Rose, jede Nelke ein vorab geflüstertes „Ja" zum Übergang.

Und dann ist da Gleis 0: eine dampfschwarze Lok mit rotglühenden Rädern, deren Schaffner Fahrkarten liest, auf denen nicht Namen, sondern letzte Haltestellen verzeichnet sind – Limbus, Ira, Malebolge … bis hinauf zum einsamen Mons

Purgatorii. Wer in diesen Waggon steigt, legt sein Gepäck der Erinnerungen ab – es bleibt am Bahnsteig wie ein Versprechen an die, die zurückbleiben.

Jede Episode zeigt eine andere Seite desselben Spiegels: Uhren ohne Zeiger, Regen, der Erlösung bringt, eine Kamera, die der Tod aus der Trauerkapelle scheucht. Poetisch, ironisch und tröstlich zugleich lädt Sag mir, Tod, wie spät es ist dazu ein, den Moment des Loslassens nicht als Ende, sondern als exakte Mitte zwischen Gestern und Immerdar zu begreifen.

NWoBHM – Der Start des Heavy Metal

ISBN: 978-3819228414

NWoBHM – Der Start des Heavy Metal ist Roadmovie, Geschichtsstunde und Fan-Zine in einem. Im ersten Teil führt Kay „Glöckchen" Hanisch die Leser über eine stilistische Landkarte von Blues, Rock'n'Roll und Hard Rock bis zum explosiven Punk, der dem Metal die Zündschnur legt. Dabei streut er Anekdoten ein – etwa die Begegnung zweier Kutten-träger am Berliner S-Bahnsteig, aus der die Buchidee entstand.

Der zweite Teil stellt die einfluss-reichsten Wegbereiter und Protagonisten der „New Wave of British Heavy Metal" vor: von Black Sabbath bis Venom, von Iron Maiden und Saxon bis zu Girlschool und den deutschen Erben Accept oder Helloween. Kurze Band-Porträts, Albumtipps und Zeit-zeugenzitate (Lars Ulrich, Biff Byford u. a.) zeigen, wie aus verrauchten Pubs ein globales Kultur-phänomen erwuchs.

Hanisch schreibt im Plauderton, wirft Pop-Geschichte mit Insider-Humor zusammen („NWoBHM

– sprech's einfach nju-bom") und blendet immer wieder auf legendäre Momente wie das erste Monsters of Rock 1980 ein. Das Ergebnis ist eine leidenschaftliche Einladung, Heavy-Metal-Mythen nachzuspüren, Luft-gitarre inklusive.

Godzilla - König der Monster und der Herzen

Kay Hanisch

Godzilla - König der
Monster und der Herzen

Ein Fanbuch

ISBN: 978-3759733658

Godzilla ist mehr als nur ein Filmmonster - er ist ein Mythos auf zwei Beinen, ein donnerndes Sinnbild unserer Ängste, Fehler und Sehnsüchte. Seit 1954 stapft er durch die Leinwände der Welt und hinterlässt nicht nur Trümmer, sondern auch Spuren in der Seele der Zuschauer. In diesem Fanbuch begibt sich Kay Hanisch auf eine leidenschaftliche Spurensuche: von den apokalyptischen Anfängen im nuklearen Schatten Hiroshimas bis zur strahlenden Ikone des Pop-Zeitalters. Ob Suitmation oder CGI, Showa-Charme oder MonsterVerse - dieses Buch erzählt die Geschichte eines Monsters, das nie einfach nur böse war. Es feiert Godzilla als Spiegel gesellschaftlicher Krisen, als technische Innovationsschmiede, als tragische Figur mit Wucht und Würde. Mit liebevollem Detailreichtum und einem Blick für das Wesentliche richtet sich dieses Buch an Fans und solche, die es werden wollen. Kommt näher. Hört sein Brüllen. Und entdeckt, warum in jedem Grollen auch ein Herz schlägt.